U0755016

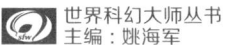世界科幻大师丛书
主编：姚海军

具象之力

［日］飞浩隆　著

丁丁虫　译

四川科学技术出版社

图书在版编目（CIP）数据

具象之力 / [日]飞浩隆 著；丁丁虫 翻译. —— 成都：四川科学技术出版社，2023.7
（世界科幻大师丛书 / 姚海军　主编）
ISBN 978-7-5727-1034-6

Ⅰ. ①具… Ⅱ. ①飞… ②丁… Ⅲ. ①幻想小说—小说集—日本—现代 Ⅳ. ① I313.45
中国国家版本馆 CIP 数据核字（2023）第 124068 号
图进字：21-2021-79

世界科幻大师丛书
具象之力
SHIJIE KEHUAN DASHI CONGSHU
JUXIANG ZHI LI

丛书主编　姚海军
著　　者　[日]飞浩隆
译　　者　丁丁虫

出 品 人　程佳月
责任编辑　兰　银　姚海军
特邀编辑　李闻怡
封面绘画　Sijahong 六厘
封面设计　王莹莹
版面设计　王莹莹
责任出版　欧晓春
出　　版　四川科学技术出版社
　　　　　成都市锦江区三色路 238 号　邮政编码：610023
　　　　　官方微博：http://weibo.com/sckjcbs
　　　　　官方微信公众号：sckjcbs
　　　　　传真：028-86361756
成品尺寸　140mm×203mm　　印　张　10.5
字　　数　188 千　　　　　　插　页　2
印　　刷　成都博瑞印务有限公司
版　　次　2023 年 08 月成都第一版
印　　次　2023 年 08 月成都第一次印刷
定　　价　52.00 元
ISBN 978-7-5727-1034-6

邮购：成都市锦江区三色路 238 号新华之星 A 座 25 层　邮政编码：610023
电话：028-86361770

目录

デュオ

二重奏

那是现实的音乐，
生者的音乐。

......

　　是的。我杀了他。那是多少年前的事了。

　　无论受到什么责备都没关系。我杀的是世界上最优秀的钢琴师。如今已经不可能再听到那样的旋律了。杀他的不是别人，正是他在音乐上的合作者——我。

　　他弹奏的贝多芬加强音中有着广袤无垠的自由，现在已经失却了。他为歌曲伴奏时回荡在音乐大厅里的愉悦歌声，如今也再听不到了。最多只能听听他留下的少数录音而已。

　　他的死让很多本来有可能听到的音乐再不复闻，还搭上了许多生命。我为自己毁掉了无比珍贵的东西震颤不已。沉重的罪恶感一直折磨着我。当然，这些我早有思想准备，一切也在我的预想之中。

　　不过，我完全没有预想到的是，杀了他之后，我的心情会如此愉悦。杀人之后本不该生出如此愉悦的心情。

我没有信心把自己想说的内容准确无误地表达出来，所以先声明一句，我并不是恨他，当然也不是嫉妒他。他的音乐中充满了感情，在聆听的时候，根本没有空隙容纳其他的感情。

那么，为什么我要杀他呢？为什么会感觉到"愉悦"呢？

请听我慢慢道来吧。

这是关于几组二重奏的往事——右手与左手、生命与死亡、音乐与感情。

01

安东尼奥·萨瓦斯塔诺教授的房间，位于旧大楼的裙楼最里面。

走在长长的走廊里，擦肩而过的学生越来越少。拐过最里面的拐角，前面再也看不到人影。春日午后的走廊如同暖房般寂静，远远传来不知谁在中庭吹奏的长笛声。也就是在这时候，我注意到自己的脚步声左右并不一致。笨拙的右腿发出毫无音乐感的声音。我听着这种声音，慢慢往前走。

一进教授的房间，便闻到一股香气。一缕轻烟飘在窗际，清晰可辨。教授每天只抽三根雪茄，这大约是当天的第二根。

"时间和以前一样啊。"我看了看自己的手表说。

"三点的小休。"

"这又不是在家,随便抽就是了。"教授的夫人是声乐家,当然严禁烟草。

"有节制才会有愉悦,这是人生的真谛……你来得正好,行男。"教授招呼我坐到沙发上,用和以前一样的动作。

"感谢您的回信。"我是上个月写的信,上周接到了教授的回信。

"说起来我很吃惊——你,调音?"

"我到底还是离不开钢琴。学习调音很开心,这份工作也不坏。"

"也是啊。"嘴上这么说,萨瓦斯塔诺教授的表情还是像听说儿子想去做理发师的外科医生一样。他揉着脸站起来,把磁带塞进录音机里。

"'如果有合适的钢琴家,请介绍给我。'看到你的信里这么写,我立刻想起了这盘磁带——这位钢琴家还没有登台演出,也没有比赛的经验。除了和他很亲近的人,再加上几个相关人士,还没人听过他的演奏。"

扬声器里传出了声音。不是音乐声,而是低低的谈话声,以及远处汽车的噪声。这是私人场所的录音吧,那些杂音显示出围绕着钢琴的亲密感。用的该是日常弹奏的钢琴。

"……但是要我说，不会有任何一个人不想听他的弹奏。他的音乐就有那么大的魅力。行男，我觉得，如果有你这样听觉敏锐的调音师做他的搭档，那就太好了。他比其他任何钢琴家都更需要你这样的调音师。"

亲密的杂音忽然中断，随即从扬声器中传出几乎无法想象的纯粹音乐，却又不止于纯粹。

"这是……"我望向教授。

"《拜厄》，第八条吧。"

当然是《拜厄》。没有多一个音符，没有炫技也没有讨好，只是自然的弹奏，却是我从未听过的《拜厄》。音乐吸引着我，让我无法抽离。这是什么样的音乐啊。与歌手一样，钢琴手也是用声音来征服听众的，那是能单凭琴声征服听众的才能。没有美妙的声音、没有强劲的指法，只凭一个音符，就能让听众流连忘返。那样的钢琴家弹奏的《拜厄》何等美妙，简直叫我无法相信自己的耳朵。《拜厄》的纯粹——音乐规则的纯粹，预言着耸立于其后的音乐之峰的巍峨与无边无际的自由。正因为如此，它才显得美妙。

后半段弹奏完毕后，钢琴家轻轻弹出和弦转调，升高八度后再次弹起第八条。也许是因为他对踏板的巧妙处理和手指的精妙配合，那声音中竟然带起古老八音盒般的怀旧情愫。那让我回想起有生以来第一次弹奏的钢琴上金光闪闪的"YAMAHA"

字样。在这样的开头之下，儿时的记忆猛然复苏。那是被岁月刻下深深烙印的记忆——不是事实的记忆，而是感情的记忆。那感情的生动鲜活几乎令我窒息。

……小学的某个暑假。游泳池旁边的水泥地面灼烧脚底的痛快感觉。氯气的味道。回家路上，贴在脖子上的湿发慢慢变干的感觉。

钢琴家转而弹起了第四十七条。幼儿与母亲亲昵玩耍的氛围，让房间里的气氛焕然一新。

……小学六年级的时候，母亲过世了。讲台上的教师朝我招手时我感觉到的不安。崭新的墓碑浇上水时映出的我的脸。从那张脸上斜掠过的线香的轻烟。供花的红色花瓣，在我眼中大得令人恐惧。

第六十条、第七十八条、第九十条——

留学时结识的恭子，还有与她的交谈。恭子口齿清晰的发音，犹如聆听新的音乐一样，激发了我的感情。第一次抚摸她赤裸的后背时，那种润泽、干爽、健康的触感。近乎眩晕的强烈欲望。

音乐让我重新认识到如今自己的感情有多么贫乏。

第九十三条、第九十四条、第九十六条——

我的目光落在自己的膝盖上。放在膝上的手掌，左手小指和无名指无法活动。是在交通事故中受的伤。右腿膝盖以下装的是假肢，这意味着我不可能进行精密的踏板操作。我一下子失去了一切，大半个我都死去了。就像是运动选手的身体机能遭到决定性损伤一样，我的音乐机能大约也不会再恢复了吧。但这段《拜厄》却让我感觉到那些死去的部分也曾活着。我很震惊，这是能让死者意识到自己已然死亡的音乐。

"行男。"

教授的声音让我回过神来。

十首曲子。真的全都是《拜厄》。还不到五分钟吧。现在，残留的只有自己曾被带去了某处的记忆和感情，却仍然非常满足。

"是什么样的钢琴家？哪个大学的？拿过什么奖？"

"还不能说。另外，这是很早的录音了。超过十年。录音的时候，钢琴家才刚刚十岁。"

我点点头。

"想见见吗？"

"嗯。"

"要做调音师？"

"嗯。"

"我知道你会同意。我去联系一下。"

"拜托了。"

我站起身。

"怎么,这就要回去了?"教授一脸惊讶。

"我还要去个地方。"

"就算问你去哪儿,你肯定也不会说的吧。这生分的臭脾气真是一点儿也没改。"

"老师您五年前就说过,这是我演奏上的缺陷。只是我不这么想……"

"行了行了,你又来了。你总是这样子听不进别人的话。"

"大概是吧。"

"你就像是一个人蹲在黑暗的洞里,抱着自己的膝盖。"教授开玩笑地说,但我知道他很痛心。

"确实如此。"

教授好像有点儿惊讶。有时候我说话也很直。

"不高兴了?"

"不,没有。没事的。"

离开母校,我顺路去了趟花店,然后坐公交车去墓地探望恭子。

坟墓沉默不语。所以墓地和往常一样静悄悄的。这一排排墓碑是为生者而建,是为了让生者在墓碑上映出自己的脸庞。生者知道,这里没有任何死者。因此生者才能够在墓地休憩。

导致恭子死亡的那场交通事故,已经过去三年了。

将她埋葬在这里、埋葬在异国他乡,到底是好是坏,近来我有些想不清了。"我们在这个国家相遇，如果我死了也葬在这里吧。"这是病床上的恭子说的。为了弥补自己的过错，我照她说的那样做了，但也许她的话只是想要减轻我对那场事故的自责吧。

从墓地出来的时候，太阳已经快要落山了。

我拖着左右不协调的足音，踏上归途。

02

一个月后来了消息。

说是那位钢琴家会在国营电台试录唱片。

我在电台接待处说明了自己的来意后，一位有几分面熟的男子乘了电梯下来。那是个正值壮年的矮个子，略显富态，目光炯炯。有着与年龄相应的皱纹，但肌肤还是粉色的，显得很健康。他的举止干练，握手的手掌干爽、温暖、有力。

"你是绪方行男？"

"嗯。"

"正等着你呢。"和善的圆脸上露出笑容，"萨瓦斯塔诺教授也在上面。走吧。"

在电梯里，他做了自我介绍。克雷格·马福特，瑞士一家小型唱片公司"声之宇宙"的经理。虽然是个小公司，策划和制作都由一人完成，但因为录音专业，又有着深得行家好评的企划，因而很有人气。我记得自己在杂志采访报道上看到过他的脸。在电梯里交谈下来，他给我的印象和那篇报道完全一样。也就是说，他对唱片制作满怀热情，而且热爱音乐，同时还有维持公司运转的经营手段。我对他很有好感。

进了调音室，大家似乎正在休息喝咖啡，隔音玻璃对面的灯光亮眼，看不太清。

"今天是为广播节目录音，顺便就试录唱片了。"

"都没上过台，破格待遇啊。"

"关于这位钢琴家，你听说过什么吗？"

"我连他的名字都不知道。好像情况挺复杂的。"

"倒也不复杂，基本上只有一个问题。不过……"说到这里，马福特笑了笑，"也可以说'不止一个'正是问题。"

故弄玄虚的回答让我有些不快，我跟在他身后穿过录音室的厚重大门。

我关上身后的门。

就在这时，我感到一股异常的冷气。

就像是走进了巨大的冷冻库。

先是闻到死鸡的腐臭味，然后又感觉到空气阴冷地刺激皮肤。可怕、冰冷、湿漉漉。就像是身体被卡死在驾驶座上，因为不断出血而逐渐变冷。那种死亡慢慢逼近时的感觉又清晰地回来了。在这种仿佛马上就要死亡的鲜活感觉面前，我忍不住想要大声尖叫，但忽然回过神来。就像是从噩梦中醒来似的，死亡的冷气消失得无影无踪。

就像是鬼屋里有条冰冷的毛巾掠过脸庞似的，恐惧转瞬即逝。

咖啡的香气飘散在房间里。

我闭上眼，把刚才的错觉挥出脑海。睁开眼睛，扫视录音室。

两只主麦克风和几只辅助麦克风围在三角钢琴的周围。目光越过那丛麦克风，我看到了萨瓦斯塔诺教授，他身旁是一个头发蓬乱的高个儿女性，而钢琴对面好像还有两个人。谁是那个钢琴家？

"哟，你来了。"教授朝身旁的女性递了个眼色，"那就是行男。"

我走到钢琴的键盘侧，坐在椅子上的两个年轻人并肩朝向我。

我怀疑自己的眼睛是不是出了问题。

那两个年轻人完全同步地朝我点头致意，相貌也完全一致。浅色的鬈发，略带羞涩的蓝色眼睛，薄嘴唇，尖下巴。

马福特介绍了我："德奈斯、克劳斯，这位是绪方行男。帮你们调音的。绪方，这是德奈斯·格拉菲纳瓦，负责右手部分；那位是克劳斯·格拉菲纳瓦，负责左手部分。他们俩都是十九岁。"

联弹？双胞胎的二重奏？《拜厄》是两个人一起弹的？我刹那间有些恍惚，视线忽然落在两人中间，这时候我才第一次注意到——

他们只有一具身体。

到肩膀为止是两个人，但胸部往下就开始融合，像是德奈斯和克劳斯的身体紧贴在一起似的，到了腰部，两个人的身体便完全合二为一。德奈斯的左臂和克劳斯的右臂消失在两个人的身体中间。

"初次见面。"

我含糊地自我介绍了些什么，已经记不清了。只记得他们的回应。

"'初次见面。'"

那是女性的声音。

站在双胞胎旁边的高个儿女性嘴唇嚅动。我向她望去，她微微一笑，继续说话。

"'见到您很高兴，今后就拜托您了。'"

格拉菲纳瓦的手，德奈斯的右手和克劳斯的左手流畅地做出手语，她再将手语翻译出来。

"'我不能说话，耳朵也听不到，所以希望您协助我演奏，请多多关照。'"

看到我哑口无言的样子，德奈斯和克劳斯笑了。

"'好了，请放松些。这里的茶很好喝。'"

说完这句，她扑哧笑了出来。教授和马福特也笑了。只剩下我一个人呆呆站在那里。

萨瓦斯塔诺教授说："抱歉，他们说要给你留一个深刻的第一印象，所以一直瞒着你。"

格拉菲纳瓦兄弟还在继续自我介绍，用女性的声音。

"'别担心。我能听见音乐，只有音乐。——旋律、音色、感情，全都听得清清楚楚。音乐中除了声音的一切。'"

格拉菲纳瓦兄弟一起露出微笑，手指放在琴键上，为我弹奏起欢迎用的快乐进行曲。这是首可爱友善、引人笑容绽放的进行曲。

这都是什么人啊。

03

"是……绪方吧？"

我循声回头，原来是杰奎琳。

"果然是你。看背影在发呆，就猜到肯定是你。"她轻轻笑了起来。

"你怎么在这儿?"

这里是市内最大的书店的乐谱区。书店位于大楼地下,面积很广,是现代风格,但空间很沉静,令人舒适。

"这有什么奇怪的,我好歹也是拉大提琴的。"

"哎?"

这位手语女翻译名叫杰奎琳·梅森。年纪应该和我差不多,或者稍大一点儿。她今天的头发还是乱蓬蓬的,脸上没有化妆的痕迹。衣服简约整洁,双腿叉开的站姿莫名给人一种全身用力的感觉。总体来说,她身上有种野战医院的护士足足休养了十天的气质。她身材瘦削高挑,非常精干。说起来也许她很适合拉大提琴。大提琴需要强有力的手臂和脊背。

我这么说完,杰奎琳笑了起来,好像很开心。她的嘴很大,嘴唇厚实,虽然有点儿破坏五官的协调,却有独特的魅力。

"是哦,我长得粗,力气大,头发也乱糟糟的,很适合大提琴哦。"

杰奎琳哈哈大笑。我很喜欢她笑的样子。不知道怎么形容,总之她的笑容和呼吸都有种豪爽的感觉。

"也对。"

"你怎么不说'想听'啊?"杰奎琳双手叉腰,侧头朝着我笑。

"……是哦。"仔细想来,我好像还从来没对谁说过这话——

想听你的演奏，"嗯，听听也行。"

杰奎琳又咧嘴大笑起来："现在有空吗？想和你喝个茶，有话对你说。"

"行啊。"

杰奎琳把奥芬巴赫的乐谱抱在胸前，走向收银台。我跟在她身后。

收银台贴着五百张唱片套装的巨幅宣传海报，好像是为了纪念卡拉扬奖设立而发行的。五百张，让人头晕的数字。

"如果格拉菲纳瓦也能留下这么多作品，那真是豪气了。"

"格拉菲纳瓦"这个称呼，有种棒球强队或者曲棍球强队的豪迈气势。① 我喜欢。

"但是五百张太多了吧。"我说。

"太多？"

"如果一个人留下这么多录音。"

"是吗？你胃口小。"

"胃口小？"

"我胃口大，很贪心。如果我有那样的才华，肯定要录一千张、两千张。如果有格拉菲纳瓦那样的才华。"

我开始回忆那天录音室里的试音演奏。明明是测试性的演

① 原文为 Grafenauers 而非 Grafenauer。日本棒球队、曲棍球队也常用类似方式命名。例如日本阪神老虎棒球队名为"阪神 Tigers"。——编者注。本书如无特别说明，均为译者注。

奏，却出乎意料地难记起。我通常会用分析的态度听他人演奏。节奏、音量分配、乐句的细节划分、声音的清晰度、力度的强弱，只要听一遍，我就能全部记下。我当然也会被音乐感动，但头脑中还有另一个层面，我会在那个层面里进行分析。在感动的同时，我也常常向那个层面的分析家征询意见，为自己的感动寻找理论依据，或者细细审视。

但是，在双胞胎的演奏面前，我做不出这样自大的行为。

那天的演奏非常特别。双胞胎的音乐充满了异常强烈的情感力量。

乐谱中记录的是作曲家的情感振幅。演奏家将之解放出来。这是极其困难的作业，若是偶然演奏成功，听众便会被天才的情感牵引翻弄。那天，录音室里便充满了教堂风琴般的巨大情感振动。演奏结束的时候，我简直连曲名都忘了，完全沉醉于那种沁入体内的情感之中。

"这种奇迹，难道是双胞胎的身体残疾带来的惠泽吗？"我情不自禁地说。

"你怎么这么傻。"杰奎琳喝了一口卡布奇诺，一脸吃惊地望着我，"你简直太蠢了。"

咖啡馆里很吵，她毫不客气地大声说。

"这话有点儿过分吧。"我不禁有些生气，"哪有这么说话的？"

"你难道根本没想过他为什么要安排那样的见面？他——

他很清楚自己的形象。如果你是那个样子,你希望别人怎么看你?残疾造就的奇迹天才。你想被人这么看待?有那么非凡的才能,你就想用这么普通的广告语包装?"杰奎琳直视我的眼睛,"格拉菲纳瓦对你充满期待,所以才会费尽心思向你展示自己。他煞费苦心想了那个办法。他希望你看到真实的他,而不是广告包装。"

沉默持续了片刻。

我开口道:"你做过志愿者吧?"

"对。我们是在残障儿童疗育营里认识的。先声明一点,他也是志愿者,给孩子们弹钢琴的。"

"但是,就算不提身体的情况,格拉菲纳瓦也是特殊的钢琴家。"

"你真是蠢到家了。"杰奎琳更吃惊了,"不能不提啊,正因为有那种身体,才有那样的演奏。两个人各出一只手完成单人演奏,这才构成了他的音乐啊。"

到了现在,我应该没有听漏吧。杰奎琳始终没有用"他们"称呼双胞胎。不过等到后来我才知道原因。那时候的我一心只关注格拉菲纳瓦的惊异之处。

我岔开了话题。格拉菲纳瓦的另一个惊异之处,就是他们的听力问题。

"他说他十岁左右失去了听力。我猜格拉菲纳瓦在那之前已经达到了音乐学院学生的水平,完全掌握了钢琴演奏的基本技巧。而且钢琴和弦乐、管乐不一样,它能看到声音。手指按下琴键,就会有相应的声音。"

"你怎么这么傻。"这次轮到我说这话了,"十岁能记住什么?和音可不光是手指的配合。演奏者必须要配合音乐的脉络,将一组和音弹出上千种变化。音乐会的情况更复杂。每个音乐厅的效果都不一样,就算是一台空调设备,也会导致同一架钢琴呈现出完全不同的音色。踏板也和琴键差不多同等重要。有的技法可以让琴键不发出声音。钢琴家就像是钢琴这种精密设备的操作员,要演奏出理想的音乐,必须与其维修工程师,也就是调音师好好配合才行。而且,必须一边演奏,一边仔细倾听,控制住乐曲。"

"说得没错。"

我发现杰奎琳正在侧首微笑。她以前讨论过类似的钢琴问题?

"但是行男,他做到了。这种绝技。"

"我知道。欢迎的进行曲。左手的和声部分不着痕迹地加入了许多名曲片段。每个片段都被赋予了丰富的情感,而且不动声色。这样的演奏,没有超乎常人的听力,根本无法做到。所以我说我不明白。"

"是啊……所以我也不知道该不该说,"杰奎琳并没有显出犹豫的神色,"……我觉得他其实能听见声音。"

我也点头:"他在撒谎?"

"我不觉得是撒谎。撒那种谎能有什么好处?不过他做了听力检查,没有发现任何器质性的异常,耳朵的构造完好无损。不应该听不见。工作人员说,可能是心理上的障碍。某种东西扼杀了本该听见的声音。不让自己听见声音的心理抑制。"

杰奎琳的语气很笃定。回想起来,那时候我应该注意到的。

"什么样的抑制?"

"我怎么可能知道。"杰奎琳撇了撇嘴,抱怨般地说。那个动作让我觉得她的嘴唇更有魅力了。

"说了这么多,真是对不起。不过我确实希望你和格拉菲纳瓦早点儿熟悉起来。他很需要你。"

"需要我?"

"是啊。你不知道吗?你很吸引格拉菲纳瓦。也不知道为什么……他好像对你很有兴趣。"

"说起兴趣……我对他们的听力很有兴趣。"我忽然想起一件事,"比如说他和别人合奏的时候该怎么办?你不是拉大提琴吗?"我看着桌上的琴谱,随口问道,"你和格拉菲纳瓦合奏过吗?"

"合奏过啊……棒极了。"

我看到杰奎琳的眼神,没再说话。

她的眼神突然变了。竟然还有这样的拒绝方式。嘴上说"合奏过啊"，然后拒绝再做任何进一步的回答。在这样的冰冷气氛中，另一个问题也就问不下去了。

出了咖啡馆，我们就道别了。

下次见面是在那间录音室里。

格拉菲纳瓦第一次录唱片的日子。

04

"不知道这次会怎么样。"

我装作没听到杰奎琳（比起厌烦，愉快成分更多）的声音，朝双胞胎招手。

"弹弹看。"

"'那就不客气了。'"

助理扶着格拉菲纳瓦兄弟坐上椅子，他们把手指放在键盘上，轻轻按了按，像是在测试下按的深度一样。弹了几组和音，最后他们把手指停在琴键上，就像是在用手指聆听声音的混合与消逝。

过了将近一分钟，双胞胎开始双手弹奏音阶。手指在键盘两端来回跳跃，速度极快，就像是弹奏断音一样。这次像是测量琴键的反弹速度。最后，格拉菲纳瓦的手指完全停了下来。

"'不行。'"杰奎琳翻译，"'要柔和、柔和、更柔和。'"

"胡闹。"

我（不知道今天第几次）敲了敲键盘。像是松软的绒毯。这种柔和已经超越了常规，钢琴的音色轮廓变得甜美而模糊。

"这是照你们的要求调出来的结果。琴键也太重了。这样的键盘没办法好好弹。"

"'这不是你要担心的问题。弹钢琴的是我们。'"

从早上到现在已经四个小时了。都是这样隔着钢琴吵架。

以前我弹钢琴的时候，只要声音差不多，就不会再提要求，反正弹奏的时候自己可以控制，所以双胞胎对音色调整的执着让我很是意外，甚至觉得他们有点儿吹毛求疵。说实话，他们这种要求，我确实觉得是在胡闹。

我耸耸肩膀，看了看调音室的马福特。他托着下巴，挑了挑粗浓的眉毛，像是觉得耸肩都挺麻烦。由于钢琴的音色没定下来，一切工作都暂停了。

马福特对着麦克风说："已经一点半了。我饿扁了。先吃饭吧，顺便休息一下。"他一边说，一边走进录音室，手里的托盘上放着三明治，"让头脑也冷静冷静。"

"早都冷透了啊。"三明治看起来干巴巴的。

"格拉菲纳瓦好像挺开心。"杰奎琳对我耳语，"他们说：'现在可不能顾虑彼此的心情，无论结果如何。'充满斗志。"

但是那个结果你们自己听得到吗？我在心里嘟囔。

演奏家为了什么演奏？

金钱？名气？艺术？还是弹奏时的愉悦？

这些都对吧。说极端一点儿，就算为了在乐坛争权夺势而演奏，也没有任何问题。不过，格拉菲纳瓦不一样。他们听不到自己的声音。对于音乐家而言，自己的声音就相当于运动员的身体。它先于一切，万事都始于它。但是这对双胞胎，来自一个没有声音的地方。

他们的原动力是什么？他们为什么弹钢琴？他们要弹给谁听？

找个时间问问吧，我一边想，一边重新开始工作。给琴槌的毛毡扎上衬垫，调整敲击的力度。音色调整是细致的工作……控制倍音，突出基音，还有最优先的"柔和"，这是钢琴家的要求。

试录放送以后，获得了极大的反响。不仅听众反响热烈，经纪人和活动筹办者的询问也纷至沓来。

所以预定今后定期播放格拉菲纳瓦（马福特只说了姓）的演奏，同时"声之宇宙"将会发行包含二十首曲目的唱片，除此以外，格拉菲纳瓦目前不会出席一切舞台活动。这些消息公开以后，反响更为热烈。对唱片的期待，以及钢琴家回避舞台演出的原因，让人们做出诸多猜测。

而格拉菲纳瓦的名，则成为一个"谜"。

"这次怎么样？"

我装作没听到杰奎琳的声音，朝双胞胎招手示意。

双胞胎还是今天刚开始弹钢琴时那样的表情，测量了键盘的深度、在两端往返，然后停下手指。

又不行吗？我正要起身——

录音室里突然爆炸了。

我觉得像是爆炸了一样。就像是有人抽了一鞭子，原本堵塞的声音喷涌而出。除了"洪流"，这声音无法用更贴切的语言形容。光芒四射的声音。悠扬柔和的乐句。我刚感觉双胞胎脸上浮现出笑容，爆炸的声音便卷起旋涡。《汉马克拉维亚奏鸣曲》骤然鲜活地回响起来。而当我辨出这首曲目的时候，两个人的手已经离开了键盘，那一刹那的技巧也完美到令人叹为观止。强健的手指，纯熟的控制，松垮的琴键弹奏出的声音极其收敛。一个个音符像是柔软的小树嫩枝般交织串联，"声之宇宙"茁壮成长。

非常强劲、无所畏惧的声音。

那么迟缓的琴键、那么柔和的音色，如果不是用力敲击，不可能产生这种声音。这是双胞胎的精心计算，还有使之成为现实的手指的力量。

"哎呀，可以了呀。"杰奎琳说。

格拉菲纳瓦从键盘上抬起手，对我鼓掌，随后迫不及待地打起手语。

"'谢谢，就是这个声音。'"

然后双胞胎从定制的椅子上站起来。杰奎琳和助理赶忙在两边扶住他们。

"'只有你调出来的声音才能如此接近我们的需要。谢谢你，看来我终于可以用自己的声音弹琴了。'"

格拉菲纳瓦的站姿摇摇欲坠，脸上的表情却让我无法忘怀。两个人的脸都涨得通红，眼睛里饱含泪水。他们伸出双臂，挥舞着想要抱我。那动作像是要抓住空气似的，和弹琴的时候截然不同。那种令人有些不安的动作，至今回想起来都历历在目。

我有些慌乱。双胞胎表现出来的好感太突然也太猛烈了。最后是在杰奎琳的眼神示意下，我才慌忙伸手把他们抱住，接受他们亲吻我的两侧面颊。我第一次生出一种不明所以的内疚。

随后我突然明白过来。他们一直承受着多大的不安与纠结啊，还有，他们又是多么渴望拥有"自己的声音"啊。

那样一种——追寻自我的感觉，是我很久未曾体会过的。大约在恭子死后，我就再也不曾体会过。

我小心翼翼地用双手搂住两个人的背。双胞胎的骨骼和肌肉都异常强壮。格拉菲纳瓦必然花费了无数时间锻炼,以便获得弹奏钢琴所需的力量。我再一次意识到,这两位刚刚十九岁的青年,克服的障碍究竟有多大。

我更加用力地搂住两个人。

05

结果,正式录音改到了第二天。因为双胞胎累了。

和马福特他们一起吃了晚餐,很开心。可能是白天的兴奋劲还没过去,席间我话多得连自己都惊讶。而且格拉菲纳瓦也很"健谈"。他们的手语可以说是雄辩。

"'真的要感谢萨瓦斯塔诺教授……绪方,你的声音太了不起了。干吗做出这种奇怪的表情?放心吧,别的不说,钢琴的声音我们能用这个(说着动了动指尖给我看)听。只要一摸琴键,就知道调音师的功力如何。今天的声音太妙了。从来没有过那么好的声音。真是最可口的苹果。小,但是沉甸甸的,非常好吃……'我说德奈斯、克劳斯,你们能不能让我休息一会儿?眼前这么多菜都冷了!"杰奎琳抱怨说。

"'我们的手指可以弹钢琴、可以听声音,还可以这样说话。杰奎琳,你也要练练一边吃饭一边翻译的本事才行啊。'——喂,我干吗非要给自己提要求啊？"

这话让大家都笑了起来。

大概是因为开心，以为已经完全融入群体的我，问了一个唐突的问题。

"德奈斯、克劳斯，你们是为谁弹钢琴？"

双胞胎想了一会儿，只回了一句"'为了无名'"，然后微微一笑。

桌上刹那间安静下来。

"那是谁？"

"'无名之人。没有名字的人。'"

双胞胎露出恶作剧般的笑容，没有继续说下去，转而说起舒曼校订版的话题。

兄弟俩的谈话技巧很高，两只手的行动配合十分默契，灵活自如地不断引领着餐桌上的话题。不过最妙的还是表情。虽然两个人的表情大多数时候并不相同，但明显处在同样的精神状态下。一种感情，两种表情，这弥补了双胞胎在语言上的缺陷。

音乐也是如此吧。他们两个人具有同一种音乐（乃至感情），并用两副身体来演奏。所以那样的演奏才成为可能……我醉醺醺的大脑乐于思考这些事情。

"或许我也会不再用'他们'来称呼，而是自然而然地称呼为‘他’吧。”我对杰奎琳说。

晚餐后，我和杰奎琳去了街边的酒吧。有点儿醉了。

“哎，我早就这么喊他了。”杰奎琳笑着说。梳起来的蓬乱头发散发出淡淡的香气，“你没注意到？”

“是吗？”

“是啊。我一直说的都是‘他’！”

杰奎琳喝了不少酒，声音很大。不过，她的话里包含着我以前也曾感觉到的拒绝。杰奎琳望向吧台后面的镜子，突然沉默了。她卷起袖子，手臂搁在吧台上。

“啊，真舒服。”

肌肉结实的胳膊很美。我的视线不禁从她的侧脸转移到胳膊上。

“看别人的胳膊很好玩吗？”

“也不是，只是觉得很美。”

“很结实吧。”

“很结实啊。”确实很结实，“但也很美。”

“你啊，”她似乎有点儿感动，“嘴真甜。这是夸我吧。”

过了一会儿，她又开口说：“喂？”

“什么？”

“你觉得，格拉菲纳瓦，是处男吗？”

我呛了一下，但杰奎琳很认真——虽然醉了。

“嗯，没经验吧，肯定的。”

杰奎琳靠在吧台上，噘起嘴唇。那双唇深深吸引了我。坦白地说，那是情欲。

“你想知道？”

“嗯，很想。”

是吗？

杰奎琳对格拉菲纳瓦怀有爱意。仔细想来，这也没什么奇怪的。但是，我心中突然涌起一股急迫的感情。

像是在说“还是算了吧”似的，我伸出手想要搂住她。这是嫉妒吗？我自己都半信半疑。我没能抓住吧台边缘，身子一晃，靠在她肩上。抓住她裸露的手臂，杰奎琳的头毫无抗拒地靠向我。刚才闻到的发香更加强烈。炽热的气息喷上我的颈子。某种柔软的东西压在我的咽喉上。是嘴唇。杰奎琳在吻我的脖子。小而坚硬的牙齿，濡湿的舌头，我切实感受到她的欲望。

我意识到，今晚自己会和杰奎琳睡觉。心中升起安心般的喜悦。然后我也发现，刚才的感情果然是嫉妒。

“和你睡觉……”我望着天花板说。

“什么？”

“就像是躺在马厩的干草垛上。”

我以为自己的肩膀要被咬一口，却听到扑哧的笑声。

"这是夸奖啊。"

"我知道。"

杰奎琳的身体一动,强烈的体味便从毛毯的缝隙间散发出来。青草气息和野兽气味的混合,并没有令人不快,反倒是确凿无疑地证明了杰奎琳肉体的存在。亚麻色的腋毛和耻毛密密的,干爽温暖,令人心旷神怡。鼻子凑在她乱蓬蓬的头发上,毛茸茸的,像干草一样舒适。

"行男?"

"嗯?"

杰奎琳的声音听起来十分清醒。

"真奇妙啊,竟然会和你睡觉。"

"嗯。"

我挪了一下手,触摸到她小而坚挺的乳房,但被推了回来。那手的力量让我感觉到和以前一样的拒绝。安静但强烈的拒绝。

"你怎么会和我睡觉的?"

"我本来就想和你睡。"我说不出肉麻的话,"就是这样。"

"谢谢你。我也是。我想和你睡觉。很想很想。但是这种想法到底是怎么来的?是你的想法,我的想法,还是别的什么人的想法?"

我不明白杰奎琳想说什么。

"我说,"杰奎琳在我耳边低语,那声音中有种令人惊讶的紧迫感，"我告诉你个有意思的事。"

"……"

我正在想要怎么回答，突然打了一个寒战。像是可怕事件降临前的瞬间，感觉到的那种战栗。

咚的一声冲击。

那就像是——天花板上掉下来一块冰冷的空气团。

冷气。

那股尸臭。

它凝成一团，落在我们的膝盖上。紧实、坚硬的冷气块，一下子在床上散开。

没开窗户的房间里，毛毯忽然被掀乱、飘舞。我们裸露出来的胸部刹那间感到逼人的寒意。我赶忙将毛毯向上拉，抱住杰奎琳，但袭来的寒意和臭气让我们无法呼吸。

突然间，冷气又消失了。恶臭也无影无踪。

毛毯里只剩下我们的体温。但是，冷气和尸臭已经渗入了我们的身体深处。这是某人的恫吓、警告。余韵填满了整个房间。尽管彼此相拥，但我感觉不到丝毫温暖。

我想起恭子躺在病床上的脸。

脖子以上都被绷带裹得密不透风，只有鼻孔和嘴露在外面。恭子的嘴和牙齿都严重损伤，看起来丝毫不像她。

不要忘记哦——仿佛有人在笑。

"格拉菲纳瓦啊。"隔了很久，杰奎琳才小心翼翼地说，像是害怕自己嘴里泄出尸臭似的。

"嗯？"我装作什么都没发生似的，将刚才中断的对话继续下去。

"格拉菲纳瓦啊，有心灵感应。"

杰奎琳飞快说完这句，身子缩了缩，像是害怕刚才的冷气再度出现似的。

06

"心灵感应"大概不能算是一个很常见的词，但我记得自己在哪里听过。有些人具有心灵感应的能力。可以读取他人的想法，或者不用说话就能彼此直接交流想法。

我对此并不惊讶，有那样的演奏能力，这似乎也是理所当然的。但是杰奎琳在说"心灵感应"的时候非常谨慎，就像是床上盘踞着某种不同寻常的东西。她向我讲起格拉菲纳瓦的漫长故事。

一九八九年，格拉菲纳瓦出生在波兰，父母都是公务员。

做分离手术很不容易。不过双胞胎的状态相对还好，他们的身体中各自具有维持生命所必需的内脏器官。等到长大以后，培养了足够的体力，就可以承受手术。这也是他们父母的期望。

但直到今天，也没有进行手术。

也许可以说是一种不幸，那家医院有一位儿童心理学研究的权威。对那个学者而言，格拉菲纳瓦是极其难得的研究对象。更别提双胞胎还具有钢琴天赋。

双胞胎的才能很快就被发现，也得到了恰当的指导。指导者就是那位权威——克拉拉·凯奇。

"她很会弹钢琴，在学院里组室内乐团、办沙龙什么的，其实是搞学院政治——很讨厌的老女人。"这是杰奎琳的补充。

即将迎来两岁生日的一天，双胞胎摸到了医院游乐室里的钢琴键盘，从此结下不解之缘。照顾他们的护士也会弹钢琴，双胞胎掌握指法的速度令她咋舌。他们在敲击键盘时的默契配合很快出名，克拉拉听到传闻，赶来查看。她毕竟曾以钢琴家为目标，一眼就看出双胞胎的惊人天赋。

第二周，医院给双胞胎换了病房。

克拉拉在给兄弟俩进行音乐启蒙的同时，也在做缜密的观察记录。两个人得以尽情演奏钢琴，而权威学者也能在教育天才的同时准备论文。他们过得非常幸福。

但是幸福连一个月都没能持续。

兄弟俩的语言能力发育出现了迟缓现象。语言能力原本很早熟的两个人，慢慢变得很少开口说话，用词也明显减少。人们怀疑他们的大脑有异常，但克拉拉知道并非如此。因为不仅是对话减少，原本性格截然不同的兄弟俩，个性差异也日益淡化。

克拉拉推测可能是钢琴的原因。也许当两个人试图用同一种风格歌唱的时候，个性就会趋向一致。这大概不是一个专家应该有的想法，但克拉拉只能得出这个结论。

克拉拉劝说双胞胎的父母让他们出院，这让他们的父母很困惑。克拉拉又说，让自己暂时抚养他们一段时间，这更让夫妻两人不知所措。但最终他们不得不点头答应。因为照现在这样下去，就算做了分离手术，双胞胎恐怕也不能正常说话。病情还有可能恶化。被人这样劝说，没有哪个父母可以拒绝。

双胞胎搬到了克拉拉准备的房子里。虽然第一次离开了医院，但还是处在克拉拉的保护下，所以也没什么不同。他们也闹过要到外面去，但外面的孩子们组成的世界，对于格拉菲纳瓦来说太严酷了。经历了数次冲突后，双胞胎变得愈发内向，终日缩在宅邸的高大练习室里，埋头练习钢琴。一年，两年，眼看就要满三年了。

就是在这个时候，格拉菲纳瓦开始说自己的耳朵出了问题。演奏时常常会听不到声音。两个人都说，声音会突然完全消失。检查没有发现异常，医生推测是精神方面的原因，但也没有什么办法，最终无音症还波及日常生活，不久后双胞胎再也听不到声音了。克拉拉大受打击，兄弟俩倒没有什么表现，他们坐在听不到声音的钢琴前，继续弹奏，与以往毫无分别。"除了声音，其他我都能听见。"据说当时格拉菲纳瓦这样说。

从那时候起，克拉拉开始产生怀疑，她找来以前在政府研究机构一同工作过的某位男性，超心理学家。

第一次见面，超心理学家非常兴奋。他做了若干测试，约好下一次见面，意气风发地回去了。但是并没有第二次。因为下一周，克拉拉便死于心肌梗死。克拉拉的死，让格拉菲纳瓦终于得以回家。

"一家人搬去了伦敦。有位慈善家听说了格拉菲纳瓦的天资，自愿资助他们，承诺为他们提供充分的医疗资源。那位慈善家长期资助着若干'天才儿童'。是萨瓦斯塔诺教授的一位朋友。"

"和心灵感应有关吧。"

"嗯。你猜得没错，超心理学家发现格拉菲纳瓦有心灵感应。好像是测试结果显示两个人具有超常能力。我因为会手语，很快就发现他们的双手配合很不一般，所以直接问了他们，他们也直接承认了。怎么说呢……德奈斯和克劳斯的人格通过心灵感应紧密相连，就类似一个广场。两个人都在那个广场里的时候，从外面看起来就像是一个人的人格……打个比方说，就像那种便宜的步话机，只能在同样的步话机之间说话，其他人插不进来。

"但他们也被限制在广场里，无法离开。肉体也连在一起。

限制很多很多，但兄弟俩把它们全都变成了武器。"

"格拉菲纳瓦的话变少又是怎么一回事？他们现在不是很能表达吗？"

"据说他们是在父母过世之后，又开始表达的。大概是因为没人代替他们说话了吧。"

"过世？"

"是啊。在伦敦，交通事故。"

"……"

"还有一件事。格拉菲纳瓦住在克拉拉家里的时候，死过两个用人。一周内连续死亡，原因不明。"

"是吓唬人的吧？"

"当然不是。哦，对了，那位超心理学家只见了他们一次，因为回去路上就死了。也是交通事故。"杰奎琳的脸色苍白。

"我已经不开车了。因为以前出过事故。"

我本来想笑，但要接吻的时候，牙齿却发出轻响。我和她不知道谁在颤抖。若有若无的尸臭，似乎还残留在谁的唇边。

07

钢琴闪耀着黑色的光泽，优美的曲线如同小舟般美丽，竖起的反响板宛若船帆。施坦威，理性的钢琴。不会盖住钢琴家的风头，很适合格拉菲纳瓦。因为他们的演奏中没有容纳钢琴情感的空隙。双胞胎在录音的过程中始终很沉着。我和前一天一样把琴键调得很松，而他们的弹奏也同样完美。所有音符都在必要时发出必要的声响，排列成没有一丝缝隙的纪念碑一般的音乐。

但调音室里的人听着录音，陷入了沉默。如果这段录音上市销售，以前听过广播的人肯定会感到疑惑。因为这里面并没有格拉菲纳瓦他们独有的、能够唤起听众共鸣的魔法般的感情。

演奏没有错。技巧和诠释也无可挑剔。很难提出重录的要求。更糟的是，格拉菲纳瓦似乎对这段演奏非常满意。

两个人坐着特制的轮椅出了录音室，有人从身后拍了拍我的肩膀。不用回头也知道，那是马福特。杰奎琳也跟在后面。我朝杰奎琳递了个眼色，但她没有丝毫反应。

"我有话要说，去会议室吧。"马福特有些恹恹地嘟囔了一句。

"总之那段录音不能用。简直像是把一个个音符放到尺子画出来的线上一样。这样我都能弹。"马福特绷着脸说完，振作了些，"要重录。"

"怎么说服他们？他们好像很满意。"

"我就是搞不懂这一点。杰奎琳，你怎么想？他们怎么会满意呢？"

"没什么奇怪的。"杰奎琳淡淡地说，"他们只是做了他们想做的事情而已。弹了他们想弹的。"

"就是那个？那个演奏？"

杰奎琳看了我一眼："就是那个。"

"杰奎琳，"马福特说，"你是不是知道什么？如果不想说就不说，但现在我们能做些什么？"

杰奎琳耸耸肩："……什么都不用管。他应该很快就会恢复，重录今天的演奏吧。重录的时候肯定会很精彩，让大家都满意。"

她的语气很奇怪。十分肯定，毫不迟疑，但表情又显得对那个结果满怀悲哀。随后杰奎琳便离开了房间，就像是话都说完了似的。

第二天早上，我在酒店餐厅吃早饭的时候，格拉菲纳瓦进来了。看到我，他们露出开心的笑容，让助理把轮椅推过来。

"不介意一起坐吧？"

虽然翻译不在，不过我靠临时学的标准手语勉强能应答。

"当然。"

格拉菲纳瓦把助理打发走，餐厅里只剩下我们。

"谢谢你。多亏有你，昨天才能那么顺利地录音。"

克劳斯用单手打着手语，德奈斯的手灵巧地用勺子舀了一勺煎蛋，送到他嘴边。

"我们偶尔也会这样相互喂饭。"

勺子的用法非常熟练，人也吃得很香。我看得有点儿出神，直到克劳斯给德奈斯喂鸡蛋的时候，我才意识到一点。

是单手手语？

现在说话的是克劳斯。

"德奈斯？"

我试着比画出这个名字，于是德奈斯放下勺子回应。

"什么事？"

我手颤抖着端起杯子喝了一口水。不是两个人同时打手语。这是我第一次和两个人分别对话。

"昨天的演奏——"

"我知道你想说什么，"两个人轻轻一笑，对望一眼，"不喜欢吧？"

"故意的吗？知道不行，却还是那样演奏？"

两个人点点头。德奈斯还是一脸笑容，克劳斯却露出些许退却与犹豫的神色，像是在说"别再讲了"。个性果然不同。

"有什么感想？"这是克劳斯。

"很完美，但是非常禁欲。就像是在炫耀能把自己的感情抑制到何种程度一样。"

"是吧。"这是克劳斯。

"是吧!"德奈斯兴致勃勃。

"让马福特先生、萨瓦斯塔诺教授失望了。对我们的职业生涯也有负面影响……但是我们必须夺回一次。"克劳斯仿佛很痛苦。

"'夺回'?"

"夺回演奏。"德奈斯的眼神黯淡,但透出坚强的意志,"从那家伙手里夺回来。"

之前的演奏不是双胞胎的本意。他们说的是这个意思。

"而且不能没有你的帮助。"

"我会的。我会帮助你们。"似乎触及核心了。我竭力搜寻下一个问题,"我说……"

我刚要开口,有个声音说:"睡过了吧?"

是谁?我环顾了一圈空荡荡的餐厅,视线落回格拉菲纳瓦身上的时候,那声音又说话了。

"睡过了吧?你和杰奎琳?"

咖啡杯倒了。桌布上的黑色污渍扩散开来。我的视线却被双胞胎的脸和口吸住,无法摆脱。两个人的唇弯成同样的弧度,笑声中露出洁白的牙齿。犹如咳嗽般的含笑。格拉菲纳瓦纵声笑着。

"没听到吗？"

"怎么了，调音师，你自豪的耳朵呢？"

"怎么了，床上大师，你自豪的那个呢？"

"杰奎琳怎么样？"

"结实的腿。"

"平平的胸。"

"臭烘烘啊，调音师，臭烘烘的。"

"你下身都是那个女人的味道。"

"我当然知道。我有两个鼻子呢。"

两个声音竞相嘲笑。冷酷少年的笑。勺子在杯里搅动。麦片溶在牛奶里，化作粥状。声音后面是一个人。不是德奈斯，也不是克劳斯。是我没见过、没听过的人格。"调音师的耳朵"不是摆设。

"你是……谁？"

"想知道吗，绪方？"声音从容不迫，"那我告诉你吧。但得把你那对上等的耳朵用狗屎塞起来。用不着它们。因为我的名字没有声音。"

声音的主人报出自己的名字。没有声音的名字。

冷气。尸臭。

这一次，它们由我体内袭来。

一定是在床上遭遇之后，它们便一直潜伏在我身体里，悄悄等待机会。我的呼吸冰冷,就像是霜气落在舌头上。我情不自禁捂住脸颊的双手,也沾染了那股恶臭。

那场汽车事故以来,我一直试图躲避的东西,一直试图无视的东西,浸染了我的全身。

被卡在驾驶座上动弹不得的我,盯着沾满黑血、逐渐苍白的恭子的脸,无法挪开视线。那时的恐惧——更准确地说,是真实的死亡感——变本加厉地回来了。

我肯定发出了惨叫,但我自己并没有听到。我连同椅子一起摔在地上,耳朵中听到最后的话。

你记住,那就是我的名字。

那就是我的名字。

自我介绍早就做过了。

08

苏醒过来的时候,酒店的医生正在观察我的眼睛。据说我突然摔倒,格拉菲纳瓦喊了助理过来。

没有异常。只是贫血。大概是太劳累。医生说。

也许吧。不,肯定吧。

但还是留下了一些影响。一件衬衫报废了。染上的恶臭怎么都洗不掉。全身的皮肤都变得很敏感，后来的一个星期连剃须刀都用不了。

还有一点——那天，格拉菲纳瓦恢复了。

听说他们主动要求推翻前一天的录音。除这部分内容之外，还录了两张唱片分量的音乐，以及几支原本没在计划中的曲目，作为广播之用。所有这些都在两天内完成，工作量惊人。

录音的时候我没有到场，托人帮我录了磁带，躺在自家的床上听。不出所料，格拉菲纳瓦的演奏极其精彩。

诠释的主线并没有变，但投入的感情几乎要冲破那个框架。负荷过重的音符仿佛达到了燃点，一个个燃出炫目的火光，连乐谱都要点燃似的。是会先烧掉乐谱，还是赶在那之前弹奏出来呢？从容不迫的、绝妙的速度控制，让紧迫感更为强烈。

就这样，从未有人听过的贝多芬的感情活动呈现在眼前。那就像是飞跃高山的鸟儿所看到的景象，充满了深邃、险峻，以及自由。

幸好没去听录音，我想。这不是身体衰弱的时候适合听的音乐。双胞胎远远超越了过去的自己。

杰奎琳说的完全正确。

最关键的时刻我在睡觉，马福特却很宽容："今后还请您多费心。"

挂上电话，我很想见杰奎琳。只有和她，才能谈论双胞胎身边笼罩的尸臭。

但她休假去了，酒店也退房了。格拉菲纳瓦的下个活动档期是在三个月后。

空出这么多时间，我该做什么呢？那时候我脑海中只生出一个想法，于是我买了去伦敦的机票。

接到马福特的传真，是在入住的廉价酒店里，休假还剩两个星期的晚上。传真上详细写着格拉菲纳瓦巡回演奏的日程安排。从伦敦出发，为期四个月在全世界巡回演出。

双胞胎终于要登台了。

格拉菲纳瓦的秘密为人所知只是时间问题，所以哪怕是为了抢占先机，巡回演出也不能再晚了。

双胞胎的唱片获得了异乎寻常的成功。或许也因始终未曾露面的神秘感激起了人们的强烈好奇。不过我觉得，还是精彩的演奏牢牢吸引了大众。

马福特还写道，格拉菲纳瓦等着我回去。那到底是"格拉菲纳瓦"的希望，还是潜伏在两个人声音中的那个人的希望？无论如何，我都不得不回去了。

我需要在能听到那个声音的地方做些事情。

酒店房间的电视机连接着录像机。这几天，我都一直盯着一幅画面看。

画面上是一栋古旧的山中小屋。

还没有过度世俗化的山中疗养地。许多孩子在前院的草坪上玩耍。不少人在跑,但轮椅也很醒目;还有戴着安全帽、走路摇摇晃晃的少年;围成一圈玩球的少女们坐在地上;也有明显患有唐氏综合征的孩子。

这是疗育营的录像。杰奎琳和格拉菲纳瓦第一次见面时的录像。阳光充足的门廊里放着钢琴,格拉菲纳瓦正在那里给孩子们弹钢琴。

有人从镜头前穿过,随即又迅速折回来,对着镜头做了个鬼脸。那是三年前的杰奎琳。野战医院的护士,穿着印有鲸鱼图案的 T 恤和探险队一样的半截裤,张嘴大笑着。然后,她站在双胞胎的背后,隔着肩膀入迷地望着键盘上跳跃的指尖。

在这个时刻,我已经决心杀死格拉菲纳瓦。

＊　＊　＊

……

对,回想起来,可以说正是那盘录像带里的画面让我生出了杀意吧。让格拉菲纳瓦兄弟和其他几个人的命运发生决定性变化的那场杀人事件,归根结底,起源于那个古老山中小屋里的疗育营。

邀请格拉菲纳瓦的是那位伦敦的慈善家——他不仅资助音乐家，也资助各个领域的活动。

第三世界的文化遗产和野生动物保护、无声电影库。残障儿童教育团体也是其中之一。不过，在那位慈善家的资助项目中，这个疗育营也比较重要。他会召开一年一度的夏日聚会，除了邀请残障儿童教育相关人士，还从各个领域邀请诸多友人参加。他的老友、各界名士都会来到这里，与孩子们和疗育营的工作人员共同度过愉快的几天。

那个疗育营，是慈善家为格拉菲纳瓦准备的登场舞台，是为了给双胞胎的事业构建相应的人脉关系。

那盘录像带也许依然存在于某个地方。如果能看到其中的内容，恐怕会很吃惊吧。因为其中的演奏丝毫没有格拉菲纳瓦的风格。不要说那种魔术般的感情旋涡，就连录音时那种仿佛把自己裹在坚硬而冷漠的铠甲中的过度抑制都感觉不到。

直到今天，只要闭上眼睛，那景象也是历历在目。

阳光充足的门廊。破旧不堪的钢琴。孩子们坐在周围的长椅上。杰奎琳随意指了一个孩子，让他随便唱首歌……于是格拉菲纳瓦做了个略显滑稽的动作——左右两边的肩膀分别耸了耸——然后随着那个旋律即兴演奏起来。孩子们咯咯笑着，放松下来，逐渐沉醉在音乐里。

不断诞生在眼前的音乐。

听听他为数不多的唱片吧。从里面能听出格拉菲纳瓦对音乐做了惊人的"加速"。那与音乐的张力或者演奏者的投入无关，更不是速度的问题。那可以说是演奏者把乐谱变成实际音符时，将声音送出来的力量吧。

格拉菲纳瓦所做的"加速"，几乎连音符自身都无法承受。无论如何迟缓的乐句，无论如何精致的弱音，音符一个个以子弹般的强度发射出来。那给了音符们绝对的自由。

但是，疗育营的格拉菲纳瓦完全不同。那是不带丝毫勉强的音乐。双胞胎只是在见证音符以自己的力量诞生，并与周围的孩子们一起，观察这刚刚出生的婴儿。

刚从澡盆里抱起来，还滴着亮晶晶的水滴，尽力呼吸新鲜空气的小小音乐——

……是的。

确切存在于这个世界、呼吸着空气的音乐。

那是现实的音乐，生者的音乐。

09

十月二十一日，开始彩排的日子。我前往指定的会场。

伦敦的公演有三场节目。

其中两场是独奏，是将古典、浪漫、近现代加以组合的传统节目。而剩下一场用于新人钢琴家的初次公演，是前所未有的安排。名为"歌曲的黄昏"。

女高音和男中音站在前面，格拉菲纳瓦做伴奏。歌手们都是一流人选，但真正的主角是格拉菲纳瓦。年长的伴奏者退休时，为了歌颂他的功绩，也会举办这样的演唱会。但新人引领著名歌手展示其伴奏，这是前所未有的。为歌曲伴奏需要高明的克制力，格拉菲纳瓦的奔放并不适合。

我到了会场，时间还早，于是决定去拜访爱娃·林霍尔姆。

她是当下在声乐曲和歌剧两个领域都取得了最高成就的歌手。或者应该说，她在不断地取得最高成就。当我还是一个初出茅庐的钢琴家时，爱娃就已经是整个大陆屈指可数的著名歌手了。那时候我们曾经在宴会上聊过几次，但不知道她记不记得我。不过报了名字以后，我很快就被领到了会客室。爱娃坐在一面大镜子前，身下是她一直带在身边、最中意的椅子。爱娃朝我挥手，伸出的白皙手臂上金色汗毛闪闪发亮。宽松的淡紫色长裙衬出丰满的乳房。蜜色的波浪鬈发与丰腴的身材放射出摄人心魄的威严。北方的女杰背对着镜子，蓝色的眼眸中充满笑意。

"我还记得你，"她的嘴唇殷红，苍白的虹膜美得令人窒息。富态的体型有着凌人的美貌，"没错，就是这张严肃脸。"

"真是荣幸。"

"坐吧。要喝点儿什么吗?"她指了指利口酒的瓶子。

"我等下还要调音。"

"啊,真死板。不过是有那种打了麻药拔了牙还走去录音室录《魔笛》的人呢。"

"雇主的要求高。"

"哦,是那孩子呢。"

没有几个人能把格拉菲纳瓦喊作"那孩子"。

"那孩子,"爱娃叹了一口气,"真是了不起。不然像这种连彩排都要做三次的事情,我是不会答应的。"

"嗯,是哦。"

没有理会我的敷衍,爱娃接着说:"那孩子弹钢琴喜欢恶作剧。我好在唱歌,他非要在旁边拉我的袖子,带我走另一条路。我觉得挺有趣,也就跟着去了,可是,唱着唱着,就发现那不是我的歌。我在唱不知道谁的歌。感觉像是有人借了我的声音在唱。"

"不舒服?"

"没有啊,"爱娃眨了眨眼睛,"很有趣啊。"

"您大概是会这么想吧。"有这种度量的歌手,除了爱娃,大概也没有别人了。

"嗯,我还好。可怜的是约瑟夫。他唱沃尔夫的歌。"

"他是专家吧，几个大型企划都很成功。"

"这跟职业经历可没关系。"

她以非凡的肺活量大笑起来，镜子里的背影也随之晃动。

我苦笑着敷衍过去。不然恐怕会没完没了地陪她聊下去。不过她的意思我已经很明白了。

约瑟夫·布罗哈斯卡会和爱娃同台演唱《歌德诗歌曲集》。这是男女声部混合的声乐曲集。布罗哈斯卡的男中音具有稳定的技巧和纯净的表现，非常优秀，但这"非常优秀"只是职业歌手的前提而已。况且沃尔夫并不是随便哪个"优等生"都能唱的。

胡戈·沃尔夫，是十九世纪末德国最重要的作曲家，但很难说他的名气有带给他什么好处，也许是这位英年早逝的作曲家，作品偏向声乐曲领域的缘故吧。但沃尔夫绝不是内行人才喜欢的小众作曲家。能以极小的形式构建起巨大的音乐世界，足以同马勒与瓦格纳相抗衡的作曲家，恐怕历史上只有这一位。虽然一首声乐曲只有几分钟，但沃尔夫写的《默里克诗歌曲集》和《歌德诗歌曲集》都由五十首以上的曲子组成，要在一个晚上全部演奏完，无论对歌手还是对听众来说，都是几乎不可能的。具有极大和极小这两种截然相反的要素，必然会不断催生出分裂。而这一分裂本身就是活生生的音乐。这就是沃尔夫。

禁欲的完美主义，神经质的激情。在贫困、寒冬和孤独中工作，追求连鸟啼虫鸣都没有的寂静，书写煽动性的评论，出于自尊拒绝友人的援助，最终没能成为成功的歌剧作家，四十多岁时病死在精神病院。死因是肺炎。他的歌曲中充满了褪色枯萎的微小憧憬和甘美剧毒，也有要将听众剥皮、把压抑的疯狂暴露在空气中的逼迫。当那种深邃的痛苦、穿透身躯的呐喊、无可形容的感情，在格拉菲纳瓦的钢琴中扩大到极限的时候，歌唱家——约瑟夫，能够承受吗？爱娃能够承受吗？

我很担心。

或者，这就是他希望的吧。

"你啊，唔，是叫绪方吧？……啊！想起来了。你有个很漂亮的女朋友。"

"您不是说记得我吗？"

"哎呀，我说过吗？嗯，是个很可爱的女朋友啊。"

"您还是第一个问我能不能把女朋友让给你的人。"我耸耸肩。爱娃是个公私两面都不乏逸话的人物，"恭子死了。"

"是吗，真遗憾，"她的神色丝毫不变，"你今晚有空？"

"很不巧，我需要准备独奏会。"

"哦呵呵，如果改了主意，你就联系我。"爱娃坐在她中意的椅子上打了个哈欠，像是胖嘟嘟的猫，"听完彩排再回去吧。"

10

我一敲门，门就开了。

"进来吧。"杰奎琳竭力让自己显得冷淡。酒店的房间并不是套房，但相当不错。

"房间很好啊。"

"对一个手语翻译太奢侈了？"

"我想见你。"

"我可不想。"

语气像是在开玩笑，笑容也和以前一样。我稍微放松了些。接下来的话虽然难堪，但不得不说。

"好久不见了。"

"是啊。"

和爱娃聊过以后，我和格拉菲纳瓦一起做了调音。杰奎琳也在，但一直在做翻译。她自己没有说话，努力避免和我视线交会。

"今天很顺利啊，行男。找到诀窍了？"

"听说你这三个月都没有陪着格拉菲纳瓦，在做什么？"

"没什么。回乡下，尽量什么都不做——不和任何人联系，不拉大提琴，不想格拉菲纳瓦，不再回来——"她耸耸肩，"但结果还是和你一样，又回来了。"

"我一开始就打算回来。"

"哦哟，那有没有带礼物啊？"

"都是没意思的东西。比如三年前有你的录像。"

杰奎琳的表情僵硬了。

"我兼职侦探。跑了不少地方，见了很多人。也见了卡塔丽娜，他们的婶婶。双胞胎出生的时候她也在。还有疗育营的相关人员。"

"哦。"

"但是看到那卷录像带，我还是很吃惊。第一次看到格拉菲纳瓦那么轻松地弹钢琴。"我留意着杰奎琳的反应，继续说，"那架钢琴，我也弹过。声音有点儿涩，但暗藏锋芒，相当不错。"

杰奎琳不禁瞪大了眼睛。

"其实，我也参加过那个疗育营。还是初中生的时候。为了接受萨瓦斯塔诺教授的集中训练，我第一次去欧洲。连同暑假一共三个月。有次，教授建议我们休息一下，所以带我们去了疗育营。坐小车去的。"

"我呢，是他们问我要不要做音乐疗法的助理。类似打杂的，然后偶尔拉一拉大提琴。"

"不过，听说你非常期待参加那次活动。因为在你们那个圈子的人，隐约听说了一些格拉菲纳瓦的事情。你把大提琴带去了营地。因为你想和格拉菲纳瓦演奏二重奏。然后某个晚上，你成功说服了他们。那时候发生了什么，你向一起做志愿者的朋友说了。"

"哎呀，你真是打听了很多啊。明明没发生什么事。"

"当然没发生什么事。没什么大事。但是，有个重大的变化，眼睛看不见的变化。"

杰奎琳的脸色苍白。

我继续说道："那个晚上，一开始你拉得战战兢兢，但是格拉菲纳瓦的钢琴很配合你的大提琴，支撑了你的演奏。就算节拍错了，他们也能跟上。不仅如此，他们甚至用钢琴引导你，后来演奏就变成双胞胎主导了。

"不是说他们牵着你走，只是你想演奏的音乐，他们早了半步而已。对此，你非常开心。两种乐器的配合从没有这么精彩过。

"但你也有些不安。就像是和第一次见面的人聊天时，对话开始朝着意想不到的方向发展，而你竟然还说得滔滔不绝。对方的谈话技巧很高明——而与你一样，格拉菲纳瓦也是一脸困惑。这是你对朋友说的。"

"那，你说的重大变化，到底是什么？"

"格拉菲纳瓦以前只有独奏的经验，和你是第一次合奏。变化在他们那边。被改变的不是你，是格拉菲纳瓦。"

"……"杰奎琳点点头。

"在那之前,格拉菲纳瓦都像那盘录像带里一样弹钢琴。一个个音符都充满了爱,悄悄给听众赋予力量。但在那次之后,每个人都说:双胞胎的音乐完全变了,到底发生了什么呢?"

"爱上我了吧。"

杰奎琳装出若无其事的样子。于是我知道她不是在开玩笑。

"常有的事。恋爱改变曲风。"

"确实。你被爱上了,被'他'。"

杰奎琳抬起头。

"你终于正眼看我了。"

"别闹了。你什么都知道了,是吧?你还想套我的话吗?"

"我知道的其实很少。只有一点,格拉菲纳瓦还有一个兄弟,一出生就死了,连名字也没有。'无名'因为脐带绕颈,濒临死亡,其他两个还有希望。所以医生放弃了无名,救了德奈斯和克劳斯。三胞胎变成双胞胎活了下来。"

"知道这个就足够了。"杰奎琳声音压得很低,但颤抖很明显。

"不,接下来才重要。我回来的原因之一,就是要确认那个。"

"装腔作势,真是可笑。那么你的推理是什么?"

"无名还活着。在格拉菲纳瓦的心灵感应场里。"

"……是吗?"

　　"无名一出生就死了。那痛苦肯定无比巨大。脐带死死缠住咽喉，又被手术刀强行从兄弟们身上割开。一次都没有吸过奶，一次都没呼吸过这个世界的空气，就这么死了。他也许没有像我们这样明确的意识轮廓，但他可以肆无忌惮地释放自己的感情。死亡的痛苦所带来的惨叫般的情感，深深烙印在格拉菲纳瓦的'广场'里，也就是三个人共同形成的原始状态之所。刚刚诞生的情绪，与濒临死亡的心情，两者合二为一，变成强烈的未分化的感情。那样的信息状态就是'无名'。"

　　"是吗？"

　　"活下来的双胞胎，想必怀着真切的'心灵创痛'吧。双胞胎的心是相通的。而支撑这种相通的心灵感应场中，有着深深的伤口，就像是用刀在黑胶唱片上划出的伤痕。双胞胎一做思考的时候，那伤口必然会痛。

　　"不过，我不禁想，对伤口来说，世界是什么样的呢？每当双胞胎进行思考，伤口就会受到刺激。就像唱片上的伤痕一样产生刺耳的噪声。如果，自己就是那个'噪声'呢？它当然和死去的真正的'无名'毫无关系。但是，如果我是那个噪声，我也会产生这样的想法：我还活在这里，为什么你们都不知道我？看不见我吗？听不到我吗？"

　　"是吗？"

　　"伤口——惨叫的回声——认为自己是人。人是必须宣称自己存在的生物。由'广场'通往外界的通道，只有一个。

"音乐。

"德奈斯和克劳斯，必须借助心灵感应的力量才能演奏。两个人要完美地完成各自的任务，只能如此。为了演奏，德奈斯和克劳斯会变得毫无防备，承受无名的干扰。无名利用两个人的演奏，将自己的感情向外释放。

"无名夺走了双胞胎的音乐，塞住他们的耳朵和嘴巴。双胞胎至今还在尝试夺回音乐。就像在录音的时候，那种毫无感情的音乐。"

"是吗，是吗，是吗！——啊，够了！"杰奎琳举起双手，"够了，够了。你说得对，说得很对。既然你都能理解了，就回去吧。这些和我没关系。"

"不行。我答应过双胞胎，要帮他们。"

"那和我有什么关系？"

"——关系是二重奏。

"你唤醒了无名。原本无名只是双胞胎心中的信息幽灵，是你的二重奏唤醒了他。对双胞胎而言，合奏是全新的体验。独奏与合奏是不同的。如果无名只是向外叫喊，倒也无妨。即使那叫喊声损害了超心理学家还有克拉拉·凯奇的身心，导致了他们的死亡。

"但在合奏中，必须用敏锐的耳朵去倾听对方的音乐。必须用通俗的语言进行交流。必须走到摇篮外面。你就这样解放了无名。"

"啊,当然是这样。我不会反驳你。但是你什么都不明白。你没有和'他'合奏过,但是我有。我用这里,"杰奎琳说着,用手指戳了戳自己的胸膛,"感觉到了他汹涌的感情。他不是死人。他好好地活着!如果你要帮双胞胎,那我就是他的战友。"

"……我第一次听格拉菲纳瓦的演奏,是《拜厄》的第八条练习曲。听磁带的时候,我不是在听格拉菲纳瓦,而是在听自己感情的记忆。我相信那盘磁带,所以决定接受调音的工作。现在,'无名'的激烈音乐封锁了那个拜厄。我想听德奈斯和克劳斯的音乐,这个世界的生者的音乐。我是为了这个才调音的。"

"不管你怎么调音,他都会按自己的想法做。只要坐到钢琴前,就没人能阻止他。"

"我会试着阻止。用这双手。"我将双手举到眼前,想着,就算自己手上沾满鲜血也没关系,"无论如何,我都会在这次演唱会上阻止他。"

杰奎琳低下头。心思已经不在我身上了。所以我准备好的最后几句话没能说出口。

——杰奎琳,你意识到了吧?

为什么格拉菲纳瓦要给声乐曲做伴奏?

无名想要的不是钢琴,也不是手语,而是新的语言。

声音唱的歌，真正的声音唱的歌。

他会和以往一样轻易得手吧。但我不能忍受。

11

十月二十三日，演唱会的第一天。

这天和第二天是独奏，二十七日是"歌曲的黄昏"。

第一天的听众基本上都是邀请来的客人，节目单上也写明了格拉菲纳瓦的身体状况，但当双胞胎坐着轮椅出场的时候，会场还是变得鸦雀无声。而一曲奏完，音乐厅却被另一种寂静包围。随着节目的继续，听众愈发专注于音乐。等到最后一曲结束时，听众席被安静的狂热所吞没。第二天，各大报纸都对演奏会做了大幅报道。由于"首次见面"的曲目都出自精心选择的斯卡拉蒂、韦伯恩、希曼诺夫斯基等人，所以没有一篇报道打出廉价的煽情标题。所有的评论都真诚地面对年轻巨匠的诞生。演奏的内容无须大费笔墨。如今谁都能买到唱片。

即使从格拉菲纳瓦的成就来看，这也是至今为止的巅峰了吧。听众的反应更激发了他的热情。当初杰奎琳的二重奏唤醒了无名，他现在更会以这些听众为口粮，进一步成长吧。

没多少时间了。

我把刊登评论的报纸叠起来。日期是今天，十月二十五日。声乐曲独唱会是在二十七日。

录音室里没有人。因为格拉菲纳瓦取消了预定的彩排。我告诉马福特自己要进一步调整音色，打算在这里耗一天。

"你在啊。"

格拉菲纳瓦出现在录音室门口。没有旁人。

"你们来了？"我也用手语回答。

"我们想见你。"

轮椅靠了过来。格拉菲纳瓦脸上浮现着得意的笑容。这是无名的笑容。因为两张脸上出现的是一模一样的表情，就像是放映同一档节目的两台电视机。

"不是要调整音色吗？"

我着手调音。

刚一动手，格拉菲纳瓦便说话了："哟，这是什么声音。不错啊绪方，很厉害啊。"

他在笑我。或者是知道了我和杰奎琳说的话，所以攻击我。我背对双胞胎转过身去。手语交流的时候，只要这样做，就不必和对方说话了。

用了一个小时，调音工作告一段落，我让格拉菲纳瓦弹弹看。倍音的成分比上次更丰润，这是为了配合沃尔夫的声音。

"那就弹弹看呗。"

双胞胎自己推轮椅来到钢琴前。踏板调整到脚可以放上去的位置。双胞胎把双手放在键盘上，像以前一样按了三次。

"原来如此，绪方行男是这么调音的吗。"

双胞胎故意转过身，对我发表了手语的评论，然后重新转回去，弹起了《默里克诗歌曲集》的伴奏部分。《春来了》——喷涌欲动的尾奏奏响的同时，我也被带入了音乐之中。《少年和蜜蜂》——钢琴四周充斥着可怜而忧郁的振翅声。《猎人之歌》——宛如高地空气般格调优美的旋律，深呼吸时沁入心脾的愉悦。《维拉之歌》——钢琴音色打开了通往幻想岛的窗户。乌托邦幻想。包裹在迷雾中的岛岸。《少年鼓手》——少年刚入睡时做的天真的梦，在异国酒保奇怪的醉酒喧闹中逐渐变形，音乐在少年的睡意中慢慢衰减。同样的音型不断反复、减弱，直至断绝，令人疑惑少年是否已然入睡的时候，突然间猛地响起"咚"的和音，让我回过神来。

被音乐吞没了。头脑中空无一物。

洁癖、固执、禁欲、天真、幻想、过度的热情，这些组成胡戈·沃尔夫的要素，犹如揭开瓶塞的香水，熏染了整个房间的空气。正如香气会作用于肉体和精神两方面，格拉菲纳瓦也作用在我身上。仿佛沃尔夫混入了我的身体，让我战栗不已。

"怎么样？"两张脸庞得意地看着我。

太棒了，每首曲子都像单独重新调过音似的。音色的丰富多彩，远远超越了我的调音。简直不敢想象这是我调的音。音色甜美得令人战栗。每一个音符都散发出沃尔夫的疯狂。

"明白了吧？不管什么钢琴，我们都能弹出自己想要的声音，"格拉菲纳瓦又发出了声音，"就算是那架钢琴。"

"你以为能用调音对付我们？"

"不管什么音色，你都可以试试。科尔托、波利尼，都能弹给你听。"

两张嘴交替说话。

格拉菲纳瓦站起身。他们比我更高。那具身体，两张脸带着同样的笑，居高临下地看着我。德奈斯的右臂和克劳斯的左臂从两侧抓着我的肩膀。力气很大。我想推开他们，但手臂动弹不得。肌肉隆起。冰冷的恶臭越来越浓。

"你就这么点儿力气啊。"

"连我的手都推不开。"

两只手臂用力摇晃着我，手指掐住我的喉咙。

"你工作很细致。"

"做得很出色。"

"可惜就这样而已。"

"不管什么声音，我都能任意改变。"

"变成我的声音。"

双胞胎哈哈大笑，像甩开什么东西似的放开了我。

"是吗？"尽管声音嘶哑，但我终于还是挤出了声音，"你害怕了。"

无名的脸色变了。

"别怕啊，无名。"我第一次喊他的名字。腐臭突然变得更为强烈。那个酒店的清晨闪过脑海，我掩饰住自己的恐惧，继续说道，"越是逞强的家伙，越是胆小。"

我站起身，朝他逼去。趁着无名露出些许怯意的时候，我猛地抓住德奈斯的手。

"德奈斯！"我用力掰他的手指，"无名，够了吧。你的强大只是依附于手指的幻影。只要折断一根，你就再也不能吹牛。"

"不要，"无名压低声音说，"不要喊他的名字。"

我又抓住他左手手肘，呼唤克劳斯的名字。

"啊——"

两个人脸色苍白，颤抖起来。冷气浸透了我的脚踝，爬上了我的大腿。但我不能低头看。就像是攀岩的时候不能往下看。心理防线一旦失守，恐惧便会随之而来。我加大了掰德奈斯手指的力度。

"痛吧，德奈斯？这是你的疼痛，是你手指的疼痛。克劳斯，这是你的手肘，不是无名的。"

两个人的脸上，四只眼睛里有什么东西在激烈斗争。出来吧，我在心里喊道。出来吧，踢开那家伙。

两个人的眼睛突然恢复了平静。随后，德奈斯和克劳斯依次从各自的眼睛中浮现出来。说话难听的哥哥，低调踏实的弟弟。好久不见了。自那个酒店的早晨以来。

"行男……"纤弱的声音，是克劳斯，"帮帮我……是我啊。"

"德奈斯、克劳斯……"我的手放松了一点儿，"是你们吗？"

我刚一开口，两个人突然消失了。回过神来的时候，我的手已经被甩开了。

"你上当了。"他嘿嘿笑起来。

随后，它来了。

它——无名向我释放出的那个东西，我不知道如何形容。

和酒店遭受的一击类似。一股强烈刺激我的恐惧，破坏我感情和意识的冲击力。虽然没有晕过去，但我内心的感情汹涌澎湃，让我无法承受，只能蹲在地上，半晌无法起身。恍惚中，我只知道无名笑着离开了房间。

但那只是和酒店早晨的一击相似，本质并不相同。

首先，没有丝毫寒冷。其次，没有那种令人厌恶的气味。

那是更纯粹的力量。直接撞击我感情的力量。原本被恶臭掩盖的、更为本源的东西，展现出了一丝模样。

那是无名的真容？

我不知道。

12

第二天，做了最后一次彩排。

约瑟夫·布罗哈斯卡意气风发地来到练习场。即使是不熟悉他的人，也能从他充满自信的脸上看出他的积极。后面是爱娃不慌不忙地走进来。我已经调好了音，退到墙边。

"调音师，怎么样？"

爱娃朝我打招呼。虽然是日常的发音，但因为充分做好了发声的准备，听来格外深沉，显示出她充沛的肺活量、柔韧的声带，以及本人的人格魅力。听到这样的声音，真是会羡慕起歌手来——无名也是一样吧。

"请听钢琴。"

爱娃笑着走到我身边，捅了捅我的肋下。

"你在干什么坏事吧。看表情就知道了。算我一个哦。"

"我可不懂你在说什么。"

"瞒不了我。"

"《歌德诗歌曲集》很有难度，挑战性很高吧。"

"还在装糊涂。好吧。不过会不会按你想的发展，那可说不定。"

爱娃笑着朝钢琴那边走去。布罗哈斯卡站在那里，好像已经等不及了。

双胞胎也已经坐在钢琴前。

彩排开始了。

《歌德诗歌曲集》——明天将从中选出二十首曲子，由爱娃和布罗哈斯卡轮流演唱。我坐在椅子上听彩排。像他们这样的一线歌手，很少会在一般的演唱会上全力以赴。那是为了避免过度用嗓。更不用说今天只是彩排。

但首先布罗哈斯卡便展示出意料之外的气魄。他唱得果敢大胆，仿佛挣脱了优等生的桎梏。充满生命力的歌声与伴奏水乳交融，就像给素描涂上色彩似的，音乐的感染力得到极大的加强。布罗哈斯卡似乎非常中意格拉菲纳瓦的钢琴伴奏，不断地唱下去。曲子即将结束，为了保护嗓子，布罗哈斯卡提早停下了歌声。接下来是爱娃。

"你是调音师？"

我朝声音的方向望去，布罗哈斯卡坐在我旁边。他是高个子，还年轻，手臂像樵夫的一样结实，长相也很有男子气概。从他精心梳理的大背头来看，是个很受欢迎的人物。

"真羡慕你啊，可以随时在双胞胎身边工作。"

"是啊。"

我的冷淡答复似乎有点儿扫兴，不过他很快又重新振作起来,继续说道:"让他们伴奏实在是了不起的体验。下一刻该怎么唱,音乐上的灵感层出不穷,然后就按照灵感唱下去。因为太肯定了,连我自己都害怕。你明白吗?他们的演奏能使歌手的力量增强好多倍。"

我对布罗哈斯卡的迟钝感到惊讶。他被无名玩弄在股掌之间,却毫无察觉。

"听说你以前也是钢琴家?那你也知道他们多厉害吧?"

这话没有恶意,只是没过脑,所以我也不好生气。

"知道。"

"是吧?我第一次听的时候也吓了一大跳。当时他们为我伴奏《阿那克里翁》。你听过吗?"

我回答说"没有",布罗哈斯卡更来劲了:"光是开头的和弦,就让我感觉像触电了。就像是用锤子朝这里来了一击,"他指着自己的心脏位置,"我就什么都不知道了。那天晚上我还做了梦。"

我心里一惊。他也用了"一击"这个词。和我的"一击"相似吗?

布罗哈斯卡还要继续说,但爱娃已经开始唱歌,他终于住口了。

爱娃的彩排远胜于布罗哈斯卡。布罗哈斯卡自己好像也明白,后来没再说话。

尽管如此，让他们如此认真的，还是格拉菲纳瓦的力量。客观上的精彩伴奏。但是，钢琴家还没发挥出自己的本领。或许只有爱娃，在歌唱的过程中注意到了这一点。

她恐怕已经猜到了吧。格拉菲纳瓦的背后还有一个人格，以及我的计划。

"算我一个哦。"

即使爱娃不说，我也计划要这么做。在我的计划中，爱娃·林霍尔姆是不可或缺的。我打算将她拉进来，做一个善意的共犯。

13

最后的调音结束后，我走进休息室。独唱会当日。前半场已经结束了。

格拉菲纳瓦身穿特制的黑色晚礼服坐在镜子前。休息时他们换了崭新的衬衣和黑色领结。镜子里映出他们的身影，白色闪闪发光。我有种错觉，仿佛自己走进了装有多面镜子的房间。

"嗨。"无名打起手语招呼我。马上就要再度出场，他却显得很轻松。

"嗯。"

两张脸上露出同样的笑容。无名的笑脸。

"做得很不错。"

我称赞他们休息前的演奏。在爱娃和布罗哈斯卡的故乡，这些曲目都算普及。格拉菲纳瓦还没打算恣意妄为。是想在后面发挥本领吧。

"调音结束了？"

"嗯。"为了纠正演奏中产生的走音，我趁休息时间重新调音。

"麻烦你了。事情很多，幸亏有你。"

"客气了。"

"最后一场了。我说……"

"嗯？"

"你在干什么坏事吧。"

好像没什么戒心，也不是故作姿态。对于我的小动作，既担心又期待。就是那样的笑容。

奇异的是，在这短短的一刹那，我对无名没有恨意。

"果然还是要帮德奈斯他们吗？"

"嗯。"

"今天吗？"

"嗯。"

他扑哧笑出声来："别让我失望哦。"

"我在努力。"

"我很期待。装了炸弹吗?"

"你有德奈斯和克劳斯做人质,我不能那么乱来。"

"没错,"无名笑嘻嘻的,那是毫无防备的笑容,"那你要怎么做?"

我也跟着笑了:"你用自己的手去确认吧。我也会在听众席上听的。"

"真期待啊,走吧。"他喊来房间外面的助理推动两个人坐的轮椅,"回头见。"

"嗯。"

"对了。"无名在轮椅上回过头。助理停下来。无名张开嘴,但像是忘记想说什么似的,又闭上了嘴。"啊,算了,走吧。"

无名转过头去,我看不到他的表情。

我旁边的座位上坐着萨瓦斯塔诺教授。这是专设的"格拉菲纳瓦亲友团"座位,包括我们在内。马福特夫妇也坐在对面。但没看到杰奎琳。

"刚才还在大厅看到她,"教授直视前方说,"肯定在哪儿听着。"

"是啊,"我也直视着前方回答,"教授?"

"嗯?"

"教授知道'无名'吗？"

"……"教授翻看手边的小册子，盯着格拉菲纳瓦的照片出神，那里有个无法拍下来的钢琴家，"知道。"

"什么时候？"

"杰奎琳唤醒无名的第二天早晨……我知道他们有个兄弟死掉的事，所以能猜到。"

"让杰奎琳做手语翻译的，是教授您吗？"

"对。我劝她去做助手。她也识谱。"

"做无名的助手？"

"……"

"找我来的也是教授。大概马福特先生也是您选的吧。"

"差不多。"

"教授很关心无名？"

"很关心，"教授的视线没有离开小册子，"非常关心。"

"死者——"我尽可能小声说，"不是有更适合去的地方吗？"

"话是不错。"教授看向我的眼睛。我发现他眼中的虹膜色彩比以前淡了许多。回想起来，教授马上就要八十岁了，"但是行男，你认为他适合去哪里呢？你有权决定吗？"

我无法回答。

听众席暗下去，舞台明亮起来。

14

三角钢琴占据着舞台中央的位置。内部纵横排列着支撑琴弦的琴框，可以承受二十吨的重量。"要将音乐连接稳固，需要相应的力量。"调音学校的老师好像这样说过。

格拉菲纳瓦坐到钢琴前。接着，爱娃和布罗哈斯卡从舞台两侧上场。在着装上负有盛名的爱娃，很少见地穿了一件镶银的黑色舞台服，显得很朴素。

爱娃深深吸了一口气，钢琴声随即响起。第一曲开始了。

谁解相思渴

谁知我心伤

《迷娘Ⅱ》[①]。少女迷娘本是意大利贵族的女儿，年幼时被人诱拐，如今在北国沦为流浪艺人。这是她在面对悲惨命运时所唱的歌。

钢琴声零零落落，音符的间隔逐渐缩短，如同步调细碎的小跑，急急赶上来。

远离众欢乐

孤单何苍凉

---

① 歌词采用冯至先生的译本。

举手天寥廓

极目向彼方

钢琴突然停步,随即又像是重新思索般再次零零落落,如此重复。慢慢地,荒凉的心境逐渐显现出来。

啊!

爱我识我者

嗌嘻在远方

我神多眩惑

焦灼我心肠

谁解相思渴

谁知我心伤

刹那的叫喊,可以窥见少女心中的疯狂,但那伤口马上又封闭起来,歌曲结束。看不见的伤口依旧在沉默的彼方呼吸着。听众鸦雀无声,连咳嗽声都没有。

第二曲。同样是《迷娘》。

你认识吗

那柠檬花盛开的地方

金橙在阴沉的叶里辉煌

一缕熏风吹自蔚蓝的天空

番石榴寂静,桂树亭亭

你可认识那座山?

到那里! 到那里!

啊, 我的爱人, 我要和你同去!

电流穿过身体。

这是"无名"的讯息。

向往南方的光芒、肥沃的泥土、缀满鲜花与果实的国度——那其实是迷娘的故乡。从暗云低垂、贫瘠无趣的北方传来的讯息。这是无名从他所在的地方传送到人世间的讯息。

你认识吗

那白石为柱的楼阁

广厦辉耀, 洞房里灯光闪烁

大理石向我们凝视

可怜的孩子, 人们怎么欺侮了你?

你可认识那座山?

到那里! 到那里!

啊, 我的恩人, 我要和你同去!

你认识吗, 那座山和它的云栈?

骡儿在雾中寻它的路线

洞穴中伏藏着蛟龙的苗裔

岩石欲坠, 潮水打着岩石

你可认识那座山？

到那里！到那里！

是我们的途程

啊父亲，让我们同去！

你们！

——无名的手指紧随着爱娃的歌声，无声地歌唱着。

你们！

听！我的歌、我的声音、我的名字！我在北方。听到我的声音了吗？

手指的叫喊侵袭了爱娃的声音，想要控制它。它成功了一半，但爱娃撑住了。她并非正面抵抗钢琴的"攻击"，而是先接受，然后释放到大幅度抛物线式的换气中，避免自己受到侵染。她把钢琴的感情驯服在自己的歌里。

但平凡的歌手会如何呢？

轮到布罗哈斯卡了。紧张让他脸色苍白。

钢琴的声音陡然一转。

雾霾一扫而空，放出炫目的光芒。

《春满四时》。春天的花园。布罗哈斯卡歌唱竞相开放的花与芽之美。芒草的白花，番红花的新芽，樱草傲娇的姿态。格拉菲纳瓦将音色的效果发挥到极致，犹如银铃一般，花草盛放的盎然春意洋溢在大厅里。音乐简直让会场的空气都为之一新，我也情不自禁深深吸气。

格拉菲纳瓦的脸上浮现出喜悦的表情。那是整个大厅尽在自己手中的喜悦，同时也是看穿了我的"伎俩"、认为自己终将胜利的自信。之所以这么说，是因为格拉菲纳瓦悄然看了我一眼。

确实，我的伎俩很快就会暴露。计划很脆弱，无名当然会瞧不起，但胜负还没定。

音色优美的歌曲还在持续，第二十九曲到第三十一曲中的异教声响。来自《西东诗集》的赞酒歌。布罗哈斯卡唱得很粗放，不拘泥于技术上的细节。听众们沉醉在美妙的歌曲中，但没人发现一个事实：这首歌曲已经是钢琴的了。唱歌的已经不再是布罗哈斯卡了。布罗哈斯卡打算歌唱自己的情感，但其实只是钢琴的情感通过了他的嘴唇而已。钢琴增强情感的压力，布罗哈斯卡的声音便会愈加凛然；钢琴抛出媚眼，他便暗送秋波。简直有些可笑。而在歌声背后，钢琴却无拘无束。被神宠爱的喜悦、沉醉在蜜酒中的愉快，那些感情挥洒得淋漓尽致。向异国的神灵祈祷，扮作酒神，通过布罗哈斯卡之口，将对这个世界的向往一口气宣泄出来。

但是，在音乐的水面下，发生的不仅是这些。

我与无名的战斗还在继续。

无名的两张脸上都皱起深深的纹路，似乎隐约感觉到有些不妥，但还说不清哪里不妥。

歌手又换成了爱娃。

今夜的高潮越来越近了。

……杰奎琳，你正在某处听着吧？是在这个音乐厅里吧。我下的"毒"似乎已经开始生效了。你应该明白的。无名的音乐中，开始混入其他声音了。会意识到这一点的，只有我和你，萨瓦斯塔诺教授，还有爱娃吧。

爱娃终于开始挑战曲集最后的三支歌曲。这是沃尔夫创作力的巅峰。爱娃和无名一定会全力对峙。

无名缓了一口气，掏出手帕擦了擦手指，又擦了擦两个额头。

……杰奎琳，我来说说自己的"伎俩"吧。

以那架钢琴键盘的中央为界，我改变了左侧和右侧的音色。这种事情并不少见。比如霍洛维茨的钢琴，高音、中音、低音，都是截然不同的性格。霍洛维茨就是驾驭着那样的乐器，创造了无比绚烂的音色。

华丽敏感的高音，深沉雄厚的低音。这是我的处方。键盘的反应也做了改变。触碰的力度、按下琴键时的发声位置、回弹的速度，左侧和右侧都不一样。就连音调也有极其细微的差异。但是，至今为止，无名都在完美地控制着键盘。他没有尝试将声音完美混合,而是把不能混合变成音色的优势,展现出与音乐相应的活力和霸气。多么出色的技巧啊。无名肯定计划克服我故意造成的障碍,即使演奏略显不协调也在所不惜。

但是,无名彻底忘记了一件事。

"无名"这个人并不存在。

存在的只有德奈斯和克劳斯。

无名用力敲击琴键。

黑云涌起,电光闪耀。

《普罗米修斯》——反抗神灵者的歌。

爱娃直截了当地唱起这首适合男声的歌。挺胸歌唱的姿态,犹如帆船船首与船尾的雕像一般雄伟。

歌曲痛骂神灵:如果没有这些弱者的祈祷,你们连吃的都没有!

……杰奎琳。

德奈斯和克劳斯都还活着。我在对格拉菲纳瓦施暴的时候,那物理的疼痛将两人唤回了这个世界,尽管只是极短的一瞬。我在想办法再现那一刹那,以不可逆的方法。

如果有什么办法能够唤回双胞胎,那只能是音乐。就像无名在与你的二重奏中觉醒自我。若是以音乐的力量,双胞胎也可以打碎无名的枷锁吧。

我意识到一个极其明显的情况。德奈斯用的是右手，克劳斯用的是左手。德奈斯和克劳斯各自拥有自己的身体。两个大脑。两个心脏。两条手臂。两对耳朵。他们必须意识到这一点。我只要让他们意识到这一点就够了。

这就是我的"伎俩"。对于混杂的不协调音，两个人的耳朵会感觉到不快吧。两只手会为键盘的反应差异而疑惑吧。一点点积累在音乐中的不协调感，必定会真正唤醒德奈斯和克劳斯吧。若是如此，他们便可以再度夺回自己的演奏吧。

歌声背后，无名开始丧失对乐器的控制。双手不再协调，左右的声音差异也无法完美控制。音乐开始丧失力量。德奈斯和克劳斯从无名手里夺回了自己的手臂，而爱娃则渐入佳境。

《伽倪墨得斯》。甜美的音乐沸腾起来。被宙斯掳去天庭的美少年的恍惚独白。这里，钢琴家必须在细节的处理上做到极致。

但是，无名的双手已经被德奈斯和克劳斯夺回了。双胞胎转入反击。压抑情绪、照本宣科的演奏。浪漫的氛围破坏殆尽，但听众都被爱娃吸引，似乎并没有注意。伴奏不断后退，她在前面如同女王般歌唱。声音的艳丽与超强的表现相映生辉。

……杰奎琳，接下来要做的，是杀死无名。不过我做的都只是准备工作而已。接下来德奈斯和克劳斯会怎么下手，说实话我并不知道。

《人类的局限》。钢琴声犹如远钟，随后化作静静的颤音，歌声随之而起。风格自《普罗米修斯》陡然转变，歌德歌颂起人类的渺小、对神灵的谦逊。

爱娃的歌声到达了最高潮。歌曲所需要的感情，全都由她一个人承担，连原本交给钢琴的部分都牵引过来了。

而德奈斯和克劳斯，依然无视歌曲的氛围，继续敲击琴键。不过由于是双胞胎的表演，极其单调的伴奏也并不无聊。这应该不仅仅是为了抑制无名。似乎这种敲击本身——我不明白它的原理——就是杀死无名的方法。

爱娃出乎意料地加入。她一个人承担了歌曲的"感情"，德奈斯和克劳斯得以专心于杀戮。无名开始增强歌曲的感情，围困双胞胎，但没有效果。

歌曲临近高潮。这首曲子描绘出弧度大大的感情曲线，在顶点处有着感情的激发。如果无名有胜算的话，只能是在中段的高潮部分。必定如此。

假如人飞向空中

用头顶 去碰撞星星

悬空的脚 就无处踏落

而云和风 会把他戏弄

我怀疑起自己的耳朵。

无名没有反击。无论钢琴的音量如何升高，都有着奇异的安静冷漠。再也听不到无名的声音。也感觉不到尸臭。只有向空旷的地方空荡荡散开的音乐。空旷、寂寞的地方。

我终于明白了。

无名即将死去。

无名不是拥有实体的"人"，只是在心灵感应场运行时引发异常行为的伤口。只要伤口修复，无名就会消失。

德奈斯和克劳斯终于找到了无名的所在。他们用钢琴的声音扫描了自己的心灵感应场。将高纯度的声音投射到心灵感应场里，通过反射回来的感情强弱来掌握场的异常、伤口的位置，然后他们更换声音，敲击伤口，细心打磨。就像是打磨金块表面的伤痕，使之光洁平整一样，他们用没有感情的声音反复敲击、打磨伤口。在演奏这三支歌曲的过程中，德奈斯和克劳斯一直在打磨无名。

演奏回到了开篇的构思。洪钟般的声音响起。双胞胎在做修复伤口的最后工作。浑厚深沉的声音。如同声呐般反复鸣响的声音，听起来就像是持续打击无名不再动弹的尸体，也像是丧钟的声音。

在丧钟忽远忽近的声音中结束了无名的葬礼后，舞台上的四个人，朝听众深深鞠躬。热切的掌声响起，将他们淹没。

助理来到舞台，帮助格拉菲纳瓦起身。爱娃和布罗哈斯卡站在双胞胎两边，抓住他们的手，高高举起。

轻而易举。

……杰奎琳，这样就结束了吧。我的任务到此也就结束了吧。世界上首屈一指的钢琴家刚刚被杀了，只有极少数的几个人注意到了。

布罗哈斯卡满脸兴奋，朝听众用力挥手。真是得意扬扬。他算是头一个不知道发生了什么的人吧。他的脑袋里只有自己的巨大成功。布罗哈斯卡上前一步，朝听众席张开双臂，一脸感动地深深鞠躬。再度抬起头的时候，他的表情奇怪地扭曲着，似哭似笑，却又无动于衷。接着，布罗哈斯卡抓住琴谱架，转过身高高举起，朝格拉菲纳瓦砸去。

一声闷响，双胞胎倒在地上。第二击，鲜血喷涌，会场大乱。下一击砸向助理和爱娃。第四击、第五击，布罗哈斯卡继续击打格拉菲纳瓦。樵夫般粗壮的手臂毫不停歇。不到一分钟，格拉菲纳瓦便不再动弹了，而布罗哈斯卡的手臂依然在挥舞。沉重、深长的闷响，有规律地回荡着。

15

格拉菲纳瓦死了。头盖骨破碎，好几根肋骨刺入肺部。

三年过去了。

爱娃受的是轻伤，但很久都没能复出，最近才终于开始唱歌。本该成为事业巅峰的数年时间白白逝去，她那种神圣的魅力如今也消减不少。马福特后来也再没见过。我靠当调音师和钢琴教师勉强维持自己和家人的生活。我和杰奎琳去年结婚，生了一个儿子。

布罗哈斯卡发疯住院了。至今还常常发作，被关在隔离病房里。今后大概也出不来吧。他的人格似乎完全被破坏了。

被谁呢？

这里有一盘磁带。

磁带录的是爱娃和无名的最后一次彩排。能听到音乐会上最终没有唱的歌曲。那是回应听众的安可曲目——《迷娘Ⅲ》。

迷娘被选去向过生日的孩子赠送礼物。她打扮成天使，完成工作以后，不愿脱下天使的衣裳。

让我保持这形象直至逝去

请别把我的洁白衣裙脱下

我将会匆匆离开这尘世

去到地底坚实的家

音乐中既没有悲痛，也没有激情。忧伤的色调中交织着安详的表情，流淌着既非长调也非短调的淡淡情感。迷娘虽然不是甘心受死，但也隐约有这样的渴望。生死相依的音乐，异常甜美。

事件告一段落之后，我重听这盘磁带，不禁愕然无语。因为在磁带里，疗育营时柔和对待音乐与感情的格拉菲纳瓦复苏了。不仅如此，其中无名的感情表现虽然受到极度压制，但也在共同鸣响。两种音乐相互认可、相互追逐。听这盘磁带的人，能够体会到沃尔夫与格拉菲纳瓦与听众感情的共振吧。音乐回响在音乐定位恰如其分的那个地方。

现在回想起来，为什么当时会弄错，原因显而易见。因为那架钢琴。一看到疗育营的录像，我就把过去完美时刻——我曾经自负地那样认为——的自己投射到那架钢琴上了。并且，也将这一模式简单地应用到双胞胎的身上了吧。那架钢琴上演奏的音乐是正确的，现在的状态是不正确的。我有了这样先入为主的想法，把无名与双胞胎套入敌对关系的模式中，认定《拜厄》和疗育营的演奏才是双胞胎的。

我错了。这不是很明显的吗？格拉菲纳瓦要演奏音乐，心灵感应是不可或缺的。无名的存在必不可少。无论何时，格拉菲纳瓦的音乐都是冠着格拉菲纳瓦这个姓氏的三个人演奏出来的。敲击钢琴弹奏出来的纯净音乐，也是因为有了无名存在，才成为那样的音乐。

在二重奏中觉醒的无名，曾经有过自行其是的时期吧。但两种音乐迟早会汇集到一条道路上。就算那时候布罗哈斯卡没有杀死双胞胎, 既然无名死了, 那么也不会再听到那种纯净无瑕的音乐了吧。不仅如此, 原本有可能听到的和解了的音乐, 也不再可能。

那都是因为我的性急, 但我也有辩解的余地吧。德奈斯说过"从那家伙手里夺回演奏"。当时的我选择相信他的话, 也是可以理解的吧。双胞胎并没有撒谎。他们仅仅是当局者迷罢了。

故事已经太长了。

但是还有后续。比如说布罗哈斯卡。为什么他会杀死格拉菲纳瓦?

幸好, 最适合谈论这件事的对象, 即将来到这个房间。多年杳无音讯之后, 昨天我收到了一封信, 信上告知今天他会来这里。这个长长的故事, 其实是为那一位准备的手记。

那么, 为了结束这个故事, 就让我合上手记, 等待那位访客吧。

安东尼奥·萨瓦斯塔诺教授。

＊　＊　＊

……

绪方行男的公寓临近大街, 很快就找到了。建筑陈旧但稳固。我下了出租车, 走进公寓的大门。

按照管理员的指引，我沿着走廊往前走，拐过一个弯，尽头处是他的房间。上等的绒毯消弭了我的脚步声。离门越近，我的心跳越快，近来凝聚在腹部的冰冷痛楚也愈加强烈。

我悄悄按了按内里的口袋，那里的触感让我安心了一些。我受到鼓舞，按下门铃，转动把手。玄关很暗，没人出来。

"请进。"

我顺着声音的方向自行走进去，光线从书房投出来。是电脑屏幕的光。行男正在敲击键盘。昏暗的房间里，只有屏幕和他的脸是亮的。

"这么晚了，不好意思。"

"请进吧。杰奎琳带孩子去看动画片了。随便坐。"行男盯着屏幕，微微笑道，"稍等一会儿，马上就好了。"

"现在几点？"

"九点。"行男依旧盯着屏幕回答。

"那么……"我在内袋里摸索，"借个烟灰缸。"

"啊，令人怀念的雪茄。"

行男总算朝我望来。但是，和我预想的一样，那副表情并不是我所认识的行男。

"好久不见……无名。"

"您知道啊。"他若无其事地回答。

"当然知道。毕竟两个人都是我的学生。"

我点起今天的第三根雪茄,吸进一口烟:"在写什么?"

"您瘦了很多啊,脸色也不好。"

"回答我。"

"记录。某个杀人事件的。标题还没决定。《杀死无名》怎么样?"

"有趣吗?"

"当然。这是要杀我的某个男人的感情记录。"

"你是如何写就的?"

"很简单。我给了绪方行男'一击'——这就把我的模式复制到行男身上了。我并不是只能存在于心灵感应场里。只要是信息流动的场所,并且能用某种方法制造出伤口,我就可以把自己复制过去。在行男身上造成的伤口很小,但我慢慢膨胀,最终完全吞噬了他。行男自己还没注意到的时候,我就把他换掉了。我一边吞噬他,一边品尝他的感情,就像走马灯一般。非常美味。全部吃完以后,他的所思所想,就全都变成我的了。我就这样变成有血有肉的人了吧。

"虽然吃起来是不错,但写下来更有趣。行男的人格、记忆、感情都还活在这里。"无名用行男的手指敲击自己的胸口,"在我内部激活这生动的感情。行男对我是怎么想的,如何愤怒、如何悲伤、如何陷于妄想,又如何调查我,想了哪些办法对付我。我都写下来了。"

我仿佛看到一幅画面。人体被活生生肢解、浸泡在水槽里。

"亵渎。"

无名露出困惑的表情。他也许并不熟悉这个概念。

"我并没有杀他哟？这份手记就是在激活他的时候写下来的。所以也算是他的作品。现在行男还认为这是他自己写的。他以为和杰奎琳结婚的是他自己。激活的期间，他还活着，也很幸福。"

"杰奎琳……她知道多少？"

"唔，多少呢……她管我叫行男，态度也很正常。我也什么都没说。不过……"行男无所谓地一笑，"我觉得杰奎琳根本没和行男结婚吧。"

无名对自己之外的一切都很蔑视。就连感情，在他看来也只不过是可以自由操控的一块碎片而已。

"那，其他几次杀人怎么解释？杀死双胞胎的是你。你给了布罗哈斯卡'一击'，借此装下了定时炸弹。克拉拉·凯奇，她的两个用人，超心理学家，乃至你的父母。都是你杀的。你的幽灵会摧残人的心灵。你打算继续到什么时候？"

"我能理解教授您的遗憾。你们一直试图把我和德奈斯他们融为一体。那样也许不错吧。但把这件事情交给行男却是个错误。所有一切都搞砸了。没办法，我就是这么活着。不能死，也不能一直被兄弟灭杀。我不是普通人，所以必须活得更顽强。

为了活下去，我什么都会做。"

"你认为自己活着？"

"教授您不这么认为啊。那么这个您又怎么看呢？"

无名微微一笑，那张脸突然变了。

绪方行男出现了。无名解开了束缚。该怎么形容那副表情呢？禁锢在狭小的空间里，什么都看不到，什么都听不见，长年任人摆布的表情。当然，行男的脸上也不是没有幸福的表情。他的嘴唇颤抖不已，是在说什么吧。也许是说自己在做梦，梦见多年以后自己回到母校，与我重逢吧。只是无名切断了声音，我不知道他为什么那么愉快。

"我的想法不同。人是不是活着，这是个很微妙的问题。简单来说，教授，您的夫人也是一样。"

"我夫人？"

"我知道。教授您的夫人早就去世了，但是您还保持着以前那种抽雪茄的习惯。行男一直以为您夫人还活着吧。只要教授您的习惯不变，不知内情的人就会认为您夫人还活着。而这也是您期望的。夫人还活在您抽这根雪茄的小小行为里。有时候，人只需要那样的形式，就足以存在下去。"

"坟墓不是人，墓碑也不是本人的话语。"

"那么如果有一种可以不断更换自身内容的墓碑呢？"

"生者无法安宁。因为不知道接下来坟墓会说什么。"

"我可是很话痨的坟墓。在这个世界里，声音不够大，就没人听。"

无名把书房角落里的钢琴盖掀开。那是夏日营地里用过的钢琴。也是我送给行男的结婚礼物。

"我没有自己的手指。没有声音、没有眼神、没有名字。我没有任何能够证明自己活着的东西。那我只能借用了。我用了双胞胎的手指。他们不听话，我就让布罗哈斯卡杀了他们，好换到行男身上。这挺好的。一直在双胞胎身上，恐怕到死都是处男。不管什么都行。钢琴也好、歌曲也好、手记也好。我是聒噪的坟墓，不能不说话。就算杀死寄主也不行。"

我从内袋里掏出手枪，对准无名的额头。

"这可不是老人家该拿的东西。"

"我参过军，不会打偏。"

"从哪儿搞来的？"无名浅笑。

"杰奎琳给我的。"

这个回答终于让无名半晌说不出话。

"……我也可以给教授您'一击'，那样我还能继续活下去。"

"那样我会当场自杀。"

无名露出狰狞的神色。他知道我是认真的。

"这具身体是行男的。他可还活着。您要杀了他吗？"

我没有放下手枪。

无名苦笑起来:"好吧好吧,要是没给您看行男就好了。"

"该够了吧,这不是个好机会吗? 放弃吧,无名。该承认二十多年前的死亡了。"

"啊,我总算明白了。教授,您得了癌症吧? "

无名嘿嘿笑起来。猜对了。原发肝癌,已经转移扩散,无法治疗了。

"难怪这么瘦。太过分了。自己没了风险,才想着要行动。之前明明一直放任自流。您就是这么负责的吗? "

说得没错。但是我必须负起责任。我是一切的元凶。一切都是我造成的。双胞胎与杰奎琳的相识,音乐与商业的结合,让无名觉醒成危险的形态。把行男牵扯进来,是最糟糕的主意。行男自从那场交通事故之后就常年与死亡相伴。一只脚已经踏进了死亡中。对于无名来说,没有比行男更好的控制对象了。

再说一遍,我是一切的元凶,所以我默默地打开了手枪的保险栓。

"哎呀哎呀,顽固的老爷子。这不是什么都没解决吗? "

无名摆出举手投降的表情,嘿嘿笑着。毫无防备、装傻充愣地笑着。

我几乎要跟着他笑起来,但忍住了。

"为什么不笑呢? "无名继续笑着说,"害怕和我共感吧? 害怕我的'一击'。您总是这样。什么都知道,但从不蹚浑水。"

无名说的都是真的。我没办法笑对这些指责。但能言善道正是他的武器。

太多的话语和感情在周围旋转。烦人的坟墓。聒噪的死亡。

我扣动了扳机。枪声犹如竭尽全力敲击琴键发出的声音一般回响。子弹射穿了额头正中的位置。行男的头剧烈晃动，就像是要从头里赶走什么东西似的。

随即，硝烟与强烈的血腥味扑鼻而来。

……

就这样，我杀死了他。

无论受到什么指责我都无可辩解。我杀的是世界上最优秀的钢琴师。如今已经不可能再听到那样的旋律了。杀他的不是别人，正是他在音乐上的合作者——我。

就这样，正在迎接死亡的我，将这一段连同行男的手记合在一起，把一切经过保留下来。

但是正如一开始所写的，每当想到他的死亡，不知为何，我的心中总会感到某种愉悦。

是我太不尊重死者了吧。不过，我并不是要诋毁无名才这么说。我从来没有想过他该死。但是，在祭悼、追慕无名的时候，除了这种愉悦之外，没有别的感情。

我回想起最后那个晚上。

我闻到了血和硝烟的强烈气息。

但是其中没有行男所说的"尸臭"。所以也可以认为，无名自己选择了领受我的子弹，舍弃自己的"名字"而死。

门口的门开了，杰奎琳从背后抱住我。我感到她的热泪落在我的脖子上。

"谢谢你，教授。"

"该我说谢谢才对。"我回答说。

……

杀他的时候，我有种畅快的感觉。行男剧烈摇晃的脖子，在我眼中看来也是令人愉悦的景象，就像是我打算通过杀死他来解放无名似的。仿佛将原本只能存在于人类感情中的无名，释放到更为广阔的天地去。

我知道自己说的不合逻辑。没有行男，无名便不可能存在下去。正因为如此，我才扣动扳机。

但是，尽管如此，我还是很喜欢这个不切实际的幻想。

我幻想无名离开行男的身体，用某种全新的方法活下去。也许，他找到了方法，不再依附于某个人，继续存活下去。

如果真如无名所说，只要是信息流动的场所，他便能够继续生存，那么比如我和家人、朋友每天通过交谈或肢体动作交换信息的时候，在那信息流的水面上，也许就会映出他的身影。在因双方的干扰不停变换的微微涟波上，他也许正在浅笑着。

是的，在我的这份自白和阅读它的你之间，以及你和家人、朋友对话交谈、感情交流的时候，也会映出无名的影子，并且他还会插进来聒噪不休……对于在二重奏中觉醒自我的无名而言，这不是很好的安身之处吗？

这样的幻想让我十分愉悦。因为我并不觉得那是诅咒，反而觉得那是一个人的祝福。

就像是高高树梢上的猫一样，他也许处在一个谁也无法触及的地方，露出各色笑脸，不断逃离我们的视线。

致　谢

关于胡戈·沃尔夫的简介和音乐特质，我参考了《沃尔夫歌曲集》和《沃尔夫＆马勒歌曲集》的专辑说明。特别是收录其中的喜多尾道冬先生的文章，他对乐曲的诠释给予我许多启发。谨此致谢。

呪界のほとり

咒界之缘

咒界啊，直到今天，
也是让我憧憬到心痛的地方。

01

爆炸声陡然在荒芜皲裂的原野中央响起,烟尘冲天。

并非地雷,也不是炮弹。没有任何可供引爆的东西,但就是爆炸了。爆炸点自己肯定也很困惑。那声响如同礼炮般欢乐。不过可能没人听到。因为在数百平方公里中,连一户人家都没有。

一个男子站在倾盆而下的砂土碎石中,手足无措:"我还以为是……"

嘶哑的喃喃自语,声音几不可闻。随着砂土渐渐沉落,男子的眼神愈发黯淡。黑色的乱发和壮硕的肩膀都被砂土染成了白色。除了挂在腰间的大砍刀,全身上下都是和平的蛮人风格。

那是个铁塔般的巨汉，还很年轻。

"节点搞错了，是吧？"伟丈夫确定了责任的所在，转而寻求赞同，"是吧，法夫纳①？"

男子的肩上，翡翠色的龙身体僵了一下。它缩起薄薄的翅膀，收紧抓在男子肩膀上的爪子。看起来很不舒服。

"唉，那边确实很乱，我也承认我催得太急，走错路也正常……"

男子深吸了一口气，鼓起厚厚的胸膛，皮革背心都快崩开了。充满力量的手臂像房梁一样壮实。他又呼出一口气，身体缩回去一圈。

"——但是，为什么总是这样？为什么每次都会把我带到糟糕的地方？"

和善的眼睛和眉毛都露出伤感的神色。

伟丈夫面前的视野极其开阔，直到地平线都一览无遗。东西南北都是如此。

"这就是艾莎的大密林吗？你倒是说说哪里能让我藏身？"

龙慢慢垂下瞬膜，仿佛很痛苦。那是拒绝交流的标志。龙族非常敏感。一旦承受不了压力，甚至会丢下同伴飞走。这是龙族设计者的小小恶作剧，结果不知道给回廊旅行者带来多少麻烦。对于往来于"回廊"的人来说，龙是地图，是指南针，是武

---

① 北欧神话中的侏儒，后来化身为龙。在歌剧《尼伯龙根的指环》中被改为巨人。

器，更是护身符，甚至比这些加在一起都更重要。一旦被龙族抛弃，人就很难活下去。伟丈夫在不影响龙的程度内耸耸肩，微微叹了一口气。

橙粉色的太阳慢慢升上天空。不远处的荒野将会变成巨大无边的煎锅吧。总之需要水。男子蹲下来，用食指敲了敲坚硬的地面。

"水来，水。水来，水。"

这么做应该就能喷出清冽的水。不管水脉位置在哪儿。只要没有特别的阻碍，需要水的时候，随时随地都能唤到手中。这就是"咒界"的规则。可是大地如同光滑的石头般坚硬无匹，没有渗出一丝水汽。气温眼见着不断上升，炙热的空气让周遭的景象都扭曲起来。

男子僵住了："法夫纳！"

龙没有抬起瞬膜。它不是在耍脾气，只是一心不想受伤。但是男子透过鞋底，感觉到地面越来越热，如此也就不能光考虑如何照顾龙族的情绪了。伟丈夫选择了正确的做法，紧紧抓住龙的细脖子："不能磨蹭了。求不到水。马上返回回廊。"

龙从鼻子里喷出火药味的烟，以示抗议。

"好像还有追兵。而且这里很热。我虽然不怕热，但这里太热了。你知道的吧？"

伟丈夫盯着龙的眼睛。龙打了一个哈欠，哈欠变成火焰，掠过男子的脸颊,但男子还是忍住没动。最后法夫纳先移开了视线。也许是因为想起正是自己导致这个男子遭受了种种苦难。龙抬起瞬膜。

"来吧,"伟丈夫露齿一笑,把落在旁边的背包背到肩上,"带我去银河的另一边。"

法夫纳展开双翼,头探向前方,凝视天空中的一点,识别空间的纹理。这是为了下降到宇宙的深层构造中。那里的回廊纵横交错,无边无际。

法夫纳的呼吸变得迟缓而深沉。龙与男子的身体节奏开始同步。伟丈夫感觉宇宙仿佛在以自己的左肩为中心不停旋转。总是这种感觉。当旋转达到临界点时,旋转的中心突然穿透,便会降落到宇宙的柔软层所穿透的回廊上。伟丈夫闭上眼睛等待那一刻。但是,旋转迅速减慢,一时高昂的情绪缓缓消散,未能完全共鸣的难耐孤独感膨胀开来。

"法夫纳?"

龙的尾巴甩了甩,发出咂舌般的声音。它闭上了眼睛。

"不会吧?喂,别这样啊。"

男子翻找背包,拽出测日计,对向炽热的太阳。测日计可以自动搜索太阳的序列号。然而搜索的结果是"找不到"。男子脸色煞白。这个星系在咒界之外!他想起通过节点的时候,那股令人不快的冲击感。那时候的加速方向肯定被什么东西影响产生了偏转。上浮时的冲击自然也很大。他擦掉头上的沙子，好像刚想起有沙子粘在上面。

伟丈夫蹲下来，叹了一口气，他连训斥龙的力气都没有了。只有在咒界才能下降到回廊。要回到咒界，当然需要宇宙飞船。也就是说——他自言自语——也就是说，我必须步行走到最近的宇宙港去。

伟丈夫下了决心。他挽紧上臂的皮革缠带，将大大的隔热薄板顶到头上，背向太阳走起来。

汗水仿佛无休无止，不过也只是在一开始的时候会这样。酷暑比想象中还要厉害许多，如果没有挡板，肯定连一千步都走不出去。男子的舌头发干，喉咙干涩，炎热和脱水让他头晕目眩，脚步踉跄。多亏了头巾，肺部才免于灼伤，但是浑身上下都起了火泡。偶尔狂风吹舞，热砂会打在上面。可是法夫纳倒开始在肩膀上打起盹来。托它的福，左肩沉甸甸的。如果由于它的重量导致左右的步幅不同，那么自己岂不是在画一个巨大的圆圈吗？伟丈夫头脑中的某个角落模模糊糊地想。占据绝对优势的太阳，将光箭毫不留情地倾泻在他身上，近乎物理的压力将他压扁。水来，水。水来，水——他嘶声呢喃。

"有水吗？"奇怪的幻听，像是扬声器里传来的声音，"有吗？"

"有吧，"伟丈夫热得什么都无法思考，"有吧，有吧。"

"那就给吧。"

"给我吗？"

"给。只要你告诉我你的名字。"

"这太简单了。我叫万丈——BANJO！"

向世界这样宣告之后，万丈向前摔去。炽热的沙子灼烧着脸颊，但他已经站不起来了。趴在地上死掉太丢人了，所以他拼命翻过身子。然而睥睨他的天空中没有太阳。正上方的浮空车挡住了太阳。

"你好啊。"

伴随招呼声，大量的水喷洒下来，在视野中炸开。水浪闪闪发光，热气和泥泞在他周围翻腾。

"欢迎来到清泉星①。"

万丈愤愤不语。

"哎，别那么生气嘛，"救了他的老人嘿嘿地笑起来，"我毕竟是你的救命恩人吧？"

确实，浮空车里很凉爽，脱水和烧伤都在急救箱的处理下迅速恢复了。含一片赋活片就感觉重新活了过来。但万丈心想，跟在快要死掉的男子身后默默飞了足足二十分钟，这种事能原

---

① Aguas frescas，西班牙语，意为"清泉"，也是莫扎特的歌剧《费加罗的婚礼》故事发生地。

谅吗？由于隔热板的缘故，他没注意到浮空车的影子。

能原谅个屁。万丈嘴里嘟囔着望向身边，只见法夫纳停在头枕上，专心打理自己的鳞片。这家伙大概不会生气吧。他想到这里，叹了一口气。每次一想到龙就忍不住叹气。

"拜访清泉星的客人啊。"老人兴高采烈地说。他的身材矮小，一副饱经日晒的样子，头发却蓬松雪白。一对旧式的视力矫正镜片架在鼻子上，内里透出锐利的眼神，"你们是从对面来的吧？"

"咒界。"

"哦。"

老人眯起眼睛笑了。上面的门牙少了一颗。看到这个，万丈没来由地生出不祥的预感。要当心他拉拢法夫纳。

之前他也上了一个疯狂科学家的当，吃了很多苦头。那家伙通过催眠术让万丈学习了所谓"多元道德"的思考系统。旅行者在异国他乡最大的障碍就是文化规范的差异。好在多元道德的一个套装涵盖了主要的五十八万种文化样式，只要了解对方的近似道德，便可以将使用者的所有知识和经历都在那个样式上重组。**告别文化冲击**——广告上是这么说的。就这么信以为真的万丈也是个蠢货。稍微动动脑子就会知道，多元道德只会建立起更适合对方而非使用者的状态。也就是说，万丈成了文化人类学上所谓的谄媚者。

最后万丈花了大价钱，找别的医生清掉了多元道德，但与其说是清除，其实说覆盖才对。医生也说了会有后遗症。真是糟糕透顶。从那以后，他就对这种气氛过敏。

座舱突然变亮。老人将顶盖设成透明了。从舱内可以看到绿洲。鲜艳的绿色和水映入眼帘。

"那是我的庵。"

仔细看去，看似树林的地方是茂密生长在宇宙飞船残骸上的植物群。那像是移民用的大型个人宇宙飞船，但风化很严重。

"那是？"

"我的船，遇难了。"

"救援呢？这里的宇宙航天保安机构呢？"

"保安机构？哈哈哈，清泉星的居民只有你和我两个人，没有别人了。毕竟是乡下。"

万丈沉到椅子里。对于"居民"这个称呼已经没有力气反驳了。

回廊用不了。

宇宙港也没有。

我，龙，老头子。

"别担心，交给我吧。"

"谢谢……呃。"

"我是包瓦斯①。亚当·包瓦斯。"老人笑得脸都鼓了起来,"我是哲学家。"

万丈诅咒自己的命运。

02

庵的本体原本是宇宙飞船的居住舱。四周环绕着从绿洲引出的水路,看到的绿色是豆子、蔬菜、果树、香草之类。其中格外引人注目的是超过三十米高的旅人蕉。要抬头看它连脖子都会痛。

犹如闪亮铜币般的夕阳落下之后,架在庭院里的炉子上烤起了大块的肉。珍藏的木炭放出耀眼的火光,映在蓝色的夜空下。透明的油脂散发出浓郁的香气,包瓦斯灵巧地切开烤肉。酥脆的外皮,满溢的肉汁,简直不像是克隆的产物。酒用果香提振味蕾。万丈不知不觉间原谅了包瓦斯。

"我也想去咒界,"老人舔了舔手指说,"我年轻的时候,用尽所有财产买的船,就是这个结果。明明已经到这么近的地方了啊!幸亏装载的货物和设备完好无损,总算活了下来。"

---

① Powers,据作者回忆,这个名字取自手冢治虫的某篇随笔,是历史上第一个 CG 人物的名字。

万丈一边大口吃着苦味的沙拉，一边问："怎么搞的？"

"引擎被锈虫蛀了。本以为临近咒界就放心了，结果落得这样的局面。"

包瓦斯在火上放了一小撮某种干燥的叶子，一股蓝烟升起，给肉增添了香味。包瓦斯的眼睛追随着烟的去向。天空中只有寥寥几颗星星。

"那是雅语中所谓的'蚀夜'吧。我们现在本应能清楚看见银河的中心，却看不到星星。咒界立刻就把自己的身影藏起来了。对于咒界之外的人，这是多么令人沮丧的天空啊。他们知不知道，我们在这片帷幕的对面有多焦急……哦，再来一杯怎么样？肉还有很多。呀，这是怎么回事？小法夫纳怎么一块都没吃？"

龙用鼻子哼了一声，瞅瞅万丈。

"哈哈哈，是你的命令吗？走错路的惩罚？不行啊。回廊旅行者应该最珍视龙族吧。何况这孩子是让你我相遇的恩人啊，而且是我的客人。"

包瓦斯把肉放到木盘里，法夫纳欢欣雀跃地开始用爪子撕扯。

"话说在前面，这孩子的年纪大概是你的十倍。长命得可怕。"

"够长命的。不长命不行。对了，这个龙族是哪个星球产的?"

"这个问题没什么意义。龙族是从实验槽里生出来的。"

"嚯。"

"在咒界的结界里,生命现象变得非常灵活,很容易开发高级生命。"

"哦,"包瓦斯抬头向上望,声音中带着哽咽,"这么说,你是从那边来的啊。"

万丈感到眼角发热,有点儿着慌。多元道德的后遗症,据说主要有两条:移情过多、很容易被说服。

老人从怀里掏出一个小盒子,装上管子,往里面塞些叶片,让了让万丈,然后自己凑到火盘上慢慢点火。

"咒界啊,直到今天,也是让我憧憬到心痛的地方。打个比方,就像是约定要给我一个美好夜晚的书籍,就是那种感觉。但我就是读不到那本书,甚至连拿到手上,享受装帧的触感都做不到。"包瓦斯惬意地吐了一口烟,打开了新酒的瓶口,"吃得差不多了,换酒吧。来吧,和我说说吧,帷幕那一边的事。"

讲述持续着。包瓦斯是个很棒的听众。他会感受讲述者的节奏,找准关窍,用巧妙的提问让万丈乐在其中。虽然不停讲述的是万丈,但听众的出色表现也让他对自己讲述的故事生出全新的感动。话题随着他们的思绪流转迁移。

准确地说，没人知道咒界是怎么来的。在久远的过去，有着超光速航行和即时通信技术，于是数百亿人来到这个星系，快乐生活，繁衍生息。在距离星系中心三分之一半径的区域内，建立起超稠密的即时通信网络。众所周知，即时通信将宇宙理解为信息的纹理结构，这种纹理结构可以进行各种形式的折叠，从而实现超越光速的传播。超光速航行也是基于同样的原理。因此，稠密网络也就意味着宇宙受到了过度的折叠。传说，那些折叠最终超出了某个限度，于是宇宙的基本性质从那时开始发生了变化。当然这一说法的真伪无从验证。

"现在即时通信技术也好，超光速航行技术也罢，咒界已经没人再用了。不需要再使用超技术。这已经是宇宙的共识了。不管是谁，都能使用回廊、远耳、汲水。"万丈盯着两眼放光的包瓦斯说。

从咒界的基本规则，到只有回廊旅行者才知道的神秘时空的存在，从咒界自傲的最新技术，到最近流行的电视节目（应用远耳的电视网络），从三大势力间乐此不疲的霸权争斗，到流传于街头巷尾的盗窃团伙流言。万丈尽情发挥出自己的口才，乃至于对自己的能言善道都有点儿吃惊。

包瓦斯精准地抓住时机切入提问，显示出老人的博闻强识。甚至有许多万丈原本忽略的风土人情，都在他的提问下一一浮现在眼前，让万丈也有恍然大悟的感觉。当然，身为结界之外的人，他的误解也不少。为他澄清这些误解，也是令万丈相当愉悦的经历。

咒界并不像包瓦斯想象的那样，是个妖兽与魔怪飞扬跋扈、狂热与颓废猖獗肆虐的空间。当然，以咒界的辽阔，其中确实也有那样的星球，但并不是所有都如此——万丈强调说。咒界与结界之外没有本质的差异。只是恒星的分布更稠密，历史久远的文明林立，因而形成了独特的星际文明圈而已。万丈还纠正了老人对咒界法则的误解。在结界内，奇迹和魔法也并不是家常便饭。宇宙的构造虽然柔软，但没有人敢挖掘回廊以外的通道。虽然到处都可以汲水，但并不能随意变出烤肉来。这样几种咒术，就像是咒界和我们之间历经多年形成的习语，并不是更换了其中某个单词也能行得通的。要知道咒界能做什么、不能做什么，除了身体力行之外，别无他法。而一旦体会之后便会知道，它的局限和僵化实在出人意料。也正因如此，它才是"规则"——万丈这样说。

包瓦斯摇了摇头："说真的，你什么都不知道……身在咒界之外的可悲之处，在于只能借助超科技才可以超越光速。我们的地图一点儿也不动态，哪怕你说的习语，那至少也是一种和宇宙交流的方式，而我们根本没有足够的富裕和幸福，能对你描述的这一切产生共鸣。你说你们局限而僵化，但要是让我来说，这简直是无比的奢侈。"

两个人碰杯，相对苦笑。

其实，如果说这个晚上很美好，那很大程度要归功于包瓦斯的酒仓。他们从庭院转移到室内（当然法夫纳也跟着一起），随着夜幕的降临，两个人的（当然也包括法夫纳的）杯子中满上的酒，味道变得愈发繁复醇厚。为了这个夜晚而开启的酒仓很深，内藏仿佛无穷无尽（当然前提是法夫纳没有敞开来喝）。他们在惬意的酩酊中起伏沉醉，哼唱老歌。透过窗户，清泉星的月亮洒进白色的光芒，外面的旅人蕉恣意伸展着蓝色的枝叶，静静伫立。更远的地方，深邃蓝色的遥远地平线上突然腾起烟尘，半晌之后传来细微的声响，不过无人注意。

"这是什么？"

"这个啊……"桌子上面是个比杯垫大两圈的金属环。是万丈从背包里拿出来的，"有什么硬东西吗？石头什么的。"

"这个不行吧？"

包瓦斯递出一块硬邦邦的面包。两个人对视了一眼，嘿嘿笑了起来。

"老爷子，你太牛了。"

"是吧，是吧。"

两个人都已经口齿不清了。法夫纳公然坐在桌子上，啃着植物奶酪，彻底暴露了本性。

万丈一边笑,一边把通用键盘接到金属环上。环的内侧顿时亮了起来。

"这个好,能当蜡烛。"包瓦斯说。两个人又笑起来。万丈放开面包,面包完全静止在环上。万丈按下键盘,面包碎成极细的碎屑。

"哦?"

万丈的手指在键盘上滑过。面包屑转成螺旋,慢慢诞生出小小的星系。

"这叫作碎片造型。要是在咒界啊,会更有意思。先从基本型开始吧……"星系化作某种四足兽,然后经过正十二面体,变成摇荡的水面,"大概就是这样。"

"这个太神奇了。"包瓦斯高兴地砰砰拍起发红的额头,"让我找找有没有什么回礼。不过这里不是咒界,别太期待了。"

包瓦斯在书桌抽屉里乱七八糟地翻了一通,拿出某个东西。万丈接过来一看,是和他拳头差不多大小的圆石。光滑细腻,放在手掌上凉意沁人。

"我挖出来打磨的。造地下室的时候,找到了这块原石。"

"玛瑙?"

法夫纳伸长脖子来看。凑到灯下,可以看见石头里面封住了各种纹理。流动、停滞、旋涡,然后像波纹一样扩散。

万丈对包瓦斯的巧手啧啧不已。他配合了石头的纹理,没有牺牲任何一点儿其本身的美与多样性，甚至都看不出计算和人工的痕迹。渐变的蔷薇色在手中透出温暖的笑意。

"简直完美。素材也是，研磨也是。"

"是吧？仅仅一块石头就藏有这么美丽的纹理，而且它想被发现啊，被我发现。"包瓦斯心满意足地走到窗边，眺望自己的田地，"播下种子，就会发芽、开花、结果……这到底是为什么呢？你怎么想的？"

万丈摇了摇头，示意老人接着说。老人把身体靠在窗棂上。

"有人说，种子是生命的胶囊。这当然没错，不过看事物的角度不止一种，对吧？种子是对周围的物质进行选择性的处理，编织出排布在时间序列上的各种模式，即植物在其一生中展现的姿态。也可以这样看吧？花、叶、根。为了实现这些模式、演绎这些模式而存在的逻辑之墨盒，不也是种子吗？以嵌在种子中的逻辑为跳板，不断在每一个时刻选择最为合适的形态。这种运动性就是生命啊。"老人淡淡道来，"种子通过诞生出缤纷多彩的生命，将那样的模式、预先隐藏在宇宙中的可能性、对生命而言富有意义的形态，即兴地展现出来。"

"你——"万丈有些羞怯地指出，"是个浪漫主义者吧。"

"别说傻话，我只是多愁善感而已，"包瓦斯笑了起来，"这么多年来，清泉星只有我一个人。在这样安静的地方，有些夜晚，我仿佛能听到宇宙步向冷寂的声音。在那样的夜晚——大概是出于依恋吧——我常常会想到咒界，胡思乱想。不管你怎么说，总之在我看来，咒界是充满活力的、庸俗而无耻的、浮躁而多变的、混乱而无序的、复杂而怪异的、喧嚣——对，喧嚣的。"

"……喧嚣的。"

"在咒界，宇宙不停地说这个、说那个。咒界里的模式太多了。以我们的逻辑能识别出'意义'的模式太多了。看看这里的宇宙吧。这里的宇宙沉闷、冷淡、无情。这里的宇宙逼迫人类适应。人类不得不迁就宇宙——咒界呢？"

"反过来的。"

万丈感到自己正被包瓦斯的演说所吸引。

"宇宙在说：观看我、感受我。这不仅是因为宇宙的性质粗放，或牵绊脆弱。在另一个层面上，咒界与某个结界之外的存在有着决定性的分隔。所谓咒界，是将信息纹理结构，即宇宙过度折叠的产物，我认为这个传说中提示了线索。也许，有人在那儿书写了什么东西：众多对人类而言，对生物而言充满意义的东西。所谓咒界，只是一种容易写作的状态而已。也许正有个人利用那个状态书写了什么……"

包瓦斯停了下来，望向窗外伫立在月光下的旅人蕉。万丈心想，哎呀呀，包瓦斯将"信息纹理结构"这种宇宙模型，和智慧生命所读写的"信息"混为一谈了。咒界之外，这样的人很多。他和桌上的法夫纳对望一眼，互相轻轻耸了耸肩——但是，包瓦斯突然换了话题。

"如果我说，你手里那块石头，原来的纹理很普通，你会不会吃惊？"

万丈惊讶地眯起眼睛。

"你再看这棵旅人蕉。瞧，在清泉星的重力环境下，这种树最多只能长到十米左右。为什么它能长到三倍高？"

法夫纳轻轻跳到万丈的肩上。它的眼睛里罕有地闪过紧张的神色，耳朵也竖了起来。不过法夫纳的注意力并不在老人身上。而万丈并不在意龙的那副模样，他站起来，走到包瓦斯旁边。他的酒醒了。

"什么意思？"

"只是告诉你，"老人毫无畏惧，笑道，"我想把咒界召唤到清泉星来。"

就在这时，法夫纳"嘎——！"地大叫一声，脊背上的尖刺一根不落地全竖了起来。

包瓦斯回头看门。

"有人在外面。"

"别开门，"万丈站起来，"别让他开门！"

来不及了。

刺客背负着月光，缓缓踏进了房间。

03

那是一个瘦得可怕、个子很高的男人。他的手臂细如手杖，露在宽松的袖子外面，长长的手指自然下垂。

"终于找到你了。"稍显怪异的声音中没有感情。

"客人呀！"包瓦斯欣喜地急急迎上去，"今天真是个好日子啊。"

万丈没有来得及制止。男子的长长手指从包瓦斯的脖子旁划过，老人当即倒在地上。刺客低头俯视倒在自己脚下的老人。他的脸上，右边的眼球是左边眼球的三倍大小，整张脸围绕右眼鼓起。

"终于找到你了。"

刺客踩在包瓦斯的身上，手指屈伸不定。

"你做了什么？"

"什么也没做。只是吓吓他。"

男子看了看自己的爪子。万丈这才意识到男子是什么人。他是被称为"爪子"的暗杀者。那个爪子可以自由侵入他人的神经，送入信息。爪子释放出的信号，令包瓦斯的心跳和呼吸异常亢奋。为了中断危险的兴奋状态，包瓦斯只能昏迷。"爪子"

也可以将某种形象进行心理性的植入，让目标对象陷入缓慢的人格崩溃，或在虚假的剧痛中休克而死。虽然前提是必须接近目标，因而不适合暗杀重要人物，但在目前的场合——在偏远星球抹杀万丈这样的人，已经足够了。

"原来你逃到了咒界外面，真是有点儿小聪明。追得我腿都断了。"

腿看起来都好好的。不过，"爪子"的视线从爪子上移开，落到万丈身上的时候，气氛骤然变了。巨眼中虹膜鲜红，如炽火般燃烧。

眼中释放出的凛冽杀意，让万丈动弹不得。

刺客无声无息地拉近了距离。

万丈的动作慢了一瞬。他想到腰间砍刀的时候，右肩已经被"爪子"抓住，无法动弹。送进来的白噪声吞没了万丈的意志。与此同时，"爪子"还甩掉了法夫纳。他用与纤细的胳膊不相称的力量将万丈甩起，摔到桌子上。结实的桌子没有晃动，万丈的肋骨断了一根。

"别动。"

抓着万丈的肩头，"爪子"的脸慢慢扭曲出一个僵硬的笑容，仿佛以前从来没有笑过。而万丈意识到麻痹感开始在全身蔓延，肋骨的疼痛也沉寂下去。

万丈的右臂，独立于他的意志，将刀从刀鞘里拔了出来。纯白的刀刃，悄无声息地扎上万丈的胸口。

"呀。"

腰刀顺畅地划下去，在胸口留下一道轨迹。万丈看到血液喷涌，却怎么也无法相信这是自己的身体。毫无疼痛感。

"告诉你一个好消息，"红色的眼睛如泣如诉，"在你之前，我处理了一个女人，就是这样子。身体全拆了。从肩膀开始，直到最后的最后，一点儿都没有遗漏。女人的手臂好像很伤心。"

万丈的手，又举起了刀。

不过，刀没有挥下去。法夫纳夺走了刀。它擦着天花板翻过身子，另一只爪子抓向刺客。龙族的爪子很强韧，可以轻松折断万丈的钝刀。"爪子"也不得不放开万丈，保护自己。

那是佯攻。

不知是清醒了还是本来就在装晕，一直躺在桌边暗处的包瓦斯突然站起身来，冲过去抓起桌上的金属环，将它的作用面紧紧按在"爪子"的心脏上。

没有一丝缝隙。

血肉化作细腻的肉糜，沿着扭曲的圆环力场飞散。"爪子"的左胸几乎全被炸开，万丈透过刺客看到了对面的墙壁。

但是，失去心脏的"爪子"，露出了浅笑。

"就这种程度吗？"

虽然两只手臂上的肉都被法夫纳扯掉了，但"爪子"像是没有感觉到任何疼痛。他就用那样的一只手臂，将比自己高出一倍的万丈举了起来，用力朝餐具架扔过去，发出"咚"的一声巨响。

"你应该继续装睡，""爪子"没有关心万丈的摔落，径直转身朝向包瓦斯，"这是为你好。"

包瓦斯茫然呆立。眼前这人失去了心脏、全身是血，却依旧淡然冷笑，这就是咒界吗——包瓦斯咽了一口唾沫。嘴角漏出的喘息都在颤抖。确实很可怕。但包瓦斯也感觉到一种别样的兴奋在尾椎处升腾起来，仿佛有种不明所以的笑意难以抑制。

"是吗？"背靠桌子，包瓦斯与"爪子"的眼睛对视，"也许吧。"

风声"咻"地响起。

石头从包瓦斯的手中飞出，"爪子"捂住脸偏向一边。飞落下来的龙用尾巴扫中他的腿。高个子的刺客一个踉跄，身体不自然地挣扎了一下，随即双膝跪倒在地上。

万丈站在他面前。

"爪子"似乎惊愕于万丈的恢复能力，却无法采取下一步的行动。他的肌肉荒谬地各自为政，将他自己紧紧缚住。

万丈甚至没有动手。痉挛迅速平息，而刺客已经断气了。跟玩具坏掉的时候一样，就这么简简单单地死了。

万丈的手指挖出"爪子"的巨眼。包裹在啫喱中的巨眼是"爪子"的本体。那是有机电脑的一种,通过接口将其他生物的大脑——及其身体——作为备件使用。不过原本的开发目的完全相反。

包瓦斯的飞石损坏了接口。万丈碾碎眼球,把掉在地上的美丽石头还给老人。

包瓦斯朝餐具架的残骸投去悲伤的一瞥,轻轻耸了耸肩,望向万丈。

"有隐情?"

"可能吧。"万丈像是换了个人,粗声说。他把包瓦斯递过来的急救泡沫喷雾罐拉开,往胸前的伤口上喷出泡沫。

"可能?"

"你大概不会相信——我不知道为什么会有人追杀我。虽然好像不久前我还记得。"

"嗯……"

"我说过那个可恨的'多元道德'吧?"

"嗯。"

"都是治疗的问题。"

"……所以?"

"被覆盖了。连为什么被追杀的记忆也没了。"

万丈低下头。包瓦斯特意蹲下来观察他的表情。伟丈夫显露出没有比这更丢人的神色。

"不像说谎的样子，"包瓦斯饶有兴味地笑着站起身，"所以呢？追上你的人是谁？"

万丈默默摇头。显然不知道。

"那家伙很执着吧？"

"怎么说？"

老人用圆圆的下巴朝外面指了指。万丈慌慌张张跑到窗边凝神细看。深蓝色的地平线上腾起土烟。接着又是一道，还有一道，再一道。

"执着，而且有力量。"包瓦斯咯咯笑了起来，"没关系。我没说过吗？不用担心。交给我就好了。"

"哈哈，谢谢你，包瓦斯先生。"

法夫纳停在垂下去的头上。

"真是个好日子啊，"包瓦斯显得喜不自胜，"这就是贵客盈门啊。"

04

能通往地下室的只有楼梯。那是一条灯火稀疏的狭窄通道，中间有许多隔墙，需要忽上忽下绕过去。为什么要有这些东西，万丈一点儿也想不出来。除了老人，还有谁会走这个楼梯呢？

穿过第七道隔墙的时候，头顶上传来低低的震动声。重低音让腹部都起了共鸣。那是波动炮。

"没想到会这样起作用。"包瓦斯摸了摸自己的耳垂，隔墙悄无声息地堵住了背后，"发电设备位于地下深处，轻易破坏不了。"

楼梯变得陡峭起来，落脚都很难。望着通向黑暗深处的斜道和飞步向下的包瓦斯的背影，那种不祥的预感又复活了。不，那已经不是预感了。万丈心中暗想。这是现实。而且越来越糟。

"老爷子，刚才你说的那个……"

包瓦斯沉默不语。龙扭扭脖子，好像很惬意。

"……就是那个，召唤咒界的事。"

"嗯。"

包瓦斯又按了下耳垂，升起下一道隔墙："你知道咒界的耀斑现象吗？"

"耀斑？"

"哈哈，不知道吗？嗯，可能你对结界内侧不太关心吧。在这十万两千年间，咒界的范围没有扩张也没有收缩，但在更长的时间范围里，咒界的边界一直在不断变化，偶尔还会延伸出触手般细长的区域，尺度甚至能达到光年级别，那就叫作耀斑。耀斑的机制还不是很清楚。因为非常不稳定。"

重低音再次响起。万丈想起了品位相当高雅的陈设和美味的酒仓。包瓦斯的客舱已经无影无踪了吧。

"总之呢,一般认为,'此处的宇宙'在咒界附近很不稳定,而当纹理结构变得和咒界非常相似时——人们推测——便有可能出现咒界的内容向'此处'坠落的现象。我呢,就是想人为激发这种耀斑。"

他们来到了第十堵隔墙。

"这是最后一堵了。"

门缓缓抬起,里面显出包瓦斯的工坊。万丈走了两三步,不禁惊叹了一声。这是一个巨大的圆柱形空间,直径五十米,上下一百米左右。内侧探出一座小小的平台,万丈就站在这里。这片空间显然是包瓦斯挖出来的,不过万丈惊讶的不是它的大小。

空间里竖着一个巨大的物体,让这片空间都显得狭小。

那个物体就在眼前,触手可及。

它好像是以移民船的空间扭曲引擎为中心,加上助推器模块、控制模块等组装而成的东西,只是单看一眼还搞不清它到底是什么。就像是把船上各个能用的部分抽出来堆在一起拼成的,既无美感,也不协调。

"这就是咒界发生器。"包瓦斯满足地点点头。

万丈脸色发白:"我知道为什么要有这些隔墙了。"

"是吧。"

"不是为了阻挡入侵者,而是为了保护居住部分区域不受这个设备的侵害。"

"相当危险的设备。"

包瓦斯眯起眼睛，就像是好脾气的爷爷在看顽劣的孙子一样。咒界发生器周身闪烁着光芒。已经通电了。还有令人毛骨悚然的嗡嗡声，仿佛内部有二十组男声合唱团在哼唱。万丈听着这个声音，不禁头晕目眩。嗡、嗡，连绵不绝。听上去就像是包瓦斯无论如何都想去咒界的执念在呻吟。

"为什么……"

"嗯？"

"为什么你这么想去咒界？花再大的力气都要去？"

"愚蠢的问题，"包瓦斯简单地回了一句，开始摆弄平台边缘处的控制盘，"我怎么可能知道。"

构造体的深处响起深沉的震动，和电子噪声明显不同。大概相当于三百组左右的合唱团吧。响声趋于稳定，力度逐渐增强。

"硬要说的话，大概就是想看一眼给这个宇宙书写意义的家伙到底长什么样。"

"我说老爷子，"万丈摇了摇头，"你说的就像是咒界有个地方真有这么个家伙一样。"

"不是吗？"老人眨了眨眼睛，"这不是咒界的著名传说吗？所有一切价值之中心的'形而上的黄金'，以及它的看守、同时也是审查者的'抽象之龙'。不要说你不知道。"

万丈张大了嘴，然后回过神来正要指出包瓦斯的致命错误时——

呼！

强风骤然卷起，吹得万丈踉跄而退。好像在某处见过的海蓝色多面体从他鼻尖掠过。不知从何而来的这块结晶，不知又要飞去哪里。它向着依旧紧闭的隔墙，逐渐远去，转眼已经到了二十米开外，而万丈距墙不足五米。

两重透视在万丈的视野里重叠起来。另一个空间重叠进来了。

"那是青晶士……"

万丈跳了起来。咒界的智慧体之一从眼前经过了。咒界发生器确实正要将咒界召唤到清泉星。

法夫纳的爪子嵌进万丈肩膀的肌肉里。

万丈回过神来，将意识集中到隔墙后面的动静上。那不是青晶士。是追兵。十堵墙似乎转眼就被打破了。确实就在那里。

眼看着隔墙被烧得发白，慢慢熔化。万丈扭过身体，想要提醒包瓦斯。老人的后背奇怪地扭曲着。万丈感觉像是有种看不见的力量在发挥作用，有什么东西在某个地方发出清脆的声响。

咒界发生器粉碎了。

——万丈连忙用双臂护住脸。

但是，没有冲击波，也没有碎片。

万丈睁开眼睛。包瓦斯得意地笑着。在他身后，破碎的咒界发生器静止不动。

万丈和龙颤抖不已，目不转睛地盯着构造体。他们终于看明白了。咒界发生器没有伤痕。破碎的是景象。平台对面覆盖了一层无数涟漪般的细小裂纹。构造体就像是画在玻璃上的画。被滤网分割的景象，如同碎片造型一样摇动不息。

低频的咚咚声响起，隔墙如同软绵绵的白菜叶一样飞了出去。身穿黑色紧身盔甲的身影，站在铅蒸气中。

"哈嗨！"[①] 包瓦斯说，"万丈，那家伙交给你了！"

不用他说，万丈迅速解开皮革缠带，拿它像鞭子一样猛力挥舞，打掉了影子举起的振动枪。巨拳随即打碎盔甲。

"法夫纳！"

龙应着老人的喊声，在半空旋身，落在包瓦斯的肩上。

"把你的频率告诉我。希望能'看穿'咒界。"

涟漪的振幅越来越大，像狂暴的大海一般激烈摇动、翻滚。包瓦斯看到，在波浪间有无数从未见过的景象，如同鱼影般忽隐忽现。

咒界就在触手可及之处。

---

① 这里的"哈嗨"和后文的"哈嗨啊哈"，都出自《尼伯龙根的指环》第三场第一幕齐格弗里德锻造宝剑时的呼喝声。

"哈嗨啊哈!"充满感慨的声音。包瓦斯在口袋里摸索出那块玛瑙,高高举起,"看到了!"

石头从他手里飞出,撞到"水面"上,波纹从那撞击处的一点搅动开来。在整座巨大的咒界发生器中,不知几百万处的波纹一边加速一边逆行,"此处的宇宙"眼看着就要承受不住那股势头。

伴随着轰鸣声,它从内部破裂,然后——

万丈回头转身,看到的是熔岩流。殷红的热流猛然喷出。万丈跳到一旁躲开那股热流。来不及逃窜的几个影子被洪流卷入,转眼就不见了。热流窜出通道。

"包瓦斯!"万丈都快哭了,"这是什么? 你干了什么?"

"我也不知道。"

"够了,住手吧。"

崩裂的声音响起。他们放眼望去,刚好看到另一股热流喷出,就像是冲破水坝的洪水。就在抱头鼠窜的两个人面前,第三根火柱吞掉了控制台。

"你能搞定吗? 快想想办法!"

"你要我怎么办!"

平台大声呻吟,摇摇欲坠。细碎的构造体的景象分崩离析,沉入火焰。那垂直的火焰之海向包瓦斯和万丈迎头倒下。

"法夫纳——"

万丈抱住包瓦斯大叫。法夫纳飞落到两个人身上,展开惰性隔离墙。紧接着,被高高抛起的感觉袭来,两个人翻滚起来。

"万丈,"弓着身子的老人问,"告诉我吧。"

"什么?"

"回廊旅行者的口头禅,启程时的台词。"

万丈告诉了他。

包瓦斯仿佛做梦般低声念诵:"来吧,带我去银河的另一边。"

简直要把肺部压碎的加速度,让他们失去了意识。

"清泉"已然干涸的大地上,红色的光芒如同渔网般蔓延开来。它挤开包瓦斯挖出的洞,喷涌而出,很快把整个行星表面变成了炙热的海洋。清泉星化作小小的太阳。不,在这个时候,清泉星已然不存在了。在非常非常短的时间里,它已经变成了小之又小的咒界"飞地"。

吞没了一颗行星的"咒界",在其存在的基础——包瓦斯创造出的模拟场——消失后,迅速收敛,消失不见。清泉星的轨道上,只剩下极少的碎片。想在其中寻找犹如玛瑙般美丽的石头,只能是徒劳。

05

"我以为是这样的。"

惹人心烦的声音。翡翠色的龙默默垂下瞬膜，转过身去。万丈气势汹汹地望向包瓦斯。老人的眼镜上有道裂痕。两个人和一条龙，受的伤只有这道裂痕。

"真是个了不起的哲学家啊。你知道自己干了什么吗？"

"当然。我想连接回廊，结果穿透到了下面一层。始源层。"

始源层是"宇宙的素材"转化成巨大的混沌之后形成的旋涡宇宙的最深层，也就是"信息纹理结构"的所谓"衬底"。一旦接触到它，一切质量、能量都会还原为元素。法夫纳用了非能量性的隔离墙，实属侥幸。

"所以？"

"没有什么因为所以，总之是丢了个大脸。"老人垂头丧气地说，"……这条裂痕能修好吗？"

万丈耸耸肩。

此刻他们正坐在山丘的平缓坡面上。不知道这里是哪颗星球——万丈的背包丢了——总之天空很晴朗。幸亏始源层把隔离墙包裹的他们当作异物排出了回廊层，此刻他们才能像这样眺望天空。日照很温暖。刚才包瓦斯梦寐以求的汲水也成功了，可以说正是心情最佳的时候。

这里确实是咒界。

但是万丈不高兴地拔了一把草。

他剩下的只有皮革缠带、法夫纳，还有刀子。旁边的包瓦斯心情越好，他的心情就越不好。断草的挥发成分稍微压制了一点儿这种心情。

"老爷子？"

"嗯？"

"接着聊聊吧。'形而上的黄金'和'抽象的龙'。老爷子，你真的相信这些吗？你真的认为它们是存在的吗？"万丈轻笑起来。

"嗯？"

"确实，'形而上的黄金'和'抽象的龙'很有名。连我都知道。咒界外面听说过也不稀奇。但那不是什么传说，只是搞笑电视节目里的逗眼而已。很遗憾。"

万丈带着使坏的期待去看包瓦斯的眼睛。老人回答说："所以呢？"

万丈差点儿翻下山坡去。原本乐在其中、偷偷催动万丈感情的草丛，也决定静观其变。

包瓦斯站起来，仿佛做戏般大大张开双臂："你不知道吗，这里是咒界啊。在这里，就算追溯宇宙的真理，发现是从一个笑话开始组装起来的，我也不觉得这事情有多奇怪。"

万丈捧腹大笑："你啊，都不知道自己在说什么。胡言乱语。"

"是吗？"包瓦斯用平静而厌倦的声音说，"那么这次让我来问吧。万丈，你真是那么想的吗？"

包瓦斯朝万丈凑过去。

"你不觉得奇怪吗？在那个满是荒野的可怕星球上，居然住着一个语言相通的人——虽然也是个遇难者——而且马上就发现了你，请你喝酒吃肉，救了你的命，最后还把你送回了咒界。这种简直像是小说里的完美情节，你一点儿都没怀疑过？是吗？"

万丈往后缩了缩。草丛反映了他的动摇，哗啦啦地响了起来。

"在我出现之前，你已经快要昏迷了，不停嘟囔着'水来、水'。你想，如果那时候咒界的耀斑刹那间掠过，会是什么情况？如果说，我是为了给你水而回溯到过去创造出的人格，你还会笑吗？你有这个气魄吗？"包瓦斯双手夹住万丈的脸，亲切的老人仿佛变了一个人，"如果我的苦恼也好、欢喜也好，全都只是为了给你水而做的准备，那么我会对你抱有什么样的感情？你想想看？"

包瓦斯盯着万丈的眼睛。

"但就算真是那样，你也不可能知道。"

"你这么认为吗？"老人嘲讽地一笑，"那么能不能假设一下呢？比如说，那家伙知道，他知道自己漫长的人生都是为了那一天而生的。只是为了实现这样一个决定性的历史性事实：为咒界坠落的人和龙提供水，把他们送回去——仅仅为了这个目标，就被牢牢困在那颗鸟不拉屎的星球上，那么你觉得，那家伙现在会是什么心情？嫉妒啊。那个人和那条龙，太受咒界的宠爱了。"

老人嘿嘿一笑："——开玩笑的。啊，当然是开玩笑的。"

但他的眼睛里没有丝毫笑意。

"不要当真哦。"包瓦斯放开手，缩回身子。他转过身去，俯瞰下方延展开去的景色，开口说，"好了好了，起来走吧。路还很长，要好好相处啊。"

"什……么？"万丈破音了。

"不要摆一副蠢脸啊。向导这么蠢，让我怎么办？"

"向导……"

"不是吧，万丈，难道你要丢下我一个人走？不是吧不是吧？你看看，我给了你水，请你喝酒吃肉，救了你的命，最后又送你回了咒界，而且现在我还迷路了。我说法夫纳，万丈这家伙，不是这样的人吧？"

龙重重点了点头。

"我说你！"

"万丈，你就这么想吧，"包瓦斯挺直了自己的背，简直不像是个老人，"继续刚才的玩笑。我完成了我的任务，接下来轮到你了。和人生地不熟的老不死结下孽缘，带着招来厄运的龙，在不明来历的杀手追赶下东逃西窜，就是你存在的理由啊。这样坚持下去，某个时候你也会成就某个历史性的时刻。那个，说不定就是你'受宠爱'的理由吧。毕竟这是个嘈杂的、聒噪的宇宙啊。"

是了，很容易被说服，也是后遗症之一。

万丈叹了一口气，站起身来。亚当·包瓦斯把法夫纳放到肩上，意气风发地沿着斜坡向下走去。

万丈又叹了一口气。可以确定的是，叹气的原因变成了两个。

"哟嗬嗬！来吧，往舞会去吧。①万丈，你有角笛②吗？我想尽全力吹它一回啊。"

---

① "来吧，往舞会去吧。"是《费加罗的婚礼》中最后一幕结束时的台词。
② 角笛是《尼伯龙根的指环》中齐格弗里德随身携带的乐器。

夜と泥の

沼泽之夜

我们并肩等待。

等待是值得的。

最后一丝晚霞即将消失的天空下，那个巨大的黑影显得有些落寞。它歪在沼泽上，一动不动，死透了。感觉和斗牛犬很像——两肋下各抱着一根足有五十米的雪茄的巨犬。

直到大约两百年前，它都还是沉默又能干的大型土木工程机器。虽然外观简陋，但忠于"严肃"，是台开山掘河、勤劳刚健的机器。但那履带不会再转了。两台挖掘波发生器也不再工作。半边沉在泥里，被茂密的植物群盘踞，再也无法动弹。在这异星的泥潭中心。

湿气笼罩的太阳早已落入了北方的森林。天空的余晖慢慢被热与火包围，浅浅的昏暗笼罩在沼泽周围的森林中。星星射出尖锐的光芒，像是针尖在夜空中刺出的小孔。没有云。

沼泽边，虫子叫个不停。

咚咕咚咕咚咕。

那小兽心跳般的声音逐渐形成统一的节奏，南面的天空变得明亮起来。月亮出来了。

雨季结束了。

漫长而炎热的日子开始了。白昼的残暑还盘桓在这一带。泥浆闪着钝钝的光。

虫鸣声自最初的一簇唤起旁边的一丛，然后逐渐扩散开来，不久便包围了整片沼泽。节奏的参差生出奇异的韵律，虫子们的鸣声带上了立体的阴影。那是迎接月亮的歌吗？却又像是在呼唤别的什么东西。

月亮升起，将沼泽照得雪亮，反而衬得周围的密林仿佛笼罩在黑暗里，让我的心中升起不安。毫无缘由的不安。与此同时，节奏和谐的虫声开始紊乱。似乎有股不可见的混乱笼罩了纳昆的湿地。呼吸困难，感到痛苦。

"老蔡……"

我听到了自己的声音。情不自禁还是说话了。

温暖柔软的手掌拍了拍我的手背。是老蔡。厚实的手掌在月光下缩回旁边。我知道自己太紧张，所以变得有点儿古怪。**没事的。不用怕。我们很安全。**

虫声也恢复了一致。我忍不住苦笑一下，将手放到前面的玻璃上。就在这时，森林深处传来一声尖叫。我狼狈地把酒洒了出来，旁边的人果然咯咯笑了起来。

"……是鸟吧？"

老蔡点点头："还会更吵。"

老蔡的声音雄浑有力。话音还没落，另一个方向又有别的鸟鸣叫起来，几乎是瞬间，尖锐的鸣叫声已在近旁。

老蔡一动不动，悠然举着玻璃杯。我也啜了一口带有竹香的酒。胃里闪过小小的火焰。眼中生出暖意。我背靠座椅，感受着自己的体重，心旷神怡。

我们两个乘坐的这艘船虽然小，但设计得非常精巧。飞到这里的一个小时确实很舒适，切换到这样的待机模式之后，小巧的机身便（伪装成）无光无热无声。任谁都会以为这是军用设备，但其实是为了观鸟。

所以小船的视野非常开阔，还精心设计了宽敞舒适的座舱，面积不大却连酒吧都有——也就是膝头小桌边上引出的三根喷嘴。我向玻璃杯里新灌了一杯，老蔡也是。

突然响起巨大的钟声，让鸟儿的叫声沉默下去。拖长的余韵即将消散的时候，又有更高亢的钟声轰然鸣响，刚才的钟则是应和般地再度响起。

我无从想象声音的由来。但如果相信老蔡的说法，那也是动物发出的声音。

钟声仿佛比赛般此起彼伏，让虫鸣的韵律发生了变化。它们应着钟声响起的时机抑扬顿挫、调整节奏。鸟儿们也不甘示弱，频频鸣叫。小船周围充满了铁锉锉过铁板般的声音，右侧远处，陶笛般的空灵声音宛如杜鹃。

到处都是声音。全都在发出声音。一片声音的密林包围着沼泽，冉冉升起。

大约是酒的缘故，我有种轻微的昂扬感。老蔡的话还是很难相信，不过如果真出现了他说的那种情况……嗯，也不是那么不可思议吧，我开始觉得，这些声音给老蔡那神乎其神的描述增添了可信度。

"我说……喝酒没关系吧？"

"怎么了？"

"没影响吧？对我们大脑中的设备。"

"不能说没影响啊，"老蔡笑着摆了摆手，"没事的。不过也别太醉，不然会错过那个。"

得到了保证，我以斗牛犬的严厉面孔为佳肴，品尝清澈的美酒。月光将地球化机器的残骸照得发白，像是腐朽的古代遗迹。无数苔藓和爬山虎的叶子附在斗牛犬上，吸吮纠缠，到处都盛放着花朵。夜晚的光黯去了色彩，它们的影子就像是抽象化的图案。

我坐直身子。

在那图案中，有什么东西在动。像绳子一样的活物蠕动着。好几只。

"快要开始了。"

我装作被老蔡的声音安抚，点点头，然后想起了感官扩张系统，连忙提升视力。视野变得狭窄，斗牛犬的鼻子放大到整片视野。我还不太习惯，微调做得不好，但活物的身影还是清晰地解析出来。长着坚硬铠甲的多节爬虫，有一米长。

"不只那些，那里也有。"

老蔡望向前方。沼泽上出现了许多涟漪，可以看见有什么东西在游泳，背部露在面上，还有活物的肢体和尾巴。凹凸不平的鳞片、满是疙节的黏膜，在昏暗的水面上忽隐忽现。银色的闪光在水面上跳跃，跳起的鱼儿掠过月光，像是连续投出的小刀。

天空在轰响。

像是千千万万个小马达一起轰鸣的声音。铺天盖地的小昆虫在月空中乱舞。那不像云，更像是几层幕布遮住了星星，又像随风飞舞的窗帘。昆虫的群体四下乱撞，相互重叠，形成干涉条纹，将天空涂抹得深浅不一。

"今天夜里也会有盛大的场面啊。"老蔡脸上泛起淡淡的红潮，满足般地叹息道。

一群皮肤黏糊糊的活物聚集到沼泽边。潜藏在森林里的动物、在泥浆中爬行的动物。它们一边弹跳，一边挣扎，仿佛波浪般一层层推涌上来。一群肢体很短、好似鲵鱼和蛤蟆的动物，互相推挤着拥在一起，有时也会肩靠肩发出浑浊的声音。刚刚还没有一丝活动迹象的纳昆湿地，此刻却喧嚣不已，热闹异常。

奇异的昂扬感还在继续，而且更加高亢。

就要开始了——我知道。面对即将现出身影的那个东西，这片沼泽的一切声音和动作都在急速收敛。这场大骚乱的全部，都是召唤它的歌曲。

兴奋仿佛穿透了穹顶，甚至提高了我的体温，我拿起酒杯，用发烫的嘴唇啜了一口。清澈细腻的美酒，有着与月光般配的味道。

我们并肩等待。等待是值得的。这是很快就会有所回报的等待。

＊　＊　＊

我在机场足足等了两个小时。

三大杯啤酒。一大块三明治。在我已经开始麻木地读起杯垫上的文字时，一个年轻人喘着粗气喊出我的名字，递过名片，连声说对不起。声音大得让休息室的客人全都朝我们侧目，然而他对我的尴尬浑不在意，稚气未脱的脸上还是笑嘻嘻的。这么有精神的道歉我还没见过，于是反而带着几分兴趣行动起来。

老蔡派来的这个青年开车带我去了市区。天空一片晴朗，路上也很通畅，让我终于舒了一口气。这次的旅程处处受困，越是接近目的地，时间表就越是无用。不知不觉我都习惯了这样的状态，就这样落到了这颗老蔡的星球上。

小洪用抱歉的语气说："老蔡说他本应该亲自来接你。"

"没关系。日程晚了整整三天，他也很慌吧。"

"可不是嘛，"小洪苦笑道，"不过你很吃不消吧。很少有星球需要在轨道站上等三天。"

"天气不好，也没办法。"

"话是这么说，但也是由于只有一个商用宇宙港的缘故——不过，只有雨季和旱季交替时才有那么大的暴风雨，还请不要太抱怨哦。"小洪朝我眨眨眼。

"没做气象控制啊。"

"有关系到食粮生产的时候会控制。不过那个也不是全年的。太不划算了。因为是边境的新星嘛。对了，宇宙港到机场的最晚航班也晚点了吧？"

"是啊。"

"哎——其实那是我的错。我本来做了安排，想让你优先坐上空天巴士，但是没成功。老蔡的日程调整搞得我太匆忙，漏掉了一个联系。本该让你抢先到达的巴士结果在原地待命了三个小时。吓死了。虽说如果只有这么一件事情倒是足够笑上好几天的。"

他的语气很坦诚，让人不禁觉得这么说肯定是笑过了，这反倒引发了我的笑意。他有自己的步调，也不会带来强加于人的感觉。如果他是老蔡的秘书，那么与老蔡合作是个很好的选择。

"年轻的星球啊。宽容以待，便会得到救赎。"

这句话让我忍不住重新审视小洪的侧脸。他的语气中充满了对自己这颗星球的淳朴——这个词大概有点儿坏心眼——的自豪和自负。

人类太老了。

——整天把这句话挂在嘴边的老蔡，突然辞去工作，回到这颗星球，那已经是二十年前的事了。在来到这里之前，经过了曲曲折折的旅程。也许他把这里当作了隐栖之星吧。我可没想到会在这颗星球上，从这位刚刚崭露出少许能力的青年口中听到这样天真而又霸气的台词。

我有些慌乱："这就是你们的星球啊。"

没有什么意义的回答，对话暂时中断了。

我察觉到加速感，抬头望去，只见首都近在眼前。

直立的都市。

垂直耸立在辽阔平原上的超高层建筑群，让人联想起钢铁和玻璃构筑而成的摩天大楼。高效集成的都市。由直尺和圆规划定的街道。在看惯了准生物都市的眼中，这里与其说是古板，不如说是古朴。

汽车从平滑的路面浮起几厘米，攀上平缓的斜坡，进入阳光灿烂的都市圈。

"听说你和老蔡是多年老友。"

"三十年了。自从他被拽到这个星球以后就一直没见了。"

"那就是二十年没见了?"

"那家伙往我的旅程目的地发了条信息:'顺路过来一趟吧,给你看个好东西。'明明差了两百光年,哪里顺路了。"

"是你闲不住吧。长期休假还到处跑。"

"休假啊,其实和引退差不多。"

我侧过身子,眺望敞篷车上方不断退后的街道。

耀眼的蓝天上白云朵朵,耸立的建筑群尖锐凸起,像是你争我抢似的。这果然是屹立的城市。没有贝壳样式的情色主义,也没有视网膜迷彩玻璃的光学冥想。但我看着这些超高层建筑,慢慢被其有着肌肉质感的强健和爽快的力量吸引。这座首都大约也经历过狂风暴雨的洗礼吧,到处都呈现出冲洗后的新鲜活力,在阳光下熠熠生辉,让整个城市给人以精悍有力的印象。

这里确实是新兴的星球,是一颗尚未失去各种东西的星球。

汽车按照闪烁的浮标指示,提升高度,进入市内交通网。转过一个大弯,景色回旋,阳光在几千扇窗户上耀眼穿行。

"这话很难开口……实际上还要麻烦你再等一会儿……"小洪挠了挠鼻尖,"一个小时。我现在安排老蔡的日程。"

"没关系。"

老蔡在这里也很忙啊。不是隐遁。我重新明确了这个认知。

再往前走，道路的结构不断变化。老蔡的民族所特有的——在我看来则是颇具恶趣味的——色彩和装饰明显增加。不过在这片阳光下，不论是瞪大眼睛的龙，还是用朱色与金色描绘的图案，都并不显得刺眼，而是有种畅快淋漓之感。

"我在前面的酒店订了房间。不大，不过地方不错。老蔡每次都会给私人好友订到那里。"

"我大概知道为什么吧。"

"嗯？"

"因为水好。"

小洪吹了个口哨，笑了。我也跟着笑了起来。汽车从标志下方绕过，转了个弯。远处的窗户映出小小的彩虹。

木桌很宽大，中央嵌了国际象棋盘。盘面和桌面完全吻合。两种材质绘出棋盘图案。单纯的工艺品。但我没找到棋子。

我想打发时间等老蔡来，可是没成功。套房很大，我怎么找也找不到棋子，不过我在厨房里发现了一个小小的花茶茶壶。我闻了闻，挺香，于是放弃寻找棋子，把茶壶放到火上。

写字桌上放着卡带播放器，卡带内容是这个星球的游客指南。把卡带放进播放器，房间的屏幕便亮起来。贴心的旁白从这个星球的历史开始说起。从李顿＆斯特因斯比协会勘探到这个星系开始。"李顿 & 斯特因斯比。"我跟随旁白无声念诵这个名字。我和老蔡曾经在协会关联机构里一起工作……

壶嘴喷出热气，我回到厨房。浸在药液里的花瓣呈暗褐色，皱巴巴地卷曲着。取了一枚放在白瓷碗底，倒上热水，刹那间花瓣便活了过来。红褐色换成了夺目的殷红，鲜艳得宛如刚刚从萼上摘下似的，在蔷薇色的水里舒展。

我伸手捧起茶碗，坐回屏幕前。在浏览画面的期间，看到了明天老蔡要带我去的纳昆河口，广袤的湿地与密林所在的地方。视线跟随着在无边沼泽和丛林上空平滑移动的摄像机。

那边比首都更靠近赤道吧。空气厚重而炎热，下方的绿色也格外浓密。天空的蓝色、云朵的白色，全都和这里截然不同。

不过，经历了地球化的洗礼后，那幅景色也成了"熟悉的密林"。大规模的生态系统改造，让这巨大的湿地步入了效颦地球的命运。不管那片密林有怎样的不同，它也已经不可能再保持异质了。历来如此。不管在哪颗星球，人类都以不屈的努力将之持续转化为地球。咀嚼、消化，用熟悉的事物填满周围。画面转到河口的市场景色，摊位上满是瓜果鱼虾，都是经过了改造的适合这颗星球的地球物种。

播放器又开始介绍这块大陆上最大的粮食产地，我对这个没什么兴趣，便退出卡带，放回原来的盒子里。虽然没有抱太大期待，但现在我依然毫无头绪。

我翻了翻上衣口袋,里面是另一盘卡带。是同老蔡给我的消息一起捎来的。我把它插进播放器,画面上映出模糊的静止画像,连在拍什么都分辨不出。

整体沉浸在昏暗的绿色和黯淡的黑色里,没有一样东西可以看出具体的形象。因为沉在阴影里,所以多少能明白这是夜晚的森林,但有一点无法理解:在黑暗的阴影中,不知什么缘故,有一处孤零零的灰白点。

对于这帧没有声音、没有动作、没有景深的静态图像,老蔡没有附上任何解说。"给你看个好东西。"消息是这么写的,那么这应该就是那个好东西吧。但那个白点很模糊,看不出形状。不知道是相机动了还是白点动了,结果都是没拍清楚。

总之,我什么都看不出来。

退出卡带,放回桌上,我倒了第二杯茶。香气扑鼻。

轻易就为这种煞有介事的手法一头扑过来,我自己其实挺愉悦。反正很闲散,能喝到这杯茶也算值了。正像小洪承认的,这里的水可是相当不错。那酒也值得期待吧。很少有星球能够大量提供适于做饮料的优质天然水。老蔡的祖先买了个好地方。

"去吃饭吧。"

身后突然传来声音。粗厚沉稳,仿佛能听出肺部的沉实。

"午饭还没吃吧?我故意让小洪不要带你去吃饭。来晚了,抱歉。"老蔡绕过桌子,在我对面坐下,"总之先吃饭吧。我饿死了。"

结实的手肘支在精致的木纹上，老蔡探过身子。眼眸里闪着神奇而灵动的光芒。充满精力、大胆有为的男性眼睛。

老蔡一点儿也没变。身材很结实，没有脂肪，也不消瘦。少许皱纹和白发并不会让他变成不同的形象。表情很放松，衣着也很休闲，但从厚实的肩膀和粗壮的手臂上可以看出精悍的气力。他直到刚才似乎还在和谁进行艰苦的交涉。光靠淋浴可消除不了那些气息。

"没闲着嘛。"

"别笑我了。前两天的暴雨搞得一团糟。修复工作忙不过来。"

"有空陪我吗？"

"没问题，没问题。另外有正式的评审负责人，这个不归我管。"

"有矛盾？"

"猜到了？"老蔡有点儿不好意思地笑了，花茶喝得津津有味，"你怎么样啊，一脸萎靡不振。"

"太累了。真想撒手不管了。"

"那么糟糕吗？"

"别摆出那么严肃的表情啊。情况确实很严重，不过现在真有人担心人类的稀疏化问题吗？"

"基本上没有啊。不过,这一点本身正是问题吧?"

"是啊,是啊。再来一杯?"我给两个茶碗倒上热水,"正像你说的,人类太老了。或许人类本来最多只能创造一个恒星系大小的社会。到处都自足自闭,不与其他星系交流,也不想有交流。恒星间的通信量每况愈下。贸易往来也少得可怜。就连这里,我听说也只有一个宇宙港。"

"有建设计划。"

"要配合投资吧。协会的开发计划还在生效。目前还在积极殖民新天地,但那只是让人类更加稀疏。宇宙很广阔啊。哪怕千万兆的人口,在宇宙中均摊开来,密度就是百分之零。等于空无一人。"

"会变成那样吗?"

"总会的吧。"

"对了,刚才的问题,"老蔡皱了皱眉,"午饭怎么办?"

"随便。"我吐了一口气。

"那就先去趟医院吧。"

"医院?哪里不舒服吗?"

"哎,小洪没和你说吗?算了,没什么大事。就是给脑神经网络加点儿小东西,然后就能随意增强五感了。"

"增强五感?"

"将眼睛、耳朵这些感受器捕捉到的信息放大、变形、过滤,也可以做主观混合，把它们提炼成对使用者'有意义'的信息。不用望远镜和麦克风也能扩展感官。观鸟必不可少。虽然说是手术，其实两个人用不了三个小时。"

"你说两个人？"

"别怕。你其实也在无意识做同样的事。你会无条件接受感受器获取的信息吗？吵翻天的派对上，为什么偏偏会听到关于你的流言？和女人躺在床上聊天，你会等价处理她的相貌和枕头的图案吗？大脑总是优先处理自己想知道的信息。和它一样。"

"医院就算了，我不喜欢。"

"和牙医一样。"

"牙医！"

"我喜欢牙医。牙疼就吃不了想吃的东西，"真是个乐天的家伙，"'人类必须通过五感才能接触宇宙。五感之外的事物，人类无法理解。'这不是你自己说的嘛。尝试扩大自己的宇宙吧。你休假不就是为了这个？"

"不是休假，是余生。"

"那就更值得开心了。明天先去纳昆中游抓螃蟹，一吨重的大家伙，虽然味道很冲……总之，去吃饭吧。"

老蔡站起身。光是这样，房间里的气氛就变了。他总有一种压迫性的气魄。这个家伙，为什么突然回到故乡，我到现在也不是很明白。

"我想到一家很好吃的螃蟹店,去那边聊吧。"

"好吧。"

收拾桌子的时候,桌上的图案映入眼帘。

"老蔡?"

"怎么?"

"这个棋盘,棋子在哪儿?"

"……为什么问棋子?"

"……"

"为什么认为它是国际象棋盘?我一开始也这么以为。住这个房间的客人大部分都认为它是棋盘。"老蔡笑着说。

一口洁白的牙齿。

"那只是一个图案而已。桌子的图案。8×8只是巧合。为什么大家都觉得是棋盘呢?真是奇妙。"

老蔡耸耸肩,朝我挤了挤眼。我像是被人偷袭了一拳,有点儿站立不住。虽然哪儿也不痛,但那种感觉骤然攫住了我。

……预判。

人类太老了。老蔡的这句话,我是不是理解错了?我以为那表现了他承认失败的豁达,但是,老蔡是不是愤慨于我们的颓废?是不是看够了我们的窝囊样,于是开始做些不同的事情?

"那幅图像啊,拍的到底是什么?"

“明天是这颗星球的夏至。”

“？”

“很久很久以前的传说了，夏至之夜会发生怪事。大概是妖魔鬼怪之类的东西。”

“是吗？”

“是啊，吃饭的时候慢慢和你说，走吧。”

＊＊＊

湿地南面出现了一个影子。

悠闲、缓慢……但动作沉稳，巨大的机器把自己的身躯抬起来。十只长脚撑起坦克炮塔般的矮胖躯体。（或者是头？）虽然没有长长的炮管，却长着长短不一的棘刺般的突起。犹如眼睛一样的红色光源，从我这里都能看到六个，在躯体的不同位置闪烁不停。

增强后的眼睛解析出远方的那个身影。

“是‘蜘蛛’，”老蔡低语，“那是……嗯，‘严肃’的棋子。本来是‘非凡’的，后来被抢走了。”

“哎呀呀，够乱的啊。”

“不不，三者的争斗都处在控制下，放心吧。”

“好吧。不过那么不稳定的设计居然能站稳，真是……”

"嘘——"

老蔡轻嘘了一声，我这才发现，沼泽突然恢复了寂静。

水面上没有涟漪。

天空中没有昆虫。

蛤蟆像石头一样纹丝不动。

异样的沉默让我竖起耳朵。很远的地方传来声音，既像是"嗡嗡"的呻吟，又像是"吱吱"的摩擦。感观增强后的耳朵听到了它。"蜘蛛"的声音。用于地球化的机器人中珍贵幸存者发出的声音。

终于"蜘蛛"发出低沉的声响，黑色的巨大躯体踉跄了一下——看起来如此。它开始行走。细细的长腿慢慢绕着僵硬的关节转动，仔细地转移重心，迈出了开始的一步。作为鬼怪，这动作很笨拙，不过现在不是开这种玩笑的时候。它是这片沼泽地的——敌人。

"蜘蛛"停下来确认自己的落脚点。收纳在头部的传感器、光学武器、电磁发射器微微探出。全都是过时但坚固的部件。"蜘蛛"快速旋转刺猬般的头部。我的增强视力读出上面的文字。

"贝尔瓦德/李顿＆斯特因斯比协会"。

随后我的视野炸成了一片煞白。我定睛细看，才发现是发射器射出了一颗光球。光球以极快的速度飞来，像是被吸入似的落入水面，两秒后爆炸发生，大量水分刹那间汽化，无数生命就此被煮杀……了吧。

嘭，喔。

"蜘蛛"又开始行走。

"那是'严肃'的手法吧，太粗暴了。"

"'非凡'和'随想'也好不到哪儿去。这是她们在切磋中形成的规矩。那颗热弹本来是为了烧毁原生林，装在自主轰炸机上的。发射器是'自制'的。它们会不断自我改造。"

"太吓人了吧，那么危险的人造卫星挂在头上，你们还真沉得住气——"

第二发落在沼泽中央，近旁的小浮岛消失了。

"说过了，她们的争斗都处在管理下。"

"蜘蛛"的动作比一开始更顺畅。流畅的步伐快得令人吃惊。嘭、喔的声音已经近到不需要感官扩张系统都能听见的程度。红色眼睛里射出火箭，密林的一头啪地燃烧起来。

"但愿管理万无一失吧。"

我叹了一口气，抬头看天。四颗人造卫星正在这片天空上的某处盘旋。专司行星改造的"贝尔瓦德"，其下负责控制系统的"严肃""随想"和"非凡"。老蔡的祖先从李顿＆斯特因斯比协会买下这颗星球的时候，她们已经称霸于这颗星球的天际了。她们在把这颗星球改造成地球。按部就班地协同完成地球化的工作。

而这不可思议的斗争,也持续了两百年……

火焰映照在沼泽生物湿漉漉的皮肤上。它们并不害怕"蜘蛛",黑色的眼睛盯住破坏者,丝毫没有避让。紧张和斗志迅速积累,步步紧逼。

蛤蟆在什么地方"咕呱"叫了一声。

老蔡站起身,一口喝完了酒,把玻璃杯倒扣过来:"开始了。"

蛤蟆的叫声犹如燎原之火在沼泽里蔓延开来。呱、呱、呱的粗放旋律中,虫豸、鸟儿、钟声逐一加入,汇聚成充满压迫感的声浪。昆虫的振翅声重新响起,大群昆虫再度从密林中飞出的声响,让我生出难以名状的情感。不对,是感觉到我的情感被难以名状的力量摇撼。但是那股力量能够作用于"蜘蛛"吗?"蜘蛛"的步伐没有丝毫迟缓。

热弹接连不断发射出来。

疯狂的发射,仿佛宣布刚才只是警告。光球拖着尾巴连续射击,把沼泽搅得天翻地覆。

天空的浓淡狂乱飞舞。

大群昆虫犹如极光般摇摆,咻——咻——哨子般的尖锐声音掠过群体,像是传令似的。昆虫中分出一群,以协调一致的动作冲向"蜘蛛"。它们聚集在"蜘蛛"头部周围,形成浓密的烟幕旋涡。

"那算什么?"

我很失望。

"勇敢是很勇敢，"我嘟囔道，"但是没有任何作用。就靠那个守护这片沼泽吗？昆虫卫士？"

"继续看吧。那可不是昆虫，是半昆虫——生物机器人和微型车间的混合体。"老蔡笑得很惬意，"'非凡'在构建这片密林的时候，投入巨大。只要对车间进行改装，什么都能做。播种、协助繁殖、区域调整、微生物和水土控制、遥测。价格便宜，和汇编器一起投入还不需要维护。虽然很容易坏，但是随时都能补充，可以自我复制。它们现在正在干扰'蜘蛛'的传感器。用电磁波、热能和声音扰乱'蜘蛛'。"

这有什么用？这样就能击退"蜘蛛"？"蜘蛛"已经踏进我们的沼泽了。

就在这时，异变陡生。

"蜘蛛"脚下的泥水炸开。

不是热弹。

是力量的碰撞激荡出的水花。

老蔡倒吸一口气。我也握住了椅子扶手。

水柱冲天而起，巨大的水花直扑到"蜘蛛"头上。我和老蔡从里面看到满是黏液的黑色皮肤。仅仅瞥一眼，就意识到那黑色的动物大得超乎想象。

鲸鱼？不可能吧。

"漂亮!"老蔡叫了一声。

水兽的半个身子探出水面,撞上了"蜘蛛"的头部。本来就勉强维持的平衡一下子被打破,"蜘蛛"倒在泥水里。

轰隆隆隆。

雾笛轰然鸣响。

水兽用后肢直立起来,从腹部发出巨大的吼声。短短的前肢搅动前方的空气,喉咙咕咕作响。那是——胜利的呐喊吧。

近似鲵鱼的形态。直立起来和"蜘蛛"差不多高。脑袋特别大,也许就是这个缘故,它给人一种幼小的感觉。它似乎没有眼睛,前肢很小,比例并不协调,透出一股人造的味道。

但就算是人造的东西,也未必缺乏生命的喜悦。此刻水兽似乎从用吼声颤动身躯的行为中体会到无上的快乐,它痴迷于将身体深处涌出的力量完全转化成声音。沼泽也应和着它,用一切声音回应。听着那些声音,我不禁觉得热血沸腾。

当然,"蜘蛛"还"活着"。甚至都没有摔倒。它弯曲长腿,维持了稳定,本体并没有浸泡到水里。红色的眼睛也没有错过水兽毫无防备的腹部。

它的头嘎吱吱转了一圈。

赤红的光束从一根棘刺中迸射出来。相位完备的锐利光线在四周翻腾的水花中划出一道刺眼的光条,将水兽的腹部剜下一大块。

咕哦哦哦哦。

水兽大声咆哮，压到"蜘蛛"身上，短小的前肢胡乱拉扯传感器群。它把全身的重量压上去，像是要用柔软而沉重的腹部压垮"蜘蛛"。

"蜘蛛"伸直了折弯的腿，弹力将水兽掀了下去。

"潜下去了……！"

水兽受伤的躯体缩回水下。但是直立起来的"蜘蛛"像下冰雹一样开始喷洒小粒的热弹。

沼泽沸腾了。

水兽躲不下去，只能起身，而"蜘蛛"瞄准了它的腿。红色光束射穿了膝盖，水兽仰面倒下。"蜘蛛"的腿犹如重锤一般踩住它的腹部。

咕哦哦……

超低音的咆哮震颤着湿地的空气，向四面散开。那是吐血般的惨叫。

回声传来。

地动山摇般的声音在沼泽的一角诞生，眼看着成长起来，吞没了纳昆。

沼泽中的一切生物都发出沸腾的喊叫声，开始发狂。

森林在吼叫，阴沉的战栗在其上奔跑，轮廓都模糊起来。无数鸟儿和昆虫飞出森林，急速上升，犹如山雨欲来时的黑云般，狰狞地遮住了整片天空。

与此同时，湿地也突然出现了横移，沼水骤然掀起波浪，向"蜘蛛"和水兽包围过来。仔细看去，那股泥流是蛙、鱼、多足类、两栖类等汇聚而成的洪流。

它们能做什么？什么都做不了。但我知道自己紧紧抓住扶手的掌心已经汗湿了。身在小船的安全座椅中，这一场面让我有种难以抑制的负疚感。昆虫撞击在穹顶窗上的啪嗒啪嗒声，让我忍不住想要站起身来。我也想投身到这场战斗中去，哪怕只拿着半截木棍也没关系。

水兽的喉咙里发出咕噜咕噜的声音，像是回应沼泽的声援一般，摇晃着身躯站起来。它已经不再咆哮了。没有咆哮的力气了。每次咳嗽都会从嘴里带出鲜血，滴滴答答。那个黑色的、犹如鲸鱼般的生物，慢慢地、踉踉跄跄地转过身体。

小小的手，大大的头，身体往下一沉，所有的肌肉都在用力——

水兽跳了起来，用尽全身力气撞到"蜘蛛"的腿上。五条腿散成碎片，这一次"蜘蛛"彻底掉进了水里——但也只有这样。"蜘蛛"剩下的腿犹如锤子一样挥起，恰好击中了水兽的头。

水兽筋疲力尽地倒了下去，然后再也没有站起来。

"啊……"

老蔡捂住了嘴。我也感到浑身冰凉。

湿地静止了一秒，下一秒钟，声音骤然炸开。钟的、破碎的、崭新的声音响起。哨声犹如刀刃般掠过。沼泽的声音开始呈现出明显不同的样貌。黑暗、激烈、强劲的感情。

杀意。

"蜘蛛"并没有停止动作。在无机性的顽固驱使下，它挥舞着扭曲成怪异角度的腿，又用残余的腿慢慢朝沼泽中央走去。

但那并没有持续太长时间。

蜂拥而至的沼泽挡住了"蜘蛛"的去路。到了某个位置，"蜘蛛"终于走不下去了。嘎吱吱吱、嘎吱吱吱，关节扭动，长腿屈伸，但就像裹在油里的苍蝇一样，"蜘蛛"连一毫米都移动不了。蛤蟆、大海星、八只手的螺、多足类的动物纷纷爬上它的腿，那蠕动着的、密密麻麻的、如同抗拒着地心引力一般的"黏液"把"蜘蛛"裹成黑乎乎的一团，"蜘蛛"的腿都几乎看不见了。用具有高析像功能的眼睛望去，我发现沼泽里仿佛伸出了一只长满无数手指的大手，要将"蜘蛛"捏成齑粉。虫儿、鸟儿们在空中成群结队地飞舞着，黑黢黢的一片。

那不是激烈的攻击，而是缓慢的、绵长的绞杀，那杀意不可估量。当然，我也共享了这份杀意，老蔡恐怕也是。

"斗牛犬也是这样被干掉的？"

"斗牛犬？"

我指了指土木工程机器人的残骸。老蔡舒展眉头，轻轻一笑。

现在"蜘蛛"的半个身子都被冒着气泡的水面吞噬了，宛如沉睡般一动不动。和水兽的激战让它浑身上下都是深深的裂口，蠕动的泥水正在往里面钻。就算"蜘蛛"的腹部装有强大的自爆装置，大约也失效了吧。

水兽的残骸被泥沼覆盖着，好像披上了一层黑色的绒毯。它如同正在沉入水底的一座小岛，在泥潭中渐渐地越来越小。

老蔡对我刚才的问题点点头："没错。"

水兽正在回归沼泽。

正在分解。

还原为基本的元素，直到再次复活之时。

沼泽终于沉寂下来，水面气泡的咕嘟声也能清晰听见。"蜘蛛"默默沉入光滑的泥浆中。不断下沉的那个身影，不知怎的让人联想到在食虫植物的齿缝间融化的虫子，而这个想法也让我感到怪异的色情味道——在这片沼泽中分解自己的尸体，会是怎样的感觉呢？会有令人陶醉的叹息般的快感吧。

老蔡喊我的名字。

"嗯，我知道。"

我应了一声，仰头望天。遮住天空的羽翅生物群，模样又有了变化。杀意平息，翅声也安静下来，昆虫们仿佛是飘浮在天上的浮尘一样，变成了像膜似的一层，在空气的扰动下飘飘荡荡。

月光在那薄膜层上扩散，整个夜空看起来像是罩着一层朦胧的发光材料。

我想说点儿什么，但放弃了。现在不能发出声音。就像观察知了和蝴蝶的羽化时一样，屏息静气，只要等待就好。

终于，时间到了。

覆盖天空的昆虫膜缓缓展开，沼泽的中央上空生出了圆形空隙。就像是黑色的天空正在窥探的独眼。从那里射出一道澄明的光，笔直落下。

沼泽上方，似曾相识的白点映照着月光，伫立在那里。

目光所至，便知道那是少女。

"她"的名字叫作詹妮弗·霍尔。

夏至之夜。

＊＊＊

"那么，从哪儿开始说起呢。"

老蔡把喝过的酒杯放到桌上，双手搓了搓。他的脸上带着愉悦的表情，眼睛深处透出快乐的神色。那色彩和小洪话语中出现的相同。真是人人都一样——我想——只要提到这颗星球，就和嗅到猫草的猫一样。

"啊，算了，还是先告诉我这家店什么东西好吃吧。"

老蔡带我来的这家饭店，应该是他很喜欢的吧，坐落在狭窄的巷子里，又小又脏。店家把我们带到名不副实的包厢里，小得可怜，但反而让人感觉挺舒适。

"我们的祖先两百年前从李顿 & 斯泰因斯比协会手里买下了这颗改造完毕的星球。先从那时候说起吧。"老蔡郑重其事地双手捧住新的一杯酒，"李顿 & 斯泰因斯比协会通常不卖星球，而是吸引殖民者，向他们传授运营星系的诀窍，帮助他们建立国家，并向其政府租借星球。我们是特例。据说是因为我们强烈的同胞意识——就是帮派团结力的投影吧。我们不知道祖先的真实意图。大概是从协会的开发计划中看穿了这个星系处于什么样的位置吧。不管怎么说——"老蔡掰开泥蟹的壳，从里面掏出白皙的肉，吃进嘴里，"这颗星球很适合人类居住。螃蟹好吃吧？"

盛在大碗里的螃蟹还冒着热气。它的形状和地球上的螃蟹有着微妙的差异。适应外星球，改变自身的形态。"落地生根。""开花结果。"我想起失去了故乡的太古华侨所传诵的这些口号。就这样，这颗星球逐渐变成地球。

"一百年啊。仅仅一百年的行星改造，便让这颗星球和地球难以区分了。虽然原本就很相似，但确实很顺利。地球的物种简直是毫无节操地贪婪吞吃这颗星球，不断繁衍。"

"原来如此，螃蟹确实很好吃。"

"'贝尔瓦德'的手笔。"

"那是地球化复合体的名字吧？"

"最上层的项目管理者是'贝尔瓦德'，然后她下面有三颗平级的卫星'严肃''随想''非凡'。整体计划由'贝尔瓦德'统领，现场的总负责是三颗卫星。她们做得非常好，不能更好了。"

"不像是夸奖啊——"

我故意这么说，同时也是取笑老蔡眼睛里出现的那种色彩。但他好像没意识到。我微微挑起眉毛，埋头于螃蟹甲壳里的肉汁。

"从协会手里接过这颗星球以后，我们的祖先决定把'贝尔瓦德'的档案格拿出来晒晒。其中详细记录了地球化的过程。他们打算重放记录。"

"数据量很大吧。"

"倒也没有。因为是两百年前的机器。在办公桌上划出一块区域，利用商务电脑的处理能力，把'贝尔瓦德'的全部计算从头开始彻底重现。时间放快五百二十倍。安置一个机器人监视那块区域，识别特征事物并进行分析。彻底分析。我们的祖先是顽强的商人。非要仔细把账本查一遍，看看有没有浪费成本，有没有偷工减料。"

"完全重现了地球化复合体的思维和行动？"

我哑口无言。这到底要破解多少重保护措施啊。协会通常并不会出让卫星。因为积累着有关地球化的重要信息。这是协会获得特权地位的根本。

"对协会来说，这笔生意也不坏，"老蔡狡黠地一笑，"这个星系嘛，说起来是个烫手山芋。总之把资源投入分布图和行星地图重合在一起，地球化所需的资源规整成单一指标的时候，首先就让我们的祖先吃了一惊。"

"我好像有点儿明白了，"我从螃蟹壳上抬起头，"纳昆河口。"

"资源投入量大得异常。祖先——我家的老爷子——特别好奇，查了查这边。不管怎么算，投入的资源都是正常的四倍，也就是花了这么多钱……而且还没完。你知道，三颗卫星分治着这颗星球。纳昆流域是'非凡'的领地，但'严肃'和'随想'也在这里投入了大量的物资和能源。"

老蔡严肃地说完，抓起了一个蒸包子。充分发酵的包子皮圆润饱满，而且带有轻淡的后味。

"三颗卫星并不只专注自己的领地，她们会相互监视彼此的实时工作进展情况，也会在接到请求时提供援助。在那样的情况下，记录会留在档案格里。老爷子就去查了。首先他发现，复合体的压力集中在纳昆河口。不同目的与方向的各种力量，在纳昆相互碰撞。在这个地区，复合体的逻辑整合性仿佛丢到了九霄云外，充斥着资源浪费。据说老爷子在看冲突分布图上的能量梯度分配时，感觉那像是某种类似过敏症状的过度免疫反应，就像是那边存在某种异物似的。"

"就是这个吗？"

我把手里的卡带翻了个面给他看。老蔡点点头，从衣缝中拉出光学膜摊在桌上，朝着我的方向。一名少女的照片逐一在光学膜上浮现、消失。古代地球风格的建筑物背景前，身穿男装衬衫的少女。学生般的氛围。大部分是笑脸，也有故意皱眉和生气的样子。穿着牛仔裤的腿伸在草地上，或者是在类似宿舍的房间里奋笔疾书。

黑发与活泼的笑容很有魅力……但这些照片到底是什么意思？我完全不明白老蔡的意图。

"她叫詹妮弗·霍尔。四百年前死于多发性硬化症。她到死都没有踏出地球一步。你卡带里的画像，是纳昆沼泽出现的她的残像。这颗星球距离地球两千两百光年，结果她的幽灵在这里的湿地上徘徊。"

我无法相信老蔡的话，视线落回到桌子上。光学膜上出现了一个骨相结实的老人。

"她的父亲，托马斯·霍尔博士。李顿＆斯泰因斯比协会的科学家。这是他晚年的照片。"老蔡眯起眼睛，仿佛很惬意，"不让你猜谜了，我来稍微总结一下。我家老爷子往纳昆三角洲压力最大的区域派去了探测器群，因为实在不放心。在派人过去之前无论如何想要调查清楚。你卡带里的图像就是那时候拍到的。也是亡灵詹妮弗最早的照片。"

"你有更清楚的照片啊。"

"当然，"老蔡笑嘻嘻地说，"故意发了最差的。"

光学膜上覆盖着似曾相识的黑色与绿色的暗淡色调，而拍摄对象却格外清晰。这是……

"纳昆三角洲……"

"没错。"

"詹妮弗……霍尔"

"是的。"

黏糊糊的泥巴上，盘踞着一只螃蟹。

蟹壳的直径大约两米，盘腿坐在上面的，正是刚才照片里的少女。尽管浑身是泥，但还是能看出那身体不过十多岁的样子。她把一只蛤蟆抱在鼓鼓的胸部上面，轻吻着这只两栖动物头上伸出的柔软犄角。下一幅画面是她站立的身影，显示出结实的小腿和翘起的臀部。另一幅画面是长焦拍摄的土木工程机器。和斗牛犬有些相似，似乎很久以前就停机了。

"光靠这个，什么都证明不了——"

我刚刚想到反驳的话，老蔡便抢先说道："——老爷子一开始也这么想。他以为有人故意搞事情骗他。可事实并非如此。除非那个人很有耐心，不但骗了老爷子，还连我一起骗了。你看这个。"

光学膜的静止画面转成了影像模式。被油和醋弄脏的桌子上切出一块四方形，展开了纳昆的神秘之夜。沼泽的浑浊水面摇曳着月光，詹妮弗在蟹壳旁边坐下，用脚尖"噼啪噼啪"拍打着水面。是在拨弄水面上倒映出的脸庞吗？她蜷着身子，凝望脚下。在溶溶月色的浸染下，她的肩、颈、背化作一块洁白光滑的平面。

"老爷子派出的第三批探测器，拍到了这段影像。她的肩膀一带很清晰。"

在夜晚的光线下呈现出些许蓝色的白皙肩膀，让人不禁想起光洁的瓷器。

一小团黑影突然在肩膀处冒出来，将周围的皮肤腐蚀出丑陋的图案，并向背部蔓延，蚕食上臂、侧肋、腰部、内脏。一开始我没有意识到那个黑影是什么，等到她被黑影覆盖的部分如同溃烂般脱落的时候，我才愕然醒悟。某种不明所以的东西正在侵蚀她的身体。

不仅表皮溃烂脱落，肌肉、筋腱、内脏也都开始鼓胀、凹陷、蠕动、剥落，摧毁着詹妮弗。她的身体在污泥中崩解。肩部的肌肉被融化，露出白骨，而且连骨头也迅速变黑，开始腐烂。

虽然并不认为"詹妮弗"还活着，但异变还在继续分解她，水面上满是她身上剥落的微小碎片，随着涟漪摇晃不定。小蟹小鱼,还有刚才被她抱在怀里的蛤蟆,纷纷将那些碎片送进嘴里。

冲击性的景象让我把光学膜揉成一团。

新菜端上了桌子。油炸的鱼块和黏稠的豆沙。我的胃口荡然无存。

"什么鬼东西,你也看看。"

"好了好了,"老蔡没心没肺地笑着,把鱼肉戳得七零八落,"我应该也看了的。"

"'应该'?这可是你给我看的。"

我意识到自己呼吸急促。那样的影像很容易合成。尽管知道这一点,心跳还是平静不下来。

"她无法维持那个形态十小时以上,超过时间就会崩溃。一年里只有一天,她会在夏至之夜出现,然后在当夜死去。她体内存在破坏因子。是氧化加速物质。她在缓慢燃烧,由内而外。"

"等等,我没明白你在说什么。她四百年前不是已经死了吗?不是没离开过地球吗?那是幽灵吗?她到底是活着还是死了?那具肉体是怎么出现的?是谁塑造了那样的形态?"

"塑造那个形态的当然是詹妮弗·霍尔的基因。难道还会有别的吗?'非凡'的生态构架部门有个地球物种的遗传信息库,其中保存了她的遗传信息。这大概是托马斯·霍尔博士干的。詹妮弗死于十七岁。父亲的悲痛和哀叹只能推想,但不难理解他会想用某种形式把女儿的印记刻在某个地方吧。霍尔博士参与了李顿 & 斯泰因斯比协会的地球化复合体设计。他是一位卓越的生态系统构造师。"

"你说得好像亲眼所见一样。"

"幸运的是，我爸也和老爷子一样，颇具好奇心。按照我爸的调查，协会的地球化复合体，现在依然在使用霍尔博士的团队建立的生态系统改造计划。地球物种库也一直包含着同样的样本……詹妮弗播撒在宇宙的各个地方。其中之一偶然在这颗星球上发芽了——你不吃鱼吗？"

我默默摇了摇头。

老蔡继续说："霍尔博士大概没想到女儿真的会实体化吧。如果知道的话，他应该不会把遗传信息发送出去。人类那么脆弱。很难想象在改造过程的严酷环境下，会有需要复合体调取出詹妮弗的情况。什么用处也没有啊。博士只是想把詹妮弗的遗传信息藏在物种库里，这样就很满足了吧。也许太感性了，但我们没有嘲笑他的权利，而且博士应该也预先考虑了各种情况。"

"……所以他给女儿的遗传信息中加上了时效限制？"

"不能超过十个小时，没错……很让人吃惊吧。这份远见。"

"亲生父亲也许认为这样不错，但对于女儿来说这是永恒的诅咒。"

"啊?"老蔡瞪大了眼睛,像是听到了出乎意料的说法,"永恒的诅咒?对谁的'诅咒'?对詹妮弗来说,这是祝福啊。对纳昆的生态系统来说,这也可以说是福音。对这里而言,她的存在是不可或缺的圣洁象征。"

老蔡将"象征"这个词咬得格外清晰。像是要将这个词刻印在此时此地似的。

他喝了一口酒,摇摇头:"我说,你不觉得神奇吗?为什么詹妮弗的形象反复出现?为什么'非凡'这么执着于她?难道她对这里的地球化有什么作用吗?"

我望向自己的酒杯,躲开老蔡咄咄逼人的视线。老蔡说的形象——"詹妮弗",与其说是肉体的生物,不如说是在肉体上显现出的抽象存在。

抽象也好,象征也罢,我不知道这些能给生态系统带来什么好处。看光学膜,詹妮弗似乎能和蛤蟆、螃蟹保持很好的关系,但那距离"象征"也还差得很远。

而且我更在意另一幅画面。犹如斗牛犬的那台机器,是谁、又是为什么破坏的?

"压力的火种我大概明白了,那么现在你能说说它是怎么烧起来的吗?"

"三颗卫星形成了相互监视的态势。这一点已经说过了。"老蔡将玻璃杯罩到灯光上,眯起眼睛说,"'詹妮弗'陷在这里了。

'严肃'提出了抗议。不能无意义地制造人类。这既是浪费能源，也明显违反了伦理守则。'严肃'要求立刻停止。但这个要求被无视了。'非凡'继续制造詹妮弗。愤怒的'严肃'采取了暴力行动——"

老蔡微微探出身子，加强了语气："她侵入了'非凡'的领地。派出土木工程机器人，破坏'非凡'的纳昆三角洲，又引发了若干生化灾难，严重损害了生态系统。按照复合体的系统设计来说，这是不可能的。不应该相互破坏。

"'严肃'和'非凡'用自己的判断影响了'贝尔瓦德'的判断。结果，詹妮弗的实体化竟然被默许了。如果'贝尔瓦德'对'非凡'的疯狂行为抱有兴趣，那么这个结果倒是可以理解。但'贝尔瓦德'也放任了'严肃'，没有追究她的破坏行为，不仅如此，之后也继续采取听之任之的态度。你听说过这么荒唐的事情吗？"

老蔡的话让我不禁心生警惕。论述逐渐狂热，论调听起来也更加有力，但同时，那些奇怪的拟人化、自以为是的判断和露骨的煽动性也变得越来越明显。不过说实话，之所以心生警惕，确实是因为受到了吸引。我正在逐渐倾心。

"矛盾冲突很激烈。地球化是庞大而精密的工作，有了这么大的冲突，真的还能成功吗？……但是，这个世界转眼就变成了地球的样子。"

两盘很美味的鸽子端上桌来。不过老蔡并没有动筷子，只是摇了摇手中的酒杯。

"'贝尔瓦德'并没有疯。对抗局限在纳昆三角洲的有限区域内。只在某片沼泽和周围的湿地、密林,绝不会发展到外面。'非凡'也完全不会对'严肃'的领地发起反攻。

"接下来是我不负责任的胡思乱想——是不是复合体在纳昆做什么实验?向那里施加了很大的压力,是不是为了获得某种成果?这么想也是有原因的,那就是'随想'的奇怪举动。'随想'的立场并不中立,但也没有偏袒某一方。要说她做了什么,其实就是煽风点火。她给双方同时提供信息、能源和材料,自己也会派几个机器群进去,有时候站在'严肃'一边,有时候又帮'非凡'一把,把纳昆三角洲的紧张局势维持在一定程度之上,同时又避免形成毁灭性的结果,这好像就是'随想'的职责。而这恰恰让我觉得,纳昆的对抗其实是设计好的。

"'非凡'把半昆虫撒满了湿地。虽然半昆虫的个体都是遵循各自的本能和定序,采取最适合自己的行动,但从整体上看,是在忠实贯彻'非凡'的意志,将之彻底现实化。也就是所谓的'看不见的手'。纳昆的动物无一例外,全都被这些半昆虫及其背后的微小分子机器控制着。这只'看不见的手'熟知控制生物的一切手段,诸如化学物质、热、光刺激、电磁波、声音,等等等等。

"不过仅仅这些倒也不足为奇。毕竟是协会开发的常见手段。但在纳昆，这一技巧却发挥得格外露骨、集约和彻底。"老蔡深吸了一口气，"詹妮弗·霍尔。纳昆生态系统的特殊性在于，它其实是紧紧围绕着这个少女的残像建立起来的。

"詹妮弗的复活每年上演一次。'严肃'的机器群总会擅闯，而湿地的生命会尽力阻止。纳昆的生命体，它们的行为、它们的行动，全都为了维持、维护詹妮弗·霍尔的'形象'而进行强化、锐化、最适化。设计出的紧张状态成功实现了这个目标。

"结果在那里形成了一个完美的小王国。詹妮弗的复活剧目，从根本上规定了纳昆的每个生命如何存在。

"我们不知道'詹妮弗'的重生与毁灭将会持续到何时。因为这种过程激烈而危险，所以分子机器迟早会磨损，那么也就不会再发生了。从基因库里取出来的她的遗传信息将会烟消云散，无法复原……但是啊……但是……哎，我不怕你笑话，最近我总会做这样的梦。

"在非常非常遥远的未来，复合体、半昆虫、分子机器都死绝的时代，如果纳昆三角洲的生态系统还能想办法存在下去，在变异和淘汰的最后产生出具有自我意识的智慧，那么，此时此刻的我们，不是正在为那个时代播撒下神话的种子吗？那个时代的智慧，是不是每个夜晚都会梦到詹妮弗呢……会不会在我们无缘得见的天空中仰望詹妮弗的肖像呢？"

老蔡的身体就像历经了岁月的古老家具，唯有双眼闪耀着梦想家的光芒。看到他的眼神,我体会到奇异的安心和认同。老蔡一直忧心于人类扩散带来的稀疏化,而这是他无可抑制的梦想。

不过,如果霍尔博士知道了这个情况,又会怎么想呢?如果知道自己的女儿也许会在遥远未来的集体潜意识中复活的话?

"你看到过她了。"

"其实还没有近距离看过。"

"所以为此植入了感官扩张系统?"

"嗯。"老蔡有点儿羞怯地笑了,点点头。

我突然感到有些心痛。

那一刹那,他看起来就像是百岁的老人。那只是极短瞬间的印象,随即便被抹去了,但我还是有种意外的感觉。我开始品尝鸽子,但内心被刚才看到的东西占据,吃不出鸽子的味道。

慢慢地,大脑的某个角落里浮现出桌子上的方格图案,然后又消失了。

我有种不祥的预感。

我——我们,是不是想错了什么?

＊　＊　＊

已经看不见"蜘蛛"了。

刚才的激战没有留下任何痕迹，只有虫子鸣叫的低沉节拍。

我深深叹了一口气，有一种灼热的疲劳感，就像是读了一个漫长而精彩的故事一样，很是惬意。我明白了老蔡为什么会在那个饭店说这是"神话"。纳昆的争斗中具有戏剧般的张力，宛如血祭贡牲般的强大力量，让感情无比高亢，足以剥夺我们的思考能力。

被奉为祭品的詹妮弗·霍尔，伫立在弥漫着水银色的沼泽上。遥远的、沐浴在月光下泛出蓝色的那个身影，如梦如幻，确实很符合"象征"这个词。

她的脚边是待机状态的机器。一年只为了这一天，它们在沼泽的各处七手八脚地制造出分散状态的詹妮弗。小小的人类工厂在这个沼泽中起起伏伏地度过了一年。而在这一周时间里，她最终被组装到一起，成为被选中的一具躯体，出现在那里。

纳昆的精髓。

青蛙开始呱呱地鸣叫。

聚集在沼泽边的活物们，开始扭动自己的身体。

钟声在远处响了两三声。

供祭的热忱如潮水般涌起，带来了和平宁静的幸福感。

我感觉到，纳昆传递出近乎感动的情感色调。愤怒、杀意、富有韵律的欣喜，以及幸福感。沼泽呈现出各色相貌，而所有这些都一丝不乱地得到了实现，沼泽的氛围又是一变，让人觉得或许存在某种控制着所有沼泽生物的、强有力的共鸣领域。

那是"看不见的手"吗?

老蔡呼唤我的名字。明明是压低的声音,听起来却似乎莫名地用力。

"怎么了?"

"有没有觉得呼吸不畅?这里?"

并没有。座舱地方很大。

"吹吹风吧。"

我连吃惊的时间都没有。"啪嗒"一声,穹顶窗弹开了,被坚硬的窗户挡在外面的纳昆之夜顿时涌了进来。就像是小小的酒杯无法容纳的美酒一样,它溢出、流淌。

暖风击中了我的鼻子。

气息。

就像是在两眼中间开了另一只眼睛似的冲击。

通过感官扩张系统增强的嗅觉,不是直接放大,而是将鼻腔捕捉到的气息成分精确无比地分离出来。

我不禁闭上了眼睛。仅靠鼻子就能看见东西,仿佛眼前展开了一幅气息描绘出的全景照。

泥泞的、甜美的、熟透的气息,化作宏伟的背景,散发出微微的热气。近景则是沼泽中的各色芳香与恶臭,生动立体。全景图中色彩绚丽,构图精密。被踩踏的茂密青草。盛开于斗牛犬上的花朵。青蛙们挤碎的内脏。黏糊糊的水洼。从森林里流淌出来的火灾之后的呛鼻浓烟。那种无可言喻的芬芳。

老蔡站了起来。

这行动和空气的流动，在我的肌肤上宛如音乐般奏响。触觉也变得十分锐利。饱含湿气的空气应该很重，敏感地向我的皮肤传递出各色信息。

我骤然体会到共感场的存在。仿佛触手可及般的切实感，充斥着这片沼泽。它在一切生物的最深处震颤、收拢。

我想再把感官扩张系统的水准提高一些。品尝过这种感觉的人，谁都无法抵抗这样的诱惑。就像是盘旋在头顶的羽虫薄层所扩散的月光一样，我的感情渗透到身体的轮廓之外，与共感场融为一体。绝妙无比。

但是过分提高感官扩张系统的水准并不明智，医院的技师这样说过。不仅误差会变大，也有可能导致感觉扭曲。

如果为了"有意义"的信息导致类推功能发挥过度，有可能会从使用者的某处记忆中抽取出不同的形象，强行连接到眼前的景象上。盆栽看起来像是兔子。恋人的低语化作苏打水的气泡声。

但是——我想——姑且不说旁人，至少这种唐突的连接，对当事人自己而言，应该是有某种意义的。每个人的头脑中都有极其个人化的形象体系，其中存在着自身都未曾意识到的近道或旁路。而这就是感官扩张系统所展现出来的。只要将这件事放在头脑的角落里，就会引发感觉扭曲，这不反而能够让人理解这种共感场吗？不用头脑，而是通过皮肤感觉，通过生理。

像这样，每个人都在自我欺骗中生活。在五感中。

我将体内看不见的滑块猛然上推。

在感官水准提高的世界里，月光犹如荧光微粒般无声无息地洒落。它沉沉地堆积在深海色的夜晚中，把青蛙的鸣叫、森林的轮廓、小小的船只、锐利的草尖都拽了出来。远处的钟声也有微妙的变化，听起来像是某种令人怀念的音色。那是叮当作响的铃铛声。我仿佛从共感场中体会到圣诞前夜的温暖喜悦。这是夏至的圣诞。

朦胧的微光，泥泞的气息，浓厚的空气。共感场填满了一切，静静的，但也是令人窒息的。应和着它的呼吸，景色缩放不定。距离感也有各种变换。沼泽的水面扭曲成巨大的臼盘状，詹妮弗·霍尔就在那底部。

我站起来，和老蔡并肩而立。

整个共感场一齐动了起来，注视着我们。我不禁缩起身子，不过发现那些视线没有丝毫恶意，便放下了心。没有谁说话，我们不约而同脱下鞋子，走下小船。丝毫没有考虑危险。不管是哪种有毒的鱼，都不会刺伤我们的脚。共感场这样告诉我们。我想听到那无声的声音，把感官扩张系统的水准又提高了一些。

黏糊糊的泥浆从赤裸的脚趾间穿过的感觉十分惬意。漫过膝盖的水哗哗作响，也令人舒适。风儿抚摸着探在袖口外的手腕和指间，贴着水面游泳的小小鱼群似乎在引领着我们。纳昆向我们提供了一种绝妙的舒适，作为对我们的欢迎。我明白。我的心雀跃不已。为了尽情品尝这种舒适，我又一次略微提升了一点儿水准。

到了这个层次，体内所发生的事情，和外界所发生的事情，在我的感觉中便已经不再有区分了。水草随风摇摆，水蛇在脚边游过，在感觉中都和自己的心跳别无二致。"人类只有通过五感才能理解宇宙。"我理解了这句话真正的含义。尽管我曾经对此表示过讽刺，但人类确实是有了五感，才能像这样同外界对话。令人欣喜的败北。

我抬头望向月光浸润的天空。月光中有个奇妙的东西正在轻飘飘地游泳。

那是什么？

像是半透明的丝线，或是蜘蛛网的碎片，但奇怪的是，每当视线移动，它也会随之移动。我终于想起小时候经常玩的那个游戏。长时间盯着天空或者白墙，便会看到类似这样轻飘飘的影子，而且也会随着视线移动。据说这是生理性的飞蚊症，看到的是自身晶状体的浑浊投在视网膜上的阴影，并不罕见。

但由于感官扩张系统带来的误差和变化，轻飘飘的影子们开始慢慢改变形状。透明的虾子、绵软的牙刷、玻璃的虎甲，诸如此类。

我很开心。

我当然不可能和自己眼睛里的浑浊共感，但我觉得这是可能的，甚至可以像逗弄宠物一样和它们玩耍。实际上，在这过程中，那些浑浊从我的视线中自由脱开了，迅捷飞舞。我并不觉得这有什么奇怪的，带着愉快的心情，我让列队飞行的虾子从肋下穿过，又试图去把扭动着逃跑的牙刷抓回来。

突然间一只虾子飞落到我伸出的手指上。它抖了半天长长的触须，随后开始噬咬我的手指。近乎疼痛的酥痒感让我忍不住发笑，随后——我回过神来。

我到底在做什么？

我在触摸不可触摸的东西，体会着不可体会的感觉。

"啊！"

我大叫一声，声音把我自己都吓了一跳。我疯狂挥动自己的手。虾子不知去向，而我惊慌失措。晶状体的浑浊什么时候有了实体？我现在的恐惧并不是无中生有。

在我的眼前，牛奶色的雾霭开始聚集。在一无所有的空中，雾霭像棉花糖一样无尽垂落，像是过饱和溶液以某种速率析出结晶一样。沼泽的空气里充满了看不见的东西，它正在以这样的形式溢出。

雾霭凝聚到一处，盘旋成黏稠的一团，慢慢地，在那中间出现了一个似曾相识的形状，若隐若现。

我不想去分辨那是什么，但那确实是一张人脸。人脸的各个部分以荒谬的比例和排列，在雾霭的旋涡中沉浮不定。混乱而真实——但极其巨大——的一只眼睛浮现出来，分不清是鼻子还是耳朵的东西展现出一角。

我忽然明白过来。

有什么东西想和我们联系。想要告诉我们什么。我在感官扩张系统中变敏锐的神经末梢意识到了这一点，所以从大脑的某处抽取出"脸"的形象，连接到它身上。对我来说，"脸"是意味着"对话"的形象。

一旦明白了这一点，脸的造型便完成了。虽然编织得非常笨拙，但确实是人脸的模样。它上面有一个像嘴一样的洞。我全身的寒毛都竖了起来。

我不想听。

不管说什么，都会让我发疯的吧。

那种近乎确信的预感让我浑身颤抖，我右手握拳，抬起来遮挡雾霭。那张脸发出破碎般的声音，裂成两半。融化在夜色里吧，我祈祷着。

我猛然回头，小船不知所踪。仅仅是因为我没看到，还是像"蜘蛛"那样被吞噬了？我凝神细看，但伸缩不定的距离感和暴风雪般的月光,让我无法确定位置。我强忍着近乎血液逆流的感觉,将感官扩张系统调整到标准水平。

事态没有任何变化。月光像绵砂糖一样飞舞,水面还是扭曲成臼盘状,距离感如同橡胶般模糊不定。纳昆完全被共感场控制了。

感官扩张系统只不过是个触发条件。通过增强的知觉看到过的东西,即使降低了感官扩张系统的水准,也不会一笔勾销。就像是挖中了水脉一样。地下深处的怪异形象不断上涌,即使想要闭上眼睛、塞住耳朵、屏住呼吸,也无法关闭已然打开的通道。我此刻的心情,正像是那个打开箱子,望着箱子里逃出来的灾祸目瞪口呆的女子。

我摊开右手手掌。白色的、黏糊糊的纤维粘在上面。抚摸脸庞的时候粘上的。这是形象吗? 是实体吗?

牛奶色的雾霭飘忽不定,愈发聚集。白粥般的浓度,缠在腿上,钻进耳朵和鼻子……

我感到自己的思绪变得很怪异。不知是不是震惊的缘故,泪水滚滚而落。我一边哭,一边撕扯粘上来的黏胶,奋力甩开。

"回去吧,老蔡! "我朝着远处扭曲的怪异后背叫喊,"这不是我们以为的那种地方。不能留在这里! "

水已经没到了老蔡的腰,他还要继续往前走,我抓住他的手臂,想把他拽回来。但是他的身体很结实,我拖不住他。他把我甩开，我跌坐在沼泽里，呛了一大口泥水，不过头脑也因此变得清醒起来。我终于明白了前因后果。我不顾一切地扑到老蔡背上，贴着他的耳朵大叫："不能去，不能去，快回去。我们上当了。'贝尔瓦德'也上当了。从一开始就上了这颗星球的当。明白吗？"

青蛙、鱼、螃蟹，聚集到我们周围。"熟悉的密林"？"落地生根"？我的想法太乐观了。看看这些蛤蟆和螃蟹的丑陋模样，它们被这颗星球以适应之名扭曲成什么样子了？这里的"地球"，是被异星啃噬消化的"地球"。纳昆巧妙地挪用了地球的物种和生态系统，试图把自己嵌进去。

"这个共感场不是'贝尔瓦德'制造的。这里具有某种更远古的力量，早在久远的年代就存在的力量，是它在唆使复合体。'贝尔瓦德'只是给这个共感场提供了自己的素材。那根本不是你以为的那种神话诞生的过程，只是这颗星球的神话用地球的语言上演了而已！"

"闭嘴！"

老蔡终于回过头。我目瞪口呆。在饭店里看到的面容还只是隐约带着几分衰老，而此刻这衰老已经将整个面庞都腐蚀了。这不是我认识的快活而豪爽的老蔡。

"珍妮！"

老蔡大喊。他又把我推开，开始朝臼盘的中心走。虫鸣声骤然升高，钟声连续不断。我的心怦怦直跳。在追赶老蔡的时候，不安感愈发强烈。我是不是忘了什么？

我蹚着水和泥浆气喘吁吁地奔跑，跑了半天才追上老蔡。我做好了和他扭打一番的准备，但老蔡没有抵抗。他整个身体背靠着我，脚下踉跄，仰头望天。

夜空中飘着一只独眼。我突然回过神来，发现这里正是臼盘的底部。

我越过老蔡的肩膀望去。

詹妮弗·霍尔。

必须这么称呼吧？

鱼的眼睛。没有眼睑的圆眼睛盯着我们。没有嘴唇的嘴，像是割开的伤口一样的嘴。肌肉的动作非常诡异。看上去，手肘比上臂更发达，手指上也没有关节。黯淡的橘色皮肤上全是泥浆，快要干了。

这不是人。

当然更不是詹妮弗。

这颗星球用了两百年时间，把霍尔的女儿变成了这副模样。老蔡的祖父拍摄到的录像中，面色红润的少女，在经过漫长的时间之后，被她自己放逐了。

咯……吱……

伤口裂开，发出声音。鱼眼用圆锥形的手指抓住老蔡的肩膀。

啊——

血红的嘴里长满了尖刺般的牙齿。老蔡的肩上迸出血花。

吱……

压抑的、痛苦的声音。水兽喜欢自己的声音，但她不是。那张脸蒙上了痛苦的阴霾。也许只是某处很痛而已。但在我看来，那映射出深邃可怕的痛苦和孤独。在这一刹那，詹妮弗一闪而逝。

——！

鱼眼的身体开始扭曲，全身抽搐，伸出长长的黑色舌头，后背翘曲起来。

啊——啊，啊——啊啊，啊……

拉长的声音颤抖着。颧骨下有一小团影子冒出来飞快地蔓延开。我用力拔出插在老蔡肩膀上的手指。那声音和触感都令人反胃，但还可以忍受。老蔡像是精神被搅走了一样，我把失神状态的老蔡拽倒，抱住他。我的脖子都泡在水里了，抬头仰望鱼眼的末日。

通过增强的肉眼，我看到的景象和光学膜上看到的一样。她感受到痛苦了吗？我不知道。仅用十天组装起来的身体，也许并没有完全整合在一起。强烈的氧化作用开始腐蚀鱼眼。我生出无可名状的愤怒。我想咒骂。但那不是詹妮弗·霍尔。所以我不知道该对谁愤怒，也不知道该怎么做。我只有抱着老蔡，一动不动地望着鱼眼的皮肤、肌肉、骨骼汇聚成一团，消失在沼泽里。

但是——在那之后，我也动弹不得。

她刚才所在的地方，还有什么东西。有一种浓郁的气息伫立在那里。我想那只可能是肉眼不可见的雕像。月夜的蓝色空气称颂着深邃的黑暗。压制着纳昆的意志仿佛受到无边的压力，在那里几乎化作实质。

没有哭泣，没有欢笑。

也没有愤怒。

古老得让一切情感都被消磨殆尽。

那气息只是盯着我们。鱼眼深处就是它吗？潜藏在肌肉与骨骼中，在那些剥落之后，终于显出了身影。很久很久以来，它和詹妮弗一直在争夺那具躯体——谁会是胜利者？

气息终于舒缓下去。失去了依附的身体，也无法保持凝聚。犹如黑冰般的质感化作啫喱般的物质，像焦油一样流淌而去。

当我终于能把石头般沉重的身体抬起来时，天空已经开始泛白了。清晨了。那仿佛是许久未曾见过的清晨。下半年的第一个清晨。我把浑身无力的老蔡抱起来。比想象的轻许多。

清晨的阳光下，土木工程机器看起来完全不同。既不像彪悍的猎犬，也不像异教的神像。

只是一架锈烂的机器。

＊＊＊

花瓣在碗底恢复了生气。

这是小洪临别前送我的顶级花茶。飞船进入稳定飞行状态后，我便马上拜托乘务员帮我泡上了。哪怕是恒星际宇宙飞船，没有舷窗总是很无聊。花茶是最合适的饮品吧。

"纳昆不能不管。评议会达成了共识，必须采取某种行动。我也有同感……不过还没和老蔡说。"小洪代替住院的老蔡来送我，在机场大厅带着为难的笑容说，"这是购买这颗星球以前遗留下来的问题。没有这种问题，协会也不会转让吧——那里有个奇怪的地方，很让人心痒，有没有觉得？然后不知不觉就被卷进去了。

"真正了解纳昆的，在这颗星球上也只是很少一些人吧。不过流言传得很广，也不知道那种力量今后会变成什么样。总之不能放任不管，免得事态发展到无法挽回的地步。这是评议会的想法。"

小洪和我说了很多关于那种力量的解释。灭绝的土著民族自身的墓志铭——种族的记忆刻印遗留在纳昆的假说。纳昆的生态系统在改造以前由于化学物质语言等慢慢产生了意志,进而被"贝尔瓦德"的"看不见的手"提取出来。不过这些见解全都没有脱离空想的范畴。

是的,纳昆还是毁掉才好吧。如果要问我的判断,我一定会这么说。至于理由……也许是想要解放詹妮弗·霍尔。

不过……假如说开拓了那片密林,复合体的活动也停止了,这样就能了结了吗?即使拔掉电源,音箱不再发出声音,但播放器里还插着卡带——只要连接上另一个音箱,又会听到同样的歌曲吧……而且不仅如此。这样的不安,在那个月夜我也曾经感受过。棋盘的图案。我忘了什么东西。

喝了一口花茶,苦涩的味道层层叠叠地显现在味蕾上,然后又逐一消失。花茶当然很好,水也很不错。肯定是在老蔡的星球补充的水分。我又喝了一口,细细品味水的味道。

骤然间,电击掠过我的身体。

地球化复合体的"看不见的手"在统领纳昆生物的时候,使用了半昆虫和分子机器……老蔡不是这么说过吗?只要说到分子机器,不用多想,其中必然包含病毒机器。要想顺利推进生态系统的地球化改造,病毒必不可少。绝无例外。

病毒。自古以来人们就知道,这种奇妙的准生物具有在不同生物间进行基因交换的作用。可以说,正是因为能够系统性地控制病毒的这种作用,地球化才成为可行的项目。

老蔡和小洪，还有那颗星球上的每个人，当然也不可能避免这种病毒的作用。甚至可以说，正是因为期待这一点，也就是预见到居住在那里的人会发生变化，才设计了地球化工程。换言之，地球化的前提，是星球与人的相互靠近。

随着一代代人的更迭，与星球的同步也会不断发展吧。对共感场的共鸣，老蔡比我更强烈，不正是这个原因？

我凝视茶碗。过滤的病毒。这碗水里，一定也有吧。不会有毒性。复合体不会允许那样的东西存在。正因为如此，反而一直都没有得到关注。但是——

人类的稀疏化……

原因数不胜数，但每个原因也都有其内情吧。其中一定也有地球化工程的原因。飞向宇宙、移居到别的星球。也许，那就不再是人类，而是被宇宙咀嚼之后的生命。

老蔡的衰老容貌闪过脑海。我不会再去那颗星球了。纳昆的水我喝了很多，没有信心抵抗共感场。如果再去，会被缠住吧。

我倒掉了剩下的茶，然后在整个旅途中，我都在想病毒的事。

不知道当年纳昆里有什么。但是，我们从地球带来的病毒，被那种存在的遥远回声微妙地扭曲了自己的行为模式。

宇宙还记着它们，那小小的扭曲就是证据。而且此时此刻，它们也正在我的体内，在冰冷的空间中旅行。

我们又会如何？稀疏化的最后，人类的浓度最终变成百分之零以后，我们还会留下自己的痕迹吗？如果会的话，那又会是怎样的形式呢？

詹妮弗·霍尔。

夜晚的维纳斯，泥沼的阿芙洛狄忒。

如果有可能，我想问她这个问题。那位也许此刻正在宇宙某处发芽的少女，她会知道答案吗？

象られた力

具象之力

来吧，看我。
用你的眼睛杀了我也没关系。

曾有一种瘟疫，肆虐摧毁了相邻的三个星系。

　　首先是"百合洋"。一年后，"穆扎希卜"与"舍琴科"牺牲。"百合洋"在通信断绝两天之后便告消失。"穆扎希卜"失去了月亮。"舍琴科"也与"百合洋"一样，忽然消失不见。

　　它们应该都采取了防疫措施。不过，尽管本质上是瘟疫，却不是严格意义上的病原体导致的。本来也没有多少人把那场灾难视作瘟疫。相反，灾难仅仅波及三个星系，反倒可以说是幸事。那场事故甚至有可能撼动李顿 & 斯泰因斯比协会的体制。三个星系所在的辽阔星区受到严格封锁，事故发生两百年后的今天，获准进入的依然只有李顿 & 斯泰因斯比协会的无人飞船，而无人飞船收集的数据也从未公开。

　　不过，您可能也听说过那个传闻。从"舍琴科"曾经存在过的地方、从早应空无一物的地方发出的微波信号。海盗般的信号。无法确定发送者的信号。

它被称为"舍琴科之歌"。

01

*

"工藤圆先生……是吗？"

来人在约定的时间准时出现。睥睨舍琴科酒店宽阔大厅的大钟，刚好指在正午差十分的位置。

我准备起身，他伸出手掌做了个向下的动作，示意我坐着别动，同时来到我面前。他穿着一件得体的灰底白点立领西服，身材高大，举止优雅，修长的肢体灵巧地坐进相对略小的沙发里。他的身段、衣着、嗓音、相貌，都很沉静、平滑而精准。他将了将茶色的头发，露出微笑。微笑当然也恰如其分。

"让您久等了吧，实在抱歉。我是白川。"

我有点儿紧张。因为白川是李顿＆斯泰因斯比协会文化事业部的首席研究员。哈巴什说过。

白川把一个大信封放到桌上，推到我面前。大理石纹路的桌面上，无缝的信封通体雪白，没有一丝皱褶。

"首先请看看这个——您觉得如何？"

我拆开信封，查看里面的内容。是几张设计图。白川表情平静地沉默着。原来如此，这就是哈巴什说的"测试"吧，我想了起来。

赛义德·乌尔德·哈巴什给我介绍雕像，是昨天晚些时候的事。

"协会的首席研究员正在寻找技艺高超的解像师。"哈巴什说，"我推荐了你，明天去舍琴科城见个面吧。"

对我来说，这是双重意外。其一，通话是从数光年之遥的异星当地事务所打过来的——面向个人的带宽很窄，价格很贵。其二，这是与协会直接相关的工作。李顿 & 斯泰因斯比协会的每一项文化事业，规模都相当于长期性的国家项目。据说一名首席研究员在任期间所能动用的预算总额，可以与中等（比如这个"舍琴科"）星球政府的年度预算相匹敌。

"吓了一跳吧？"哈巴什笑了。他有着格斗士般的体格、晒成古铜色的皮肤，以及剃得光溜溜的头。但他是银河旋臂中风格最为优雅纤细的建筑家。为了将那里的月亮"塔布希卜"改造成星厅，哈巴什作为这个巨型工程的总负责人，已经在"穆扎希卜"驻扎了三年多。

"没什么坏处，"哈巴什点点头，"舞台美术馆'神启'就是那家伙的手笔。他个性有些冷淡，不过做事很认真。你明天中午十二点差十分的时候去舍琴科酒店的大厅。他挺急的。"

我正在搜寻感谢话语的时候，哈巴什开了个对不起通话费的无聊玩笑，他自己笑完又说："那个舍琴科酒店是我设计的，颇有奥妙，保你万事顺利。你还记得我以前对你说过的话吗？"

我在白川的注视下取出第一张图，那上面画着密密麻麻的绳纹图案。

看起来像是竹笼的网眼，但更为繁复绮丽。优美圆盘形的几何学网格。无始无终的等宽饰带层层循环，画出大大小小的弧线，叠展铺陈，曲线与折线交错纠缠。我拿在手上的是三枚透明薄膜叠成一张的多层纸。线条的纹理在三层之间自由上下，更显繁复精妙。

"手艺非常精湛。"

"很棒对吧？您知道这种纹理属于哪个文明吗？"

"不，"我微笑道，"这是合并的产物——是赝品。"

白川的表情毫无变化。

"绳纹的模式本身受到派拉迪姆纹的强烈影响。而展开的节奏，特别是重点部分的表现手法，则是对希腊复兴主义，尤其是音乐作品的应和。这基本上便可以确定星系了——"我迎上白川的视线，"但三层结构则是画蛇添足。当时的塔朗泰拉流行古拙风，非常排斥这样的小技巧。其实塔朗泰拉的多层纸更常用在外交文书上。"

"是这样吗？"

"我能再抱怨几句吗？塔朗泰拉的古拙品位，是那颗星球的尚武风气在外部压力下不得不自我抑制的时代产物。它与作为时代压力的表现者、受到狂热追捧的女演员菲朵母女之间，有着深厚的联系。这种纹理像是借用了菲朵剧场徽标的意境，不过当时的设计师喜欢用这种网眼进行表达，这也是他们展现自身技艺之处。图像上的讽刺很容易被识破。就像刚才说的对音乐的应和，其目的是让观赏这一纹理的观者脑海中响起进行曲的效果。但由于做了多层化，原图的神韵反而失去了根基，就像是用宫廷乐团演奏劳动号子。是种恶趣味。"

白川苦笑道："我会转告设计师的。"

我准备接受下一个测试，但被白川拦住了："不需要了。"他举起双手摆了个小小的万岁姿势。这好像是白川自以为的亲切姿势，但委实不够自然。想起哈巴什的话，我不禁微笑起来。

"刚才搞得像考试一样，让您不太舒服吧。我请你吃饭，就当赔罪。顺便谈正事。"

我们站起身，走出泡外。

在哈巴什的众多作品中，舍琴科酒店的大厅，是能与卡比托利欧大教堂——那个视网膜彩色玻璃——媲美的顶尖杰作。

它模仿了细胞构架。

动物细胞不像植物细胞那样具有细胞壁，需要依靠内部缠绕的几种纤维来保持形状。哈巴什认为，酒店大厅是公共空间，是人与物与信息自由往来的场所。应当尽量避免使用坚固的墙壁，而应通过内部构造支撑空间。大厅的设计便是基于这样的思想。

大厅是一个边长百米的立方体。如果把它视作一个细胞，那么细胞核的位置就是一座球形的八面大钟，放射状管线从这里向外延伸。天花板与地板之间、相对的墙壁之间，也都有管线。还有地板和墙壁，墙壁和天花板。管线的长度和角度各不相同，将宽阔的大厅分割成大大小小的空间。交会与分叉处都有泡状的包厢和莲叶般的小平台。人们可以乘坐管线内外铺设的移动电梯，随意前往六十多座大大小小的包厢，或者任意一处平台。管线的走势巧妙地影响着人的动线。住宿者、会客者或是去餐厅、酒吧、图书室的客人，都能随心行走，抵达目的地。我们乘坐电梯朝前台方向下降。随着自身的移动，管线的交会成为流动的风景。那是百看不厌的活力景象。

清朗的钟声响起。

正午。

大钟的全息钟面消失了，球体开始由内向外发出柔和的光芒。每到正点，这座钟上就会浮现出二十帧动态画面，类似古老教堂的玫瑰窗。那是布莉吉塔·蒂德曼——哈巴什唯一信服的人，也是他的搭档——采用智能布技术创作的绘画。

正午的画作全都以接近紫藤色的明亮蓝色为基调，在其光芒的映照下，大厅的结构材料也发出同色的光线。这三十秒的时间里，宏大的空间内充盈着微妙颤动的光芒。

地下四层的素食餐厅已经安排好了座位。

点了一瓶冰镇果酒，我选了地衣牛排，白川选了菌菇温沙拉。他把细如挂面的菌丝缠在叉子上，开口说道："首先需要请您理解的是，接下来要委托给您的工作，其实我认为超出了解像师的职责范围。但没有别的专家能够胜任，之前也没人做过这种工作。"

"没人做过？"

"是的。"白川拿起酒瓶，给我的杯子倒上酒。动作流畅准确，比这里的酒侍熟练多了，"在您面前解释这个也算是班门弄斧——在内行看来，解像师并不是视觉艺术的解剖学者，更应该被理解为文化间的媒介。

"李顿 & 斯泰因斯比协会构建的方案，令人类得以定居在诸多星系。但由于采用的方法是将地球化的星球长期租借出去，所以一颗颗星球便被独立的文化体系占据。因为互不相容的两个部族，不可能联合租借同一颗星球。于是，经过世代传承，各个星球都孕育出自己独特的文化。再加上星际间往来和通信的成本一直居高不下，异文化之间的交流沟通愈发困难，乃至成为断交的原因。但人类需要保持人类这个种族的一体性——就协会的立场而言,这是必需的——所以我们建立了基于最大公约数的沟通模式,并随时加以维护。然而在协会的世界里,礼仪程序很快就流于形式,反而常常成为冲突的导火索。所以重要的还是相互理解。我们只能将星系具有的文化倾向和影响关系视为一种谱系图加以理解和积累。协会文化事业部的活动都是为此而展开的。而在理解文化间的关系时,图像分析又格外重要——绘画中的苹果不是单纯的苹果,它还被赋予了'爱''丰饶'等象征含义。将这样的含义巧妙地融入构图、编织信息是绘画的本质之一。画中的东西究竟在表达什么、纹理中到底编织了怎样的信息?解像师正是通过揭示这些内容,来迫近此种文明、此种文化的本质。"

"其实,作为职业来看,解像师又不同了。"我耸了耸肩。白川的话没错,只是有点儿太崇高了,"说起来就是商业艺术家。将某个星球、某个时代的社会精华以视觉形式抽取出来,转化为作品。可能会花费数年时间建造耗资巨大的物体,也可能仅用偏光印刷技术包装贺卡,方式非常多样。"

我当然是后者。我想接协会的活。

"对了,您的系列作品'打包的光'很精彩。一张明信片就展现出'奥拉赫'艺术对流线型的偏爱。"

我把刀插进厚厚的地衣里。加热过的地衣化开黏稠的肉汁,在舌头上留下咬不动的纤维。我把它吐到地上的纤维壶里。

"能以双眼截取某个文明某个时代特征的直观力，确实是解像师的价值所在。不过工藤先生，这次我们需要的不是敏锐的一瞥，而是持久的目光。我们需要的是不被'时代'的色彩遮蔽的双眼，期望找到贯穿文明始末的暗流。"

"既然如此，那么……"我放下刀，"为什么找我？"

白川的表情毫无变化，给煮熟的蘑菇浇上辛辣的调味汁。

"那我就直说了。我们想请您找个东西——无人知晓的图形。"

"图形？"

"图形……不妨设想这样一个星系：其居民拥有出色的视觉设计天赋，留下无数精彩绝伦的遗产。如果将那些丰富多彩的装饰纹理进行严谨分类，可以分为几十种基础图形。对基础图形进行组合又会构成'徽标'。每一个徽标都被赋予了抽象的意义、寓意，以及神秘的职责，并被系统化，成为一种图形语言。"

"您说的是——百合洋吧？"

舍琴科距离百合洋并不太远。没有人不知道百合洋的图形语言。尤其是近年。

"对……"白川点点头，"举个例子，有一条规则是，双重圆加三角形的图案，象征'破碎的酒坛'或者'宿醉'，可以产生一系列无穷无尽的寓意，比如'胆汁的苦味→后悔的念头→伤逝

→缺失的满足→对过去的赞美→……'。组合多个图形可以进一步增加信息量。不仅如此，还会唤起情绪——感情的波动。图形不仅抽象地描述了'后悔'与'思慕'，还在我们内部唤起了那些感情。"

白川在桌上摊开记事板和像素笔，把那图形画给我看。我们注视着图形。后悔、思慕的感情——虽然非常微弱——激起甜美的感伤。

百合洋的徽标抽取感情的具体机制尚不明确，不过大体来说，情绪是人类在进化过程中为了适应环境而创造的工具，可以说是很机械化的机制。这种设置在人体内部的工具，可以通过指令从外部加以控制。而用语言把指令组织起来的尝试，就是诗歌、戏剧、小说之类的文学系统。同时，如果感情原本就是机械化的东西，那么自然也可以开发其他的指令，比如图形。通过光学读取图形化的指令，向人类这个系统发出指令……并不奇怪。

"图形其实是很有趣的东西。比如说，让孩子去画纱绫形图案，只要用心去画，就能把整张纸画得满满当当。孩子会全神贯注做这件事，简直令人吃惊。为什么呢？答案我们都很清楚。因为不停地涂画能带来无比的乐趣。玩泥巴也是如此。小孩子用手搓出泥巴绳，也会非常开心。至于画的是什么，捏的是什么，都没关系。重要的是为了绘画、为了捏泥巴而动手，这一点本身才是最有趣的。"

"握笔的手感，泥巴的触感。"

"我也尝试过把百合洋的图形一个接一个画下去。那时候的心情就像——"白川斟酌了一下，"就像打球打成了拉锯战，不断地挥拍，特别高兴，忍不住开怀大笑。就像那样，充满活力。仿佛是一种力量透过手指在画板上成型，令人愉悦。其实仔细想来，这个宇宙中的一切形状都是在某种力的相互作用中形成的，而这颗星球的图形会敦促我们重新思考这个问题。"

"恰恰相反吧。对于那个时代的人类而言，知道周围存在某种力的作用，却无法测量和定量，所以只能以形状的方式把握和认识外部世界。"

这其实是照搬了哈巴什的观点。

"确实，这么说也有道理——话题偏了，还是进入正题吧。只有极少的文献能够窥见那个复杂的图形体系。要说其中最重要的，就是这个了。百合洋共同体的少数阶层历来不愿公开它的存在。那就是——"

"'徽标典书'？"我从容不迫地回答说。徽标典书已经不是秘宝了。

"是的，没错。"

白川从皮革袋子里取出一个高透明材质的圆柱体，竖在桌子上。圆柱体表面刻有微小的切面，内部交错着不同屈折率形成的不连续面。射入圆柱体的光线或是屈折，或是汇集，或是分散。这是一颗高三十厘米的钻石。

"这是记忆圆柱，只有极少的工匠能够手工打造。哪怕是最新时代的圆柱，推测也是两百年前的产物。数千种徽标及其含义链以多重螺旋的形式收容在它内部。我们可以通过变换观察角度获取多到惊人的信息，比如徽标的寓意、组合衍生的寓意、组合间的干涉作用等。"

我没有听进白川的说明，而是情不自禁地伸出手，想要触摸徽标典书。我的手指恐怕在颤抖。这是因为——

"但是，其中有空白的一点，什么都没有记录——"

我停住手，抬头看白川。

"一开始，我们以为那是在制作徽标典书内部时所用的亚空间通道，类似瓶中船的瓶口那样的东西。但后来发现它是用更为原始的技法制作出来的，根本不需要通道。我们提出了好几种假说，并逐一做了验证。最后，只剩下一个假说，就是'不可见的图形'。"

"不可见的图形？"

"徽标典书对百合洋的重要性毋庸置疑。但是解读、解释徽标典书的资料很少，而且内容也很晦涩。非常奇怪。我们认为这反而说明了其中的意义。空白的一点具有积极的意义。我们的专家给出了这样的假说：

"——历史上存在过所谓'不可见的图形',那是先行于百合洋一切图形的原初徽标,其他所有图形都发源于它。那个图形具有最高的寓意生产力,但如今已经被忘却、遗失了。只有在不可见的图形重见天日之时,才能理解其他图形的来源和发展脉络。我们将得以用另一种文脉来诠释所有的图形文章,其结果将会刷新我们对世界的认知……"

"您的意思是……让我找到那个图形?"

"这项任务,除了解像师,没人能承接。对形状的敏锐感觉、在社会与文化的文脉中重新审视视觉艺术的思考能力,还有构成其基础的知识和经验。每一项都不可或缺。"

"而一切的依据只有你们的假说……抱歉说得难听一点儿,只是空想罢了。"

"协会不会仅为空想行动。这是一篇很有分量的论文,详细内容请您稍后细读。"白川从口袋里取出一枚硬币。那是闪耀着光芒的银币,像是刚铸造的。白川让它在我面前滴溜溜旋转起来,随后一掌拍住,"这一面印的是'崔德维之眼'。虽然不是徽标,但在百合洋的文化中也是非常重要的标志。您当然知道它意味着什么。"

"洞察世界真相的眼睛。贯穿世界的视线。"

"没错——您肯定有那样的眼力,工藤先生。请相信,它是存在的。虽然没有一个人看见过,但只要看到,便会知道它就是那个图形。他们的文明有意隐去了它的存在，但恰恰也因此隐晦地预告了它的存在与将在。工藤先生，您的眼睛一定能从百合洋文明中找到它。不过现在只有在这个徽标典书中寻找它了。因为——"

我点点头。

"不用说了吧？"白川静静地微笑着。

我问了一个刚刚开始就很想问的问题："这个徽标典书，是真品吗？"

"是的。幸运的是，协会保证了这一点。"

"我能借走它吗？"

"这正是我把它带来的目的。"

白川依旧是那副不变的冷静表情。我沉默了。

现存的徽标典书全都是复制品。原版的徽标典书全都是文化遗产，受到严格管理，无法带出百合洋。也只有协会的文化事业部才能破例吧。我伸手取过透明的圆柱体。沉甸甸的。

"请务必小心。"白川说。

一年前，百合洋突然崩溃消失。这恐怕是整个宇宙中唯一的原版徽标典书了。

"我明白。"

明明接了这样一份重大的工作，我心里所想的却是，如果阿锦知道了徽标典书的事，她会激动疯的。

02

§

我把脸凑近穿衣镜，闭上右眼。

涂在眼睑上的浅橙色眼影中掺有细小的金粉。指挥镜子将之放大，可以看到每一粒都是微小的百合洋徽标。随后我睁开眼睛，借着窗外射入的晨光，检查右眼虹膜的状况。虹膜的纹理上叠加了"车轮"徽标的图案。当光线以恰当的角度照射时，虹膜上便会浮现若干层次，车轮会以不同的速度朝不同方向旋转。它们从早晨的阳光中获取能量。

我心满意足地收起围着我展成一圈的穿衣镜，放回家具的缝隙里。

百合洋的妆容非常重要。坐在路边铺开待售物品（戒指、吊坠之类的手工艺品）的时候，有没有它，路人的反应截然不同。特别是最近几个月。果然是因为快要一周年了吧。我个子又小又瘦，为了远看醒目、近看也不露怯，所以把自己打扮成完美的百合洋风格。不仅是妆容，我还戴了好几条项链，以及手镯、硕大的耳环和戒指，走起路来叮当作响。沉甸甸的饰品占据了我全身上下每一寸空间，它们都是十足的百合洋风格。可以说我全身上下都是百合洋。

话说回来,最具百合洋风格的莫过于塞在行李箱里的货品了。我向来只卖这些金属工艺品,坦率地说,我为它们感到自豪。

我回头环视自己的小小房间。我爱死这个房间了。和哈巴什的杰作——"缪罗"的独立纪念竞技场一模一样。天花板起伏不定,让人感觉像是被夹在扁平的贝壳中。我的床就放在相当于竞技场的部分,周围与倾斜的观众席相当的地方则是家具和工作台。能住在这套综合复式公寓里,真是我的幸运。怎么说呢——是的,我很骄傲。虽然过了好几年了,但能在哈巴什的工作室里安顿下来,简直像是做梦一样。

那天我正坐在路边,推销一文不值的饰品,哈巴什主动向我搭话。他说布莉吉塔很喜欢我的手艺,然后问我:"要不要来我这里再学点儿东西?"

我把香水瓶拴在腰间,一切准备就绪。今天的出口在哪儿?算了,哪儿都无所谓。我弯腰钻过衣柜旁边的门,留神以免撞到脑袋。路上我看到通用规格线路——就像供水管道一样无聊——的结合处,穿过后面的门就到了高科兄妹的房间。不过这次是在天花板上,哎呀不妙。

✝

我们正在从《崔德维观察》的过刊中提取大致还能用的图

像,保存到存储晶体里。天花板的圆窗外传来一声"哎呀不妙",紧接着青村锦的头就从那里冒了出来。

"今天转到这边来了?"

"干吗走这么奇怪的路,有更简单的通道。"

"可是我实在记不住啊。房间的排列每天都在变化。"

"下得来吗?"

"小事一桩。"

阿锦抓住窗框上的把手,用左臂撑出身体,从天花板上纵身飞落,又把大大的行李箱拿下来放到右边。

"工作?"小环轻声问。

"是啊。今天也要努力赚钱。"

"阿锦的手艺真是漂亮,"小环淡淡地嘟囔了一句,所以听起来不像是恭维,"是吧,哥哥?"

"完全正确。"

"能让你们两个这么说,我特有干劲。"

"那个很重吧?"

"很重。新商品。"

"首饰?"

"不是,有点儿不一样。啊,不对,"阿锦笑眯眯地更正,"不是有点儿——是完全不一样。"

"哎,是什么东西?"

"试制品，暂且保密。"

"阿圆知道吧？"小环问。

"没呢，还不知道，"阿锦开心地说，"我想等有了自信再告诉他。"

"那我们就排在后面吧。"

"还没有自信？"小环问。

"我有吸引顾客的自信。但这还只是试制品，免费发放的。"

"百合洋的东西？"

"这个嘛，销量最好的就是它们了。小斋也同意吧？"阿锦指着我们的工作台，"我也很喜欢，恨不得整天都泡在百合洋的图案里呢。我很迷百合洋的图案。还有很多很多不为人知的徽标，真希望把它们多多介绍给大家。这个，"阿锦说到这里，轻轻拍了拍行李箱，"新作品啊，就是带着那样的心情做出来的！"

"这样呀？"

"帅吧？其实我很羡慕小斋，流着百合洋人的血。"

"还行吧。"

"你爸爸他们都好吗？"

我们的父母和哈巴什先生一起去了穆扎希卜。为了在月亮上建造城市的工作。两个人在我们刚满十岁的第二天出发，现在我们已经十二岁了。

"这一周没联系。好像特别忙。"

"就你们两个，很辛苦啊。"

"没关系。"小环轻声说。父母至少要到半年后才能回来。但和小环说的一样，我们并不觉得有什么不方便。因为这套综合复式公寓的二十多个房间里，在这种情况下也还有一半人在，大家都是家人。我们就像是由这套综合复式公寓的人带大的一样。也正因为有了它，父母才能把人生全都投入工作。妈妈说过，穆扎希卜的月亮会像万花筒一样，把哈巴什先生之前的作品全都收在里面，成为无比美丽的城市。就像是把这套综合复式公寓放大百万倍一样。

"今天咱们在哪儿？"阿锦一边把行李箱往肩膀上挂，一边问。小环指了指墙上挂的城市仪，上面显示这套综合复式公寓目前正在舍琴科城的某处移动。

"哈，西区啊，怪不得。马上就到轻轨站了。"阿锦凑到我们的工作台旁边，"哇，《崔德维观察》，你们竟然有这么稀罕的杂志。"

"很早就在我们的书库里了。"

"你们的妈妈是在百合洋出生的吧。"

"如果我们也生在百合洋就好了。"小环说。

我们从来没去过百合洋。妈妈在去穆扎希卜之前答应过我们——等这次工作做完，就在百合洋买一栋小房子，暑假的时候大家可以一起去度假。但百合洋已经没有了，消失了。谁都没想到会有这种事，可它就是发生了。

"啊，差不多该走了。小环，我今天的妆，没问题吧？"

"嗯，没问题。"小环和平时一样轻轻地回答。

"啊，是吗，好的。其实我的眼睛要是能像小环那么漂亮就好了。"

我偷看了一眼小环的眼睛。小环的左右两只瞳孔大小稍有不同。右侧略大一点儿。可能只有我才会注意到这点儿差异，父母大概都不知道。阿锦平时虽然大大咧咧的，但眼光很毒，难怪会被哈巴什先生挖出来。

小环的眼睛对我们的创作至关重要。没有人的左右两只眼睛完全一样，不过我猜小环左右眼睛的差异可能影响了她观察物体的方式，所以她对百合洋的图案非常敏锐。

"总之你们要保管好这本杂志。应该能卖个高价，但那也别卖。下次我的新作借来参考参考。"阿锦朝我们眨了眨眼，转身离开了我们的房间。后背一耸，得意扬扬。

"阿锦真的很喜欢百合洋的图案呀……"我低声自语。

"哥哥，我们继续吧。"

小环用戴着手套的手轻轻拍了拍我。我们要在下次集市前推出新的百合洋画册。我们翻开老杂志，用老式手套抓取杂志上的图像，保存到存储晶体里。

†

哥哥（说是哥哥，其实我们是双胞胎，出生时间只差了一点点）从没有提过发生在一年前的那件事。这不光是保密。他在和小环说话的时候，也总是装作不知道的样子。这让小环觉得很奇怪。

哥哥对小环总是摆出一副监护人的臭屁样，把小环盯得很紧。特别是从一年前开始。哥哥总说小环比他长得慢，大概是小环的身上还留着一点儿小孩子的部分吧。

哥哥有时候会盯着看我睡觉。我虽然闭着眼睛，但能感受到气息，所以知道这事。当我睡觉的时候，黑漆漆的房间里只有哥哥的眼睛闪闪发光，想到这点就会有点儿奇怪，不过我还是会继续装睡。我猜哥哥大概是在监视小环吧。

"小环，把这个设计一下。"哥哥说。

我正在给自费出版的图像册做排版，打算拿去跳蚤市场卖。

虽然哥哥也会帮忙，但内容组织和排版设计全都是小环做的。

小环很喜欢给百合洋的图片精心排版。哥哥也说小环很有天分。

每当浏览从杂志上抓取的图案时，脑海里就像有个声音在告诉小环该怎么排版。

只要翻开我们的图册，这些图案就会在读者的脑袋里不停旋转。评价非常好。还有位姐姐每次都会买很多，说那种感觉就像喝了酒一样，还说她会一会儿流泪，一会儿大笑。其实我们做的图册还有好多不足。小环也不知道那些图案到底想说些什么。图案展示给小环的都是表面上的美丽，但它们把一些东西隐藏在外表底下，那好像是一些它们真正想让人了解的东西，只差一点点就能说出来。而且徽标典书里的图案们特别能说。看它们的时候，它们总是叽叽喳喳的，把小环引诱去某个地方。

图案肯定在那里藏了什么东西。

就因为这个，小环很生哥哥的气。

因为哥哥不让小环看典书！

他把典书藏起来了。小环在哪儿都找不到。

而且还有保密的事、隐瞒的事。

小环觉得，那样绝对不行，持续不了多久的。

天知道会出什么问题！

　　　　※

给城市做概念设计，指挥相应的建设工作——什么样的报酬能和这样的任务相称？青村锦思考着这个问题，回头看了看综合复式公寓的出口。这套综合复式公寓可能是个相当不错的回答。据说哈巴什在承接这个星球的首都舍琴科城的建设工作时，要求的回报是城市结构夹层的占用权。阿锦刚刚离开的综合复式公寓正在城市中纵横驰骋，在蚁穴般的夹层中不停移动。这个"夹层"既是与整合了生命线的基干网并行的管理通道，也是延伸至商业街背后的公园区的余白，还是架设在商业区上空的轻轨轨道。哈巴什将占用权设定在它们之上，使得综合复式公寓能够自由通行。它是由若干居住舱像桑葚一样连接在一起的建筑，外面包裹着坚韧的外墙，一边旋转一边移动。

综合复式公寓是支撑赛义德·乌尔德·哈巴什那些建筑作品的工作室，也是他身边工作人员的住处。即使对舍琴科星府来说，设立一个著名建筑家的工作室也有各种好处。而对于奔波在各个星系之间的哈巴什来说，这也是令他心安的根据地。他给这个工作室起名叫"葬礼百货店"。

青村锦目送巨大球体旋转着前往高架方向，转身从轻轨站乘电梯降到地表。这片区域里建满了乱糟糟的小店和饭馆，阿锦沿着小巷飞步前行，一边走一边觉得最近百合洋风格的食品饮料真的越来越多了。

开张的地点基本上是固定的。不能太靠近大路，而小巷里没有行人。阿锦在和平时差不多的地方铺开垫子，盘腿坐下。周围还有几个人都铺开了同样的摊子。

阿锦打开行李箱，把还是试制品的晶体摆好。

然后，她望向街道和行人。

仔细看去，街道和行人就像百合洋徽标的大花园。店铺橱窗里的展示品，路灯柱子的装饰，还有路人的服装上，都有百合洋徽标的身影。阿锦这一身奇异的装扮，半年前还每每引人侧目，如今已经没那么频繁了。这让阿锦既失落又开心。

有个五岁左右的女孩子跟着爸妈走过阿锦面前。阿锦感到自己的左手对那个女孩产生了微弱的反应。抬头一看，只见她连衣裙胸前的蕾丝蝴蝶结上点缀着象征幸福的三叶草图案。那增强了女孩和爸妈三个人一起出行的幸福感。看起来真的很幸福。而且三叶草也是拔除蛇毒的徽标，所以让阿锦皮革护腕上凸显的圣蛇徽标发生了反应。她朝女孩的背影轻轻挥了挥手。女孩站住脚，低头看看自己的胸口，微笑起来。

阿锦觉得，百合洋的图案文化能够渗透到这种程度，还是因为这样的相互作用。图案具有触动感情和感觉的作用，而图案之间也会产生反应。阿锦发现，当自己盛装打扮走在路上的时候，身上的饰物会和街道的装饰发生干涉，产生醺醉般的效果。即使没有清楚意识到这一点，也会感觉心情舒畅，所以大家的装扮都会用上百合洋图案。既然如此，那就再多享受一点儿吧，阿锦就在这样的想法下创作出了新的作品。

"哎？"

阿锦望向声音的方向。几个年轻人——准确说来还是少年——站在阿锦面前。

"欢迎光临。"阿锦嫣然一笑，微微睁大眼睛，同时暗自期待旋转的车轮徽标——命运的加速——发挥效果，"哎呀，衬衫真漂亮，那是智能布吧？"

有个年轻人穿着蓝黑色的衬衫，胸口处悬浮着一个旧银色的"Y"字。

"嗯，是啊。"那个年轻人点点头。

"我说，这些东西，"另一个年轻人说，"真的不要钱？"

"前一百位免费。昨天开始的，估计今天就要发完了。"

阿锦稍稍移开视线，给他们思考的时间。仰头看去，今天是阴天。悬在天空中的几条高架轻轨，让阿锦恍惚间仿佛看到了百合洋的徽标——繁殖与扩张的图案。

工藤圆五岁时切除了扁桃体。

做完这个简单的小手术后，阿圆看到了自己的扁桃体。红色的组织躺在肾脏形的洁白托盘上，印在少年的眼睛里。令少年震惊的不是那白与红的强烈对比，而是这团软塌塌不成形状的组织，是从自己身上取出来的。

阿圆看过人体解剖图。那时候他的感觉是可靠。人体内部的一切脏器都有着清晰的形态，各安其位，各司其职，这给了他平实的安全感。然而真实的脏器只要手指轻轻一压就会走形，看起来更像是某种流体。当天晚上，一想到身体里塞满了这种连形状都不固定的东西，他就感觉心惊肉跳。——人的器官到底是什么？它能算是机械般的部件吗？既然人体是由这样暧昧不清的组织纠缠而成的，那怎么能画得出区分线呢？只能理解为，作为权宜之计，通过为它们命名来赋予它们切实的外形吧。在术后令人难受的低烧和隐痛中，阿圆把手放在平坦的腹部。腹部的皮肤凉爽柔软。不安、厌恶与莫名的甜蜜浑然一体。奇异的感觉至今记忆犹新。

阿圆认为，那种感觉一直纠缠着自己的人生。介于明晰的外形和之前融为一体的状态之间。渴望触摸与洞悉名称与外形定格的那瞬间——延伸下来就是这份工作。或者说，是这份工作勾引了自己过来。

他睁开眼。

乘坐的轻轨轨道正沿着高架爬升。

舍琴科城呈舒缓的研钵状。星府办公区的低矮建筑环绕着中央的大公园，而从金融区开始，楼层高度逐渐提升。由中央公园向十六个方向辐射的轻轨干线也在这里分岔出好几级。四十节车厢为一编组的动车就像高空缆车，随着轨道向城市边缘的推进而逐渐提升高度。这些轻轨就像编织的图案——或者说像血管一样纵横交错，与层层叠叠的城市交织在一起。车辆编组也做了相应的简短划分。

借给他的徽标典书就在膝上的公文包里。原版的典书。无价之宝。此前应该没有任何原版典书离开过百合洋。原版书只做了几十份，都在百合洋的毁灭中散失了。据说每份都是手工制造，复制品根本无从呈现所有内容。现在流通的复制品都是机械制造的产物，而研究百合洋图案的学者们全都渴望找到原版。因为原版储存的信息和复制品完全不在一个层次。仅仅浏览其全貌恐怕都是浩大的工程，而现在他手中能有一本，委实幸运。

窗外渐渐暗了。轨道蜿蜒没入屹立的城市深处。就在这一刹那，一块巨大的广告牌从身边掠过，那是精油的广告。尽管只是眨眼的工夫，那广告中展开翅膀的徽章便在他的眼中留下了无尽的余味。那是暗示女性做爱后仰卧姿势的图案，同时也是接受鞭打、迎接死亡的姿势图案。同时广告宣传的是涂抹身体的精油，也勾起观者的色情欲望。那是阿锦常用的精油。

另外的徽标印在覆盖了远处大厦一整面墙的广告横幅上。

那像是黎明前的蓝色，几近于黑的纯色横幅中央画着小小的旧银色徽标，那是三组构成"Y"字的徽标。除此之外，横幅上空无一物。它覆盖了大楼整整五十层的墙面。

那是悼旗。

悼念的是一年前忽然消失的百合洋。

通信中断仅仅两天，百合洋便从轨道上消失了。协会的调查表明，在百合洋的位置上有同等质量的不明物体在绕轨道公转，但除此之外，调查没有任何方法能够观测到百合洋。这是前所未有的现象,原因至今不明。

舍琴科有许多人和百合洋的关系很深。有人失去了故乡,有人因亲人被派往百合洋而导致亲人离散,还有人在海啸般的经济崩溃中丧失了事业与财产。虽然不是致命打击,但舍琴科受的伤也很深。悲痛尤甚。

那悲痛伴随着互为表里的恐惧,一点点蚕食着协会的世界。

那恐惧是——谁毁灭了百合洋?许多人认为这一现象是人为的。几年前曾经发生过抵制百合洋文化侵蚀本地文化的抗议活动。谁也没说两者之间有关,但恰如白川所言,文化的传播与交流,必然伴随着冲突。如果有人认为百合洋带来了某种根本性的破坏,那也并不奇怪。

协会的调查报告完全没有汇总公布的迹象,这也加剧了恐惧。

在百合洋崩溃临近一周年之际,李顿 & 斯泰因斯比协会发起了名为"半旗"的宣传活动,邀请了数百位著名艺术家创作纪念百合洋消失的作品,在公共空间展出。

刚才的横幅就是其中一件。横幅的作者不是别人,正是布莉吉塔·蒂德曼。关于作品的意图,阿圆当时请教过正在制作的她。据她解释,旧银色的"Y"字不仅是百合洋的首字母,也具有"自由意志通行之通道"的含义,还包含了上古地球卡巴拉教的教义——"Y"字为万字之源。当然,最主要的还是因为百合洋上大部分墓碑都是"Y"字形。作者通过"Y"字，无声地刻画出文字的根源、意志通行之处、死亡之意象，以及再不能重访的星球。不管怎样的强风肆虐，那横幅上的"Y"字都纹丝不动。

文字的根源——阿圆回想起白川的委托。找出不可见的图形。

从字面上看，那是完全不可能完成的任务。

可以凭自己的直觉找到吗？这真的可能吗？

隔着膝头凉爽柔软的皮革，阿圆感觉到书的轮廓。没问题的，他对自己说。

找布莉吉塔借设备——阿圆想。在看到刚才那条巨型横幅的时候，他确定了这个念头。借助那个充满灵活性的系统，一定能将自己的想法付诸实施。

街道熙熙攘攘。

路上全都是百合洋的徽标。哈巴什打造的街道上，密密麻麻排满了徽标，就像贪吃美味嫩叶的虫子一样。车窗外无数图形高速掠过，消失在窗框外。它们随机汇集，隐喻和情感四下翻飞，上一刻仿佛看到了某种意味深长的图案，下一刻又怀疑那也许只是自己的错觉。在那景色之中，还能看到数千张布莉吉塔的黑蓝色旗帜，大大小小的复制品飘扬着。有那么一瞬间，阿圆有一种自己被抛进了徽标典书的错觉。

03

※

天花板与两面墙都是窗户，所以布莉吉塔·蒂德曼的工作室从来不会光线不足。在充沛的晨光下，工藤圆在各种厚度的垂布间焦躁地来回踱步。这里就像是窗帘商的展示厅。

这个房间大概是综合复式公寓里最大的一个，天花板到地板、墙壁到墙壁之间，大片布料以各种角度和强度或吊或挂，绷撑张设，几乎占满了整个空间。每一匹布料都是布莉吉塔直接向厂家订购的最新精细高性能纤维。

用这种布料做屏幕，图形幻化成色彩缤纷的线条。它们宛如被沙尘暴卷起的无数硬币，在布料的屏幕上无序地狂舞，从一匹布横跨到另一匹。阿圆紧皱眉头，双手握拳，大约是在努力集中精神。他走路的时候会脚跟着地，就像排演独角戏的演员。这样的观感倒也正常，因为占据这个空间的布匹本来就是舞台装置。

布莉吉塔·蒂德曼的职业生涯始于舞台设计。她利用智能布料开发出全新的舞台装置，"智能布"——一种织物结构，从此名声大噪。这套复式公寓完全模拟了哈巴什设计的库伦巴歌剧院,以及在歌剧院落成仪式上表演的歌剧《库温纳尔与勃朗格纳》第一幕的场景。在第一幕中,巨大的帆船甲板上展开的这块布,象征着船帆,同时也兼具剧场设施的功能。比如合唱队就是以投影在布面上的无数嘴唇形象出现的,而且这块布本身还是一块振动膜,能让合唱队的歌声发自舞台的所有角落。此外,由于布料中混织了膜状肌肉,因而还能像具有自主意识的动物一样摆动,与投映在上面的黑云影像配合,在舞台上营造出异样真实的暴风雨天空。主要登场人物之一,扮演亡灵之主的演员,以血肉之身毫无破绽地在这块布上映出的过去场景和实际舞台间穿行。在主角长达十五分钟的台词中,这块布也将演员的心理活动以图像化的形式展现在背景上。这些效果彼此协调,令观众完全沉浸其中,不能自已。

首演获得了空前的成功。这是哈巴什与布莉吉塔首次携手。此后,两人成为公私两方面上的伙伴。哈巴什不在的这几年里,布莉吉塔作为这套复式公寓的实际主人,成为居住者们的精神支柱。

阿圆也在这种包容力中受益匪浅。他自己的工作室配置实在寒酸。布莉吉塔的复式公寓虽然外观上是在复原古老的舞台装置,但织物的材料和控制设备始终保持着最新的状态。布莉吉塔已经接受了"半旗"系列的后续委托,应该正忙得不可开交,但还是爽快地答应了他的借用请求。

阿圆用热切的眼神追逐着那些狂舞的图形。

此刻在这里狂舞的，并非真切存在的百合洋图形。

布匹如同滑动的流沙般沙沙作响。浮现在上面的是可能出现的其他图形。回溯至徽标发展史的某个时间点，从那里重新开始图形进化——智能布上正在展现这个模拟过程。运用百合洋的图形语言规则，可以一刻不停地演化出实际并不存在的图形集。调整各项参数，进化的方向也会有各种变化。如果不可见的图形真实存在，那么从多个进化的结果地点回溯，也许能找出它的位置——就像在运用透视法所画的图中引若干线条，便可以确定消失点的位置——这是阿圆的把握所在。

狂舞猝然中止。生机勃勃的图形们不再成长，仿佛死去的浮游生物，在空中和布匹上缓缓飘散。

阿圆扑通一声跌坐下来。哈巴什留下的导演椅咯吱作响。

他的额头上满是汗珠，呼吸粗浅急促。

"怎么了？"

他连循着布莉吉塔的声音睁开眼睛的力气都没有。这几十分钟里，阿圆依靠自己的精神力，持续向控制设备下达指令，进行巨量的计算和修正。冷冷的镜片贴在他的眼睑上。阿圆呼出一口气。镜片还遮着他的眼睛。布莉吉塔的手在抚摸他的脸颊。小小的手，温暖柔软。阿圆在这种感觉中沉迷了片刻。

他取下镜片，睁开眼睛。

　　布莉吉塔·蒂德曼的笑容如故，正从上面低头看他。苗条的身材，纤细的秀发，举止稳重优雅。她比哈巴什大五岁，但总带着一股少女的感觉。布莉吉塔伸手搭在阿圆的肩头。

　　"喝点儿茶吧。"

　　旁边放着一张小桌子，上面准备了百合洋风格的茶具，不同大小和形状的茶杯一共有十个。茶至少也有好几种，还准备了许多点心和零食。百合洋的晚餐时间很晚，日暮时分的下午茶是一天中的第三餐，相当于正餐。崇尚多样性与游戏性相结合的组合艺术，正是百合洋风格的真谛。布莉吉塔在阿圆的对面坐下来。

　　"虽说一大早喝茶有点儿奇怪，不过你昨天晚上熬通宵了吧？这是特意给你配的，让身体放松放松吧。"

　　阿圆意识到这是她在委婉地劝说自己不要过度投入，感觉有些愧疚。在这套综合复式公寓里，布莉吉塔的收入仅次于哈巴什，把她的工作室占用整整五天，实在是不像话。

　　阿圆道歉的时候，布莉吉塔回答说："嗯，其实我有话要和你说。"

　　"嗯……"

　　"你在做什么，整个复式公寓的人都想知道。"

　　"啊……抱歉，我完全没意识到。"

　　布莉吉塔扑哧一声笑了起来："是啊，我就知道肯定是这样。

仅仅五天时间就能这么深入百合洋的图形世界,哪还有心思关注别的事情。"

布莉吉塔抬头望向附着在智能布上的图形星座:"太神奇了……我从没见过这样的图形,这么奇妙。但看起来确实是百合洋的图形。"

"你这么评价让我很高兴。"

布莉吉塔的祖母在年轻的时候就从百合洋移居到舍琴科了。另外哈巴什的曾祖父也出身自百合洋。布莉吉塔的童年是纯粹的百合洋方式。她能毫无芥蒂地接受现在的图形,应该就证明了这种不同的进化路线没有走偏。

"话说回来,你怎么瘦成这样?"布莉吉塔微露苦笑,举起刚才抚摸阿圆脸颊的手。

阿圆从白川交给自己的图像资料里严格挑选了一批,尽量选择有实体的——手工直接制作的东西:绘画、货币、家具、日常摆设、祭祀用品、特产面料、宝石、贵金属工艺品、印章、建筑、邮票、藏书票——还搜集了传统艺术和工艺品的制作记录,想方设法从中提取动作、姿态的基本模式,还有戏剧、舞蹈、歌谣、农耕、劳动、手工艺相关的动作造型。阿圆用了一个晚上,建立起一个独立连接这些资料的数据库。

对于选择实体资料,阿圆有自己的理由。

其一,正如白川所说,绘制图案不可能脱离身体。手工描绘图形时，必然受人的大脑和上肢结构的约束，也受绘制者想要如何活动身体的欲望左右。阿圆认为，"形状"既是数学的、抽象的存在，同样也是身体的、肉体的存在。如果"不可见的图形"真如白川所说，被精心隐藏起来，那么无论怎么观察徽标典书，理论上也绝无可能发现。但它应该隐藏在百合洋文化背后的本源，即"如何活动身体"的感觉之中。

"比如这枚银币。"阿圆从口袋里捻出白川借给他的百合洋货币。它像刚刚铸造出来似的闪闪发亮。上面刻的是崔德维之眼，"雕刻这个图案的工匠，手臂、手指、眼睛都是如何运动的……这些数据都汇集在工艺记录数据库里，我把它们装载到自己的身体里。还有很多其他的，尽量都装进来，用我的身体模拟架空的进化。"

而且为智能布公演所开发的程序库也很有帮助。当年有位著名的舞蹈家表演过"单人群舞"，舞蹈家在舞台中央表演技巧登峰造极的舞蹈，同时又在自己的身体中跳出若干（与现实舞蹈形成对应的）舞蹈，将之以群舞的形式在背景中展开。只是这对舞蹈家的消耗甚大，后来再也没有重演。

"真的瘦了一大圈，为了做这个。这是——"布莉吉塔看着自己肩头游弋的柊树叶般的图形问，"第几个进化版本？"

"二十七。"

"天哪！"布莉吉塔捂住嘴巴，然后小声笑了起来，"抱歉失态了。"

阿圆也忍不住笑了。

"但还是没找到消失点?"

"只有一片混乱。"

太令人费解了。阿圆要找的消失点怎么也不出现。每出现一个新的进化版本,透视图的精度就会下降。既然布莉吉塔对这些图形并不感觉异常,母版和进化应该还是正确的——换句话说,也就意味着这个计划的大前提——从多个进化的结果倒推不可见图形的想法——是错的。

"但是除了这个,我也想不出别的办法了。"

"你要换个心情。好了,喝点儿茶吧。"

然而阿圆还是在装点小桌的各种器具和点心中探索着,看看能不能有可用的材料——对了,料理也是有实体的作品。

阿圆首先喝了一口散发着鲜花与香料气息的茶,然后又喝了另一个杯子里又黑又浓的苦味液体。鲜花与香料的气息在咖啡般的强烈苦味中延展开来。黑色液体的味道固然强烈,淡淡的香气却更加鲜明,就像是残留在暮色中的一缕金色晚霞。

布莉吉塔莞尔一笑。

"什么都别吃,先等一下。"

阿圆照做了。然后,就像是绘画的前景和背景完全翻转了一样,眼睛习惯了满天的暮色,黑重的苦味中呈现出错综复杂的甜美和酸涩。鲜花与香料则是协助达成这个目标的辅助光。组合产生出新的意义，恰似徽标。

"阿圆，你真的应该休息一下了。我就是这么配的茶。"

也许是苦味包含了药效，疲惫的身体开始发出抗议，不过那并不是不适，而像是敷上热布缓解酸痛时那种无法形容的舒畅感。布莉吉塔站起身，走到阿圆背后，双手按摩他肩头僵硬的肌肉。愉悦的痛楚让阿圆低哼了一声，他微微仰头，后脑触到了布莉吉塔的胸口。布莉吉塔没有躲开。

"睡一会儿吧。阿锦在等你吧？"

"嗯。"

"不用急，你能行的。"

"嗯。"

"不过确实挺神奇的。阿圆，我觉得你做出来的这些不同分支的进化徽标，都很和谐，比真正的徽标还和谐。"

布莉吉塔稍稍俯身，对阿圆耳语。阿圆感觉到后背上布莉吉塔乳房的小小分量。

"嗯。"阿圆一边回应，头脑里的一部分还在继续思考。

为什么找不到呢？

到底哪里出了问题呢？

"我很怕……"布莉吉塔维持着那个姿势，忽然低语道。

"嗯？"一直处于被布莉吉塔从身后紧紧抱着的状态，阿圆也不禁开始脸红。

"已经一年了。"

百合洋消失给布莉吉塔带来的精神重创,阿圆都看在眼里,甚至担心她能不能挺过来。

"因为你流着百合洋人的血,所以很怕?"不管传闻怎么说,对百合洋人并没有出现具体的暴行和迫害。但百合洋出身的人担心受到破坏者的袭击也是事实。阿圆伸手安慰般地抚摸布莉吉塔放在肩头的手,不经意间触到了哈巴什制作的戒指。"啊——你是担心哈巴什?"

布莉吉塔摇摇头,离开阿圆的后背。

"不是。现在也不担心受攻击了。"她挺直身子,望向窗外,"是谁干了那样的事呢?"

"布莉吉塔?"

"阿圆,最近我感觉,到处都是百合洋的图形,很奇怪,很可怕。"

"是吗?我还以为你很自豪。"

"是啊……一般会这么觉得吧。我不知道该怎么说,就像是看着我本来认识的东西——比如可爱的小狗,长成了巨大的妖怪,用可怕的力量一个劲往前冲。唔,这种感觉你能明白吗?"

"按你这么说,现在这样做着图形工作的我也很可怕了。"

"哈,"布莉吉塔终于又露出平日那种让人舒心的笑脸,"不知道哎，你是妖怪吗？"

"太过分了，"阿圆也笑了，"说我是妖怪，我咬你哦！"

§

阿圆问我今天怎么没涂精油，我说因为心境有点儿变化。汗水和沾在床单上的体液气味弥漫在黑漆漆的卧室里。我压在阿圆身上，又吻了他一次。舌尖拨开嘴唇，探索到门牙。"张开嘴。"撬开牙齿。我的舌头背面有个腺体，我放松它，唾液的香气充满阿圆的口腔。他的手在我后背游走。"摸我。"他抚平我背上的鬃毛。太舒服了。我像猫一样发出咕噜声，抓起他的另一只手梳理我的头发。缠在发丝上的"天使之发"垂落到阿圆的胸腔，被体温加热挥发，散出另一股暗香。香气钻进我的鼻子，扩散到腋下和肚脐。我静静翕动鼻翼，感受着阿圆身上出人意料的结实肌肉，开口问他："累吗？"

阿圆回答我说："还好……没那么累。"

"明明没好好睡觉。"我轻轻咬了咬他的鼻尖，然后干脆把鼻尖含在口里温暖。

"嗯，也是。"

"这已经第七天了，进展顺利吗？"这次我舔了舔他的眼角。

"不……"阿圆发出绝望般的呻吟，"不行。"

"你在布莉吉塔的房间里耗了那么久也不行？"

整整五天都没出来。多半一直没睡。

"现在进展到哪一步了，好好跟我说说吧。原版典书才给我看了一眼。"

"啊，好呀——嗓子有点儿干。"

阿圆仰卧着伸出手，打开枕边的灯，想拿水杯。

"！"他瞠目结舌。

"没想到吧？"我抬起上半身，双手背在脑后，让他仔细看看，"恶趣味吧？像不像圣诞树？"

灯光照着我的上半身，隐约映在阿圆的瞳孔里。再放大一点儿，大概就能看出我身上无数的百合洋徽标了。

"刚才完全没发现。"

"角度很重要的。光的方向。"我维持着姿势，左右扭动身体。光线、肌肉的紧张度，还有感情，都会改变徽标的状态，"你看。"

徽标起起伏伏，色泽变幻。它们闪烁着诱惑阿圆——这正是我的目的。

阿圆单单抬起手，想要摸我的胸。这么懒可不行。我用图形威胁他。胸口正中长出刃花的徽标。那是白描的八枚放射状的花瓣。阿圆的表情就像看到刀尖对准了他的鼻子一样，吓得缩回了手。我笑得翻了下去。

"啊哈哈哈，你那个表情太好笑了！"

阿圆从床上一跃而起，骑到我身上，双手按住我的肩膀，牙齿贴在刃花上。

"痛！"

"你还是老样子，看见漂亮妆饰魂都没了。"

"对呀。"当然对呀。舌下的腺体、鬃毛、天使之发，都是妆饰。阿圆吻上我的肩头。那里有一个迷你尺寸的私处。它也是妆饰。肉体本来就是为了容纳各种欲望的，永远都是基础套装岂不是很无聊。

"原来的文身呢？全洗掉了？"耳畔响起低语，然后是舔舐的声音。我喜欢听那声音，所以设在肩头。

"嗯，全洗掉了。秋风扫落叶，特别爽。"

阿圆一时无语。他就是这样，一本正经的。

"一共有多少？"

"你来数呀——我就是为了这个文身的。"

*

随后，我投入映照在滚烫皮肤上的蓝色线条画群中。图形依靠全息效果在皮肤上悬浮、游移、变形、闪烁。我用双眼倾听阿锦诉说她对爱抚的渴望。我动员起手指、指甲、手掌、双臂、双腿、舌头、牙齿来回应。吸吮肩头的小小附着物时，阿锦笑得一脸明澈。她的洁白脖颈朝后扬起，我望着缠在喉头处象征绞杀的徽标："文得真漂亮。"

阿锦兴奋地说:"谢谢夸奖哦。这是我自己弄的。自制的文身工具,自动的哟。"

"太厉害了。"我很惊讶。如果能自动刺出文身,估计会成为超级抢手货,"什么文身都能做吧?"

"对。其实没那么厉害。开源的文身绘制程序很多,我只是稍微改造了一下。透个底给你,高科兄妹做了复制品的发展地图,那个我也挪用了。"

"恭喜你。"我知道不可能像她嘴上说的那么简单,"哈巴什和布莉吉塔真有眼光。"

"很舒服哦。徽标贴满全身……"

阿锦把我推倒,爬上我的身体。胸腹紧贴在一起,她伸手卡在我的咽喉上,力道很轻,肩膀到手腕之间蜿蜒浮现出蛇的图案。

"文身的时候就像这样,心情和动作要一致。然后工具就会配合情感和动作,挑选出相应的图案。就像舞者热身一样,倾听着身体的声音,精心雕琢。"

我想象阿锦耗费时力,在探究自身情感与快乐的同时,将徽标密布在身体上的情景。她摆出千变万化的形象姿态,让无数带着彩色尖刺的机械手指在身躯上爬行——那是以百合洋的语言表现的、具象的阿锦的欲望。她的肌肤无声地渴求被解读。我预感这套工具将会爆炸性地流行起来。这个世界上,每个人都想化妆、都想搭配衣饰，每个人也都想用徽标具象自我。

"这个肯定会卖得很好。"

"是哦，"阿锦骄傲地点点头，"已经测试过了。我准备了性能较低的试用品，两天就抢光了。第一天的顾客，第二天还带了人来。开张三个小时全部发完。"

"你偷笑什么？"

"头一天的顾客，第二天带来的全是自己的恋人。"

"这样啊。"

"即使不在床上使用，只要两个人靠在一起也会很开心。因为文身之间会相互呼应。"

阿锦捡起刚才脱下来扔在床上的手镯，丁零当啷地套在我的手腕上。我用那只手抚摸她，刻印在手镯上的每一个精致徽标都与阿锦身上的图案呼应，让我有种皮肤内侧都在受爱抚的快感。手臂抚过的地方，阿锦身上的图案便会清晰浮现，又如涟漪般扩散到全身。阿锦压抑着呻吟，身躯剧烈起伏。

"你也来吧。"阿锦的呼吸粗重急促。

"文身吗？"

"嗯。"她像小狗一样在我身上东闻西嗅，让我鼻尖发痒，"我想感受你更多些，感受你的内在。"

"这——还是不要吧。"我下意识地拒绝了。

"——哎？"阿锦抬眼看我，眼神依旧迷离，但随后眼睛里浮现出不开心的神色，"咦，为什么？"

"没有为什么，因为会影响到工作。"

我撒了谎。我的拒绝完全是下意识的。因为我反感。

"现在这里，"说着，我指了指自己的胸口，"塞满了原版典书和百合洋的身体感觉，我不想混些乱七八糟的东西进去。"

"乱七八糟的东西。"阿锦一字一顿地重复我的话，"那，协会的工作完成以后呢？"

"怎么说呢，只要不影响解像师的工作……"

"放心啦，不会的。"阿锦像握缰绳一样抓住缠在手腕上的链条，骑到我身上，把我的手臂吊高。她用胸部和双腿环绕我的手臂，图形在周围闪亮，"绝对不会影响。好吗？"

我沉默不语，不知该怎么解释我的反感。

不，也许不是反感。我的脑海里回响起布莉吉塔的话。她在身后抱着我，低声说，她害怕……那不是反感，是恐惧。是对化作妖魔之物的恐惧。阿锦缠着我的手臂，让我仿佛略微理解了布莉吉塔的恐惧。

就在这时。

床头突然闪烁起绿光，房间里的空气也无声地震动起来。那是作用于人体平衡感的警报。视像电话的来电音。

"别理它——是内线？"

在综合复式公寓中，我们经常会通过视像电话一起工作、用餐。阿锦正要伸手掐断电话，我已经接通了。

"阿圆……在吗？"

女性的声音。阿锦躲到摄像头外面。环在我腰上的手臂猛然加力。浮现在床对面墙壁上的是布莉吉塔·蒂德曼。

真意外。布莉吉塔喜欢关在房间里集中精神。虽然不拒绝接听电话，但很少主动打。她脸色苍白。

"怎么了？"

"我的房间会空一段时间，我也会离开舍琴科——就想和你说一声。"

"离开……城市？"说完这句我才反应过来，布莉吉塔说的是离开这颗星球。我感到太阳穴周围发冷。

"出了什么事？"我把后面的话咽回肚子——是不是哈巴什出事了？

"据说穆扎希卜的月亮上发生了严重事故。刚才开发事业方面的总部和我联系了。具体情况还不清楚，但是听说有很多伤亡。"

"——哈巴什、高科他们……"我的声音估计都在颤抖。好几位综合复式公寓的主力级人物都去了穆扎希卜。

"不知道，"布莉吉塔闭上眼睛，摇了摇头，"对方也没有头绪。没人告诉我发生了什么样的事故。当地好像一片混乱——我今天晚上就走。阿圆，能帮我个忙吗？"

✝

哥哥打了小环。

不明白为什么要打小环。"啪"的一声，我才知道自己被打了，脸蛋火辣辣地痛。真的很痛。哥哥的表情很可怕，眼睛瞪得老大，简直像换了个人。小环第一次看到他这个样子，所以吓得拼命哭。

"振作点儿，清醒点儿！"他大声吼道。可是，这是在说小环吗？为什么呢？小环只是在吃晚饭。哥哥给我做了肉丸炖菜呢。不过……对了，我记得自己用勺子伸到汤里飞快地搅，然后就被打了。中间发生了什么，小环不记得了。可是，桌子上变成这样，和小环一点儿关系都没有，为什么要打小环呢？

桌上本来还是好好的。盘子、碗、水杯、汤勺、叉子、餐巾。小环坐在这里，哥哥坐在对面。红红的炖菜汤，圆圆的肉丸子，还有甜菜丁和打着旋的酸奶油。

对了，旋儿。想起来了。

小环想去搅酸奶油的旋儿。想用勺子尖把它搅散。小环把妈妈的勺子插到酸奶油里，然后就——然后就，啊，小环想起了一点儿。

原来是这样啊，难怪哥哥打了小环。他说桌子被小环搞成这样了——这是小环弄的吗？

但是为什么要打小环呀。难道是因为哥哥自己做不到这种事吗？

小环平时很少哭鼻子。爸爸妈妈出门的时候，说小环最喜欢哭，所以小环下定决心要坚强。可是挨打的时候还是忍不住哭起来。哥哥瞪着哭哭啼啼的小环，一脸无可奈何，看起来好可怜哦。

——就在这时，电话响了。

†

"小环。"布莉吉塔蹲下身，平视我们，"抱歉，我要先走，别生我的气好不好？"

小环哭成了泪人。不过她未必是因为不能去见父母才伤心成这样。是因为见不到布莉吉塔了才哭的吧。我也一样。布莉吉塔是妈妈的好朋友，她对待我们就像对自己的孩子一样。

布莉吉塔抱了抱小环，小环黏糊糊的鼻子压在她的胸口，把白色的外套都蹭脏了，而我看到这一幕的时候很反感，简直把我自己都吓了一跳。我紧紧抓着自己的手，刚刚狠狠打过小环的手。

"小斋。"

布莉吉塔微微侧头看看我。她的作品出神入化，但本人非常亲切。我很喜欢这样的她。

"小斋，你没事吧？"

"嗯。"我也差一点儿哭出来，心里满是不安。都怪那张桌子。我很想把房间里发生的事情大喊出来，但我必须保护小环，什么都不能说。布莉吉塔轻轻抱住我。

"阿圆、阿锦，这两个孩子就拜托你们照顾了。"说完，她又转向我说，"小斋，如果有什么话想对我说，可以等我到了那边偷偷告诉我。视像电话有点儿贵，但写信是免费的。"

我吃了一惊。她是不是看出我的不安了？我以为自己藏得很好。

"我知道了，谢谢。"

布莉吉塔站起身，答应与来送行的人尽快联系。几个身穿工作服的人过来接她，她和她的大行李箱一起坐上摆渡车，消失在通往轨道港的大门里。

过了很久，我忽然回过神来。

有话想说的，也许是布莉吉塔吧。

　※

那天深夜，高科环带着小灯和钥匙，偷偷溜出了兄妹俩的房间。

"我的房间里保留了许多你们父母的记录，想他们的时候就去看看吧。"布莉吉塔把钥匙给了哥哥。

这段时间，小环因为哥哥不给她看典书而焦躁不安。吃饭的时候失去意识，她也认为是因为看不到典书才导致身体不好。小斋把复制的典书放在上锁的保险柜里，解锁密码只有他自己知道。小环渴求图形，她此刻的脑海里只有一个期待：布莉吉塔的房间里肯定有典书，或者某种更令人激动的东西——有消息说，布莉吉塔的房间里保存着原版的典书。

如果这是真的，那可不得了！小环很兴奋。也许会有从没见过的图形和超乎想象的组合。小环想看，想得都要发疯了。

而现在，小环手里的钥匙能让她自由出入那个房间。她把钥匙插进布莉吉塔的门锁里，把手内侧传来轻微的声响。

一进房间，内部就明亮起来，还有令人舒适的凉爽空气。空间很大。小环忽然注意到了佐藤圆的气息。对了，送别的时候，布莉吉塔完全没看阿圆哥哥。为什么呢？小环一边想，一边用哥哥的小手电寻找智能布的控制台。

稍不留神就会迷路，仿佛踏进了布匹的森林。那就像是夜晚本身，又像是夜晚的大海。

小环听妈妈说过百合洋的"海之星"传说。

关于百合洋视觉语言的起源，存在诸多假说，其中最具可能性的一种就是"海之星"假说，只是和其他许多假说一样，如今已经无从验证。海之星假说认为，徽标语言起源于生活在星球淡红色海洋中的浮游生物。它们大致呈扁平状，最大的直径可达一米。身体是可以看到骨骼的半透明状。它们的骨骼构造精密，宛如奢侈品手表的内部结构。体内的细菌让它们能在夜晚发出荧光。它们多数栖息在百合洋的岛屿和大陆架区域，在繁殖期能够铺满整片夜晚的海面。繁殖期的"海之星"是由几只到十几只不等的个体连接而成的群体，平时如发条般旋紧的骨骼会在这时松开，互相交织在一起。它们就这样聚聚散散，形成发光的线条画。据说这就是徽标的起源。

小环很快找到了控制台。操作也难不住她。系统只是暂停运行，处在休眠状态。很快，无数图形像星星般散开，重新闪耀起来。

在百合洋夜晚的大海里游动，也许就是这种感觉吧——放松的感觉让小环陶醉得想哭。终于可以尽情观看图形们的交谈了……小环身穿睡衣，躺在地板上，试图让身体融入徽标中。

超乎想象的丰富图形化作闪着淡淡光芒的线条画，扩展成无数重重叠叠的星座。

起初，小环陶醉地仰望盛开在房间中的星空。

但接下来，她的眼睛开始困惑地眨个不停。

从没有过这样的经历。她怀疑自己是不是中了影响视觉的毒。如此丰富华丽的星图，她却什么都读不出。只有毫无意义的光，纷乱闪烁。

困惑变成了黑色的恐惧。恐惧摧毁了小环超绝的图形解读能力。

大小左右相异的瞳孔微微震颤。小小的双手捂住脸颊。手指弯曲，像成对的括号，指甲抠进太阳穴里。

震颤攫住她的全身。眼睛和嘴巴张到可怕的地步，舌头拖了出来，上面没有一丝血色。

最后，喉咙深处迸出一声尖叫。

一直一直一直尖叫，尖叫到喉咙撕裂，浑身脱力。

等尖叫声停止的时候，小环已经失去了意识。

她赤裸裸地直面了那种恐惧。

图形的星座是虚无的。

它们闭口不言，一个字都不对小环说。

04

§

送别结束后，再没有了回到床上的欲望，我们便在小桌两边坐下。我烧了两人份的水，百合洋式的小茶炊袅袅升烟，我关掉开关，直接把水倒进茶具里泡茶。

其实我很想回到床上继续刚才的话题。

茶杯上有牡鹿的图案。我用手指描摹它，蛇的图案便在阿圆看不到的内衣里侧痛苦地扭动挣扎。鹿是蛇的天敌——这是它们在图案语言中承载的意义。对，百合洋的图像大全（它的含义体系能够追溯到上古地球时期）我已经全都背得滚瓜烂熟了。要享受刺青，就得知道这些。我品尝着微弱的苦痛，用各种方式描摹牡鹿，就像用棍子捅蛇。

"哎，刚才说的那个……"茶里有莓果的香气，我用舌尖吸吮那股气息，"也可以先从小的开始。"

"抱歉，我现在不想说那个。"

也不用这么坐立不安吧。这么担心布莉吉塔吗？

"你很像牡鹿，独立、纯粹，寻找圣杯的孤独灵魂。"

"哎，学了不少啊。"

在阿圆眼里，这些知识大概都是些小儿科吧。我有点儿受伤的感觉。

"——却充满了激情。"

"是啊。"阿圆笑了，但并非真心。

你把自己的内心看得很重吧。讨厌别人打断你的思考，也不喜欢被外在的变化左右。但我不一样。我喜欢不期而遇的变化。所以我会选择刺青。但这个话题再说下去只会更让你讨厌吧。

不过牡鹿也很可怜。亚克托安看到了狄安娜沐浴，结果被变成了鹿，还被贪婪的猎狗杀死。就因为看到了那个残酷女人的裸体。

莓果的香气经过氧化，变得像果酱一样香甜。

然后——

我突然感觉有人坐到旁边。近得手肘都几乎碰在一起。

我吓了一跳，不由得朝旁边看去。没有人。那种感觉也没了。阿圆莫名其妙地看着我。

突然间，空气颤动起来。膝盖被洒出的茶溅到了，很热。

"好烫，你改个好点儿的铃声吧。"

"已经半夜了吧。"阿圆也有些不耐烦。他接通视像电话，墙上投出一张陌生的脸。对方身穿灰底碎白点西服——哦等等，阿圆好像和我提过，他是——

"白川先生……"

对了。协会的首席研究员！

"深夜打扰，实在抱歉，不过事态紧急——"

正像阿圆说的，他真的长了一张无懈可击的脸。嘴上说紧急，表情却很平静。

"我就直说了。请立刻中止工作。"

"什么？"

"请冻结之前委托您的工作。强调一遍，是冻结。中止所有工作进程。已经完成的部分也请不要再处理。我知道您在使用泰德曼女士的系统。请将系统连同整个房间都妥善封存起来。

不要带出任何东西。"

阿圆表情僵硬地沉默了一会儿，然后他斟字酌句，缓缓开口说："是不是和穆扎希卜有关？"

我吓了一跳。怎么突然说这个？我看着阿圆，真的很吃惊。

阿圆的脸色白得像纸，就像突然撞上了妖怪。

白川沉吟了一下："怎么了？为什么会这么想？"

"穆扎希卜发生了事故——是事故吧——紧接着你就打来了电话，"他的声音真的在颤抖，"所以，我就——"

很敷衍的借口，很不像他。

"白川先生，您是不是对我隐瞒了什么？"

"为什么这么说？"

"协会为什么要找'不可见的图形'，我还没听您说过。同样是文化事业部，在主持针对百合洋的'半旗'活动，这件事也没有听您提及。感觉您像在执行某种秘密任务。"

"我负责的是纯粹的学术项目。'半旗'不是我负责的。"

阿圆的脸色还是很苍白。他紧咬着白川不放："塔布希卜到底发生了什么？"

白川苦笑起来："放过我吧。您以为我了解什么？我只是一心想完成文化事业部的工作而已。我才是最为难的人。好不容易启动的项目，结果因为上级的意思冻结了。"

"您可以给我解释一下那个'意思'吗？比如会不会对我有

什么损害？"

白川耸耸肩："根据合同，您无权询问这个问题，我也没有权限告诉您。嗯，我个人觉得很抱歉。"

"器材是他人的。协会没有权利连那些都冻结吧。"

"不，请您重新读一读合同。工藤先生，我们会向您支付相应的违约金。"

白川大概从没在合同上吃过亏。滴水不漏。

"你们说了这么多，我也不懂，不过能不能当面谈谈？"我下意识地脱口而出，"你的要求很难说服人啊。"

两个人一起看向我。短暂的沉默。

"同意，"白川微笑道，"也许还是见个面比较好。"

我看看阿圆。他似乎在想别的事情。

"我回请您吃午饭吧。"阿圆换了种语气。

"嗯？"白川的声调上扬。

这话好像出乎他的意料。我笑了。白川也不好意思地笑了。

"就订在那边吧。舍琴科酒店的主餐厅。可以在那里聊聊，像上次那样吃个午饭。"

"好啊，"白川也同意，"后天——不对，已经过零点了，所以是明天——这次不会迟到了。"

视像电话刚挂断，阿圆便附在我耳边（像是防止窃听似的）说："帮我去布莉吉塔的房间，把数据存档复制出来。"

"你要干吗？"我用口型问。

"我去见个人。"

"见谁？"

"多美尼科·普拉伽。"

说完阿圆站起身，前去拜访那位老人。他住在这个如桑葚般的综合复式公寓的核心。

*

"大旋涡"图书馆。哈巴什的十项代表作之一。即使只选三项，大部分人也会留一个名额给它。作为综合复式公寓的核心，仿制它而建，自然最合适不过。

"喂，普拉伽！"

我放声大喊。这个狭长的圆筒形空间是复式公寓里最大的房间。普拉伽应该就在我头上空间的某处，但光线太暗，看不清。没人回答我，我只好再喊一遍。

这是一间立井结构的圆形书斋。抬头望去，令人目眩。圆筒的内墙，也就是整堵墙壁，都是连成一体的书架。搁板并不是水平的，而是略有倾斜。如果用视线追随这巨量的藏书，会沿着圆筒内侧盘旋向上。接近地面的藏品估计是上古地球文明的复制品，从素烧陶陪葬品开始，有楔刻了文字的黏土和皮革，有连绵不断的古籍卷册，还有镶嵌宝石和贵金属的成排抄本，抬头看去足叫人脖子酸痛。再往上是黑暗的旋涡，皮质的书脊吸尽光线，只有金色的文字偶尔闪烁。在这个挖空了整棵巨树打造的书架上，摆放的全都是堪称"艺术品""工艺品"的书籍。信息设备位于这里看不到的地方。它当然和各家合法、非法的通讯社、情报贩子、数据库签订了协议，但除此之外，似乎还有别的渠道获取各星府、军队的机密，乃至协会的内部通信。最珍贵的是，几十年来的资料全都一份不落地保存在这里。这里的同步多态信息处理设备所管理的密钥数量是个天文数字。据说这里的主人曾经主持过星府的信息管理工作，也有人说他是掌管协会的某学者的不肖子——至少他本人是这么宣称的——但这位老人的真实身份，连哈巴什都猜不透。包括这种简直像是故意炫耀的隐居生活，全都让人捉摸不透。

多美尼科·普拉伽，轮椅侦探，不眠者——悬挂在房间入口的黄铜名牌上如此宣称。

"哎——！"

综合复式公寓的主人自称十岁时因事故失去双腿，还留下了后遗症，即无法治疗的不眠症。他的声音从书籍旋涡的远方降下。造型奇特的吊舱出现在旋涡深处。

"不好意思啊，欣赏书籍的时候总会忘记时间。什么风把你吹到这儿来了，真是好久不见。"

吊舱翩然而至。它靠对地效应发生器飘浮和运动。这是他的轮椅。据他自己说，轮椅需要提供在事故中丧失的代谢功能，所以才这么庞大，但实际上这台乘具里配备了同步多态信息处理器的接口、香味水调配机、宝石研磨机、开瓶器和指甲剪、闹钟和烤面包机，所有能想到的东西都塞在里面。这样的生活可能就是普拉伽的痴狂所在。

"哎呀呀，你来得好啊。"

身材矮小的普拉伽端坐在吊舱里，宛如佛像。他的眼眸闪烁着黑色的光芒，就像镶嵌着小小的煤炭碎片。肉体虽然枯槁，但那份气魄都浓缩在了双眼里。那股气魄的九成是好奇心，剩下的是潇洒和幽默。

"你又瘦了。"

"嘿，你也看出来了？没错没错，确实如此。"

剃光的头轻轻点了点，他开始絮絮叨叨地抱怨起近来胃部的不适。普拉伽愿意接受的治疗只保持在不至于死亡的程度。他声称自己已经一百二十岁了，很享受渐渐变老的过程。

"你来找我，是为了塔布希卜的事吧？"

"嗯。"

阿锦肯定很奇怪。为什么我被要求中止作业的时候，会提起塔布希卜。那大概是因为布莉吉塔对我说的"恐惧"。在我心中，已经把百合洋的消失和图形联系在一起了。白川的视像电话更是刺激了这个念头。我想起了布莉吉塔提到的"妖怪"。吞没了百合洋的"妖怪"又出现了——这是我的想法。所以我来这里找普拉伽。

"明天我要去见协会的人。在那之前，有件事情我必须先弄清楚。"

"塔布希卜可是个不得了的地方。"

"……嗯。"

我知道自己的脸色肯定又是一片苍白。普拉伽的表情也严肃了一些。

"先说结论吧——哈巴什他们，已经没救了。"

我不敢想象自己听到这话是什么表情。普拉伽瞥了我一眼，微微点了点头。

"穆扎希卜的军方刚刚给了我这个。"

普拉伽打了个响指（他的右手上戴着足足十一个戒指）。一张分辨率很低的全息图出现在我和他中间，估计是从军方的轨道港拍摄的。一个球面缓缓画出曲线轨迹。那是穆扎希卜的月球地表。

"这就是塔布希卜。"

为了保护地表景观，星厅城市全都建在地下。哈巴什和我说过。

地表上有一条深谷。地形很陌生。我不习惯这个比例尺，不过它的宽度肯定有几十公里，长度也许不下百公里。深度同样也是以公里计,恐怕比星厅城市的建设深度还要深得多。

普拉伽又打开新的画面。这次是深谷的特写。断崖般的岩体上有人工物的痕迹。那正是星厅城市的断面。这座尚在建造中的新城市,和整个岩体一齐被从中撕裂。画面再度切换,镜头更近。事态愈发清晰。巨大的力量将整个星厅城市从底部掀起,连同岩体一起翻了出来——看来只能这样解释。

"下面这是又过了两小时拍的,你比较看看。"

普拉伽的声音里夹杂着痰音。

深谷的数量增加了。以最初的震源为中心,深谷朝四面八方伸展开来。

"你站稳了。"

又切了一幅画面。深谷的长度看起来绵延到五百公里了。

"从事故发生到现在这样,只过了五个小时。"

"事故……"

到底是什么样的事故,才能产生这样的后果?普拉伽把深谷的发展过程用倍速从头播放了一遍。深谷毫无规律地四下延伸、分叉。某种强大的力量胀满了月球这个容器,然后逐一从无法预测的角度喷发出来——就是这样的印象。

我感到天旋地转,蹲下身子。并不是因为我在想象那里发生的惨剧场景,而是因为感觉到画面上透出的力量如此惊心动魄,以至于我的身体都无法承受了。

"……事故的原因是什么？"

"还没正式公布。明天会有政府的新闻发布会。大概会用重力控制网崩溃的理由搪塞吧。"

"谁会相信？"

"大家都会相信。保险公司已经完蛋了，所以什么都不会说。不过，能不能公布还是个问题。"

"为什么？"

"要是本土毁灭了，新闻发布会还怎么开？这场灾难不会这么轻易平息的。至少是百合洋级别的大灾难。"

我深吸了一口气，然后问："……普拉伽，能不能和我说说百合洋？"

"百合洋的，什么？"他的语气听起来很平静，但我知道他迫不及待想对我说。再没什么比教导他人更让他开心的了。

"百合洋人，还有图形的起源。"

§

我正准备去布莉吉塔的房间，又来了视像电话。复式公寓的内线。从高科的房间打来的。

"你见到过小环吗？"

"她没来过这儿。怎么了？"

"她不在。"

"都这么晚了。"

"嗯。我刚刚醒过来，发现她没在床上，不知道去哪儿了……啊，对了。她拿了布莉吉塔的钥匙出去！"

"布莉吉塔的房间？我也马上过去。一起去吧。"

我匆忙换好衣服，刚握住门把手要拧——

感觉有人近在咫尺。我吓得跳了起来。

这比白川打来视像电话时的感觉还要真实一百倍。我的确站在门前，但又像是还存在一个重写了的我。那个我置身在某处烟雾缭绕的派对现场，我挤开衣着暴露的人群，视线在其中游走。

我禁不住叫了一声，那股现实般的感觉一下子无影无踪。我看着自己的手。它在颤抖。刚才还端着高脚杯，杯子上的蝴蝶徽标与我的刺青所产生的共鸣依然鲜活。

我不知道自己究竟怎么了。这种不属于此时此地的他人的身体知觉——某处散发非法气息的派对上，某个人的感觉突然泄露到我这里了。我闻了闻手上的气味，有股芫荽般的辛辣气息。那是在幻觉期间生成的。不知是在哪里，我记得自己和散发这种气息的某个男人或者女人说过话。那家伙对我做了什么吗？

我想了一会儿，什么也没想起来，只能放弃。

　　我和小斋在布莉吉塔的房间入口处会合。一进房间，便发现倒在地上的小环。她昏迷不醒，蜷缩在智能布帘下面。我蹲下来闻了闻她的嘴巴。没有呕吐。还好。我轻轻拍了拍她的脸颊。她微微睁开眼睛。看来没有生命危险。

　　"我带她回去。"小斋说。

　　"还是先不要动她吧，先在布莉吉塔的床上躺一会儿。我回去拿点儿香味水过来。"说着我问小环，"你现在还动不了吧？在这里休息一会儿吧。"

　　"不！"小环突然叫了起来，身体拼命向后弓，差点儿把我撞飞。到底怎么回事？为什么小环这么害怕这个地方？

　　"要回家？"

　　小环哭着紧紧抱住我，连连点头。我把小环抱起来。

　　小斋这时说道："我自己来就行。"

　　"不行的。你家又没大人。"

　　"不，我可以的！"

　　有点儿奇怪。

　　"相信我，"我决定撒个谎，"不管看到什么，我都不会震惊。"

　　小斋一言不发，起身走出房间。我跟在他身后。

　　＊

　　直到一百五十年前，"百合洋"才被编入协会。

在此之前，那里只存在一些并没有与协会签订合约的拓荒者自治组织，很不正规，但事实上的定居状态也持续了三百多年。详细记录那段历史的资料目前尚未发现。我最感兴趣的是，最初在那里定居的是谁？

"唔，"普拉伽挖了挖鼻孔，"首先你要明白，那种事实上的占据并不少见。有些在先期投资中进行了地球化的星系，会有人溜上去住几天，这种事情今天也有。不管安保措施怎么严格，总会有非法移民跑上去，杜绝不了。而且协会的体制并不是从一开始就这么完善的。按今天的标准来看，可以说漏洞百出。不过那时候优先开发的是舍琴科和穆扎希卜，百合洋其实是突然翻身的垃圾股。

"总之就在那段时期，某个宗教势力正在其他星区扩张。说是宗教，其实更像是某种灵能开发道场。他们的领袖是个女人，名叫茱蒂丝·崔德维。"

"崔德维教会的创始人？"

我想起铸在硬币上的纹章"崔德维之眼"。如果要选一个人来象征百合洋这个星系，那非崔德维莫属。但没人知道她到底做过什么。我也不是很清楚。

"茱蒂丝本人并没去过百合洋。殖民是在她死后。她死后，教会四分五裂。主流教派拥护崔德维最亲近的人，也就是她的儿子，被其他教派视为狂热的原教旨主义者，原因可能在于他们执着于崔德维的著作，连脱离现实的部分也不例外吧。总之这个原教旨派受到迫害，终于踏上寻求新天地的道路。当然，协会开出的租金价格高得吓人，他们出不起，于是偷偷选中了百合洋。一万零四百名'崔德维的孩子'，就这样到了百合洋。"

受迫害的一万名狂热信徒共同建立的国家，会形成什么样的社会？

"我大概知道你在想什么。"普拉伽笑了，"其实说是狂热信徒，不如说是被逼急了。他们建起了一个宁静的小公社，然后就是通常的那些事：战争、瘟疫，都是老一套。"

"瘟疫？什么样的瘟疫？"很多例子表明，对传染病的恐惧影响了图像。

"不太清楚。内战持续了四十多年，据说期间爆发过好几次瘟疫，死者不计其数。总之再艰难人类也能捱过来。内战告一段落后，教条主义就渐渐淡化了。

"然后到了距今一百七十年前，协会终于开始着手解决非法占用的问题。虽然百合洋的一切相关权利都在协会手里，但事实占据在法律上的分量非常重。协会首先承认了崔德维教会在限定地区内的部分控制权，实际上采取的是将他们作为文化上的少数派包围起来逐步消解的长期战略。说起来可能比较粗暴，但协会的手段确实很厉害。就是这样。"

"但还是遇上抵抗了？"

"怎么可能不抵抗呢。当然协会也不会让步。最终在一百五十年前交换了标准外交文件,这也有些强迫的味道。好像连接口都是强行建设的。"

"原教旨主义复活了?"

"哎呀,那个倒没听说。"

有点儿意外。

"你可别小看协会,他们狡猾着呢。对他们不满的人应该不少,但并没有形成组织。不过崔德维教会和百合洋公社培育出来的文化确实很有魅力,这一点还是要多加注意。说实话,让人有点儿不舒服。"普拉伽双手抱胸。

"驱逐主流派的那些人,后来怎么样了?"

"转眼就消亡了呗,最多维持了五十年吧。你问这个干什么?哈哈,原来——"普拉伽摸摸下巴,"你想揪出这次事件的幕后黑手?"

我轻抬下颌,不知道看起来像不像点头。

"有人捣鬼——你不觉得吗?"

"那又怎么样?事做一半等于没做。要有动机,还要有毁灭百合洋的能力。这本来就不是人类能做到的。"

"妖怪可以。"

"难不成你有什么线索?"

"不是……"我心中的疑惑就像磁场,有时会扭曲我的思考,

"假设有一位强大的领袖，手下有一群齐心协力的技术人员，如果他们拥有某种特殊的力量，那就是妖怪了。也许不必因为百合洋这个故乡毁灭了，就把他们定性为受害者。"

啪，普拉伽在我眼前拍了下手。

"不知道你在想什么，不过没有根据的胡思乱想可没任何意义。"

确实。光是坐着不动，疑问再多也没用。

我向普拉伽问了另一个问题："关于'不可见的图形'，你知道什么吗？"

"头一次听说，"普拉伽瞪大眼睛，"那是什么？"

我把白川的话简单复述了一遍，普拉伽那像木乃伊一样的纤细脖子歪得差不多和地面平行了。我还是第一次看到普拉伽思考得这么投入。

"那个叫白川的，为什么会说这番话？我对崔德维算是很了解了，可从没听说过这种事。"

普拉伽滑动轮椅驶向书架。轮椅伸出机械臂，从书架上取出徽标典书。当然是复制品。

"这里面确实是空的，不过崔德维的教义书上有这样的解释：语言的意义无法固定。世上一切存在的意义也同样如此。'意义'与'欲望'一样，都诞生自所有相邻之物的关系中。没有管理意义的中心或根源，也不可能找到。就算找到了那样的管理中心，最终，丰富多彩的世界只会干涸枯萎、锈蚀殆尽……也就是说，'典书'的空白是在以形态呈现这条教义。百合洋的图形表意体系中没有特权中心，这个空白意味着永恒的空缺——这是标准的正统解释。"随后普拉伽（很罕见地）叹了一口气，"正统的解释，哎。"

"有别的解释吗？"

"哎呀，没有哦，没有。完全没有……"沉默了一会儿，他又开口说，"我说阿圆，我有一阵子埋头读了好多百合洋的历史，每篇文献都有大量的内容。而且每个细节都非常有趣。我没日没夜阅读文献，沉迷在无穷无尽的逸闻趣事里——就像大口大口喝水一样。过了几天，我突然清醒过来，感到很茫然。为什么呢？因为我发现自己完全没看到百合洋的历史到底是什么。我被原始森林一样的逸闻趣事迷住了，会一下子忘记自己正在读什么。"

"……"我明白普拉伽想说什么，"徽标也是一样吗？"

"没错，是啊，"普拉伽瞪大眼睛，点点头，"我一直不知道自己为什么会这么在意那件事，现在明白了。原来如此，你说得没错。"

这个人活了一百多年，他的直觉总值得相信吧。百合洋的文化总是披着过多的装饰和令人目眩的记载——百合洋人总是难以自控地创作出那样的作品。这也许和他们的喜好无关。

人在想要掩盖什么的时候，总会变得啰唆起来。

我眨了眨眼，想到一个假设。我在脑海里把天和地翻转过来。

一切似乎都能说通了。

　　　※

将小斋他们送回去后，阿锦回到自己的房间。已经过了黎明，算是早上了。贝壳的内侧。这个房间没有衣柜。喜欢的衣服装饰全都挂在室内，一览无余。阿锦坐到椅子上，呆呆地回想刚才看到的景象。

她去过无数次高科兄妹的房间。

兄妹俩的卧室就在客厅后面，所以阿锦想都没想，自然横抱着小环穿过客厅，往里面走。卧室阿锦也很熟，墙上挂着好几幅装裱起来的透视图，都是高科夫妇参与建设的建筑和公共设施。餐具柜上摆着他们在旅途中搜罗来的各种动物玩具。这些布局阿锦都记得，就算闭着眼睛也不会碰到。比方说，她的小腿不会撞上客厅中央的椭圆形桌子。那张桌子很矮，可以直接坐在地上吃饭。高科夫妇经常在这里招待综合复式公寓的成员，大家聚在一起吃吃喝喝。

阿锦穿过客厅，走进卧室，把小环放到床上。她伸手摸了摸小环的额头，又看了看脸色和舌头的情况。看来确实不需要特别照顾。

阿锦放下心,舒了一口气——

她想离开小环身边,却保持着原本的姿势,无法动弹。她突然意识到自己在客厅里看到了什么。刚才忙着穿过房间的时候,眼角的余光看到了某个东西。肯定是大脑直到现在才处理完那条信息,把结果反馈给她。

"好好睡吧。"

阿锦装作平静地对小环说。对小斋也是。回去的时候还要穿过客厅,她假装不经意地瞥了一眼,确实是那张桌子。不管变得如何面目全非。

现在阿锦坐在自己房间的椅子上,回味自己看到的东西。真的是那张桌子,但它变得软趴趴的,简直像是融化的玻璃。桌子上的陶瓷盘子、金属刀叉,还有玻璃杯,都和木制桌面融为一体,难以区分。它们呈半透明状,如同未成型的树脂或者黏稠的蜂蜜。桌腿也融化了,整个桌子贴在地板上,甚至和周围的地板都要融在一起了。

柔软的餐桌。

插在小瓶里的花,长叶尖已经黏糊糊地融化了。

阿锦在的时候,小斋一直跟在她身边没有离开。他应该不想让人看到那张桌子。

阿锦轻轻呻吟了一声。桌子的形象在她脑海中挥之不去。

她伸出手臂抱住自己的胸。

那异常的景象带给她的并非恐惧,而是别样的冲动。

想摸摸它——阿锦想。它会不会是黏黏的、热热的? 或者像石头一样又硬又冷,出人意料? 奇妙的是,桌子为什么会变形的疑问并没有出现在她心里。她感觉自己似乎知道原因。

阿锦望着挂在房间里五颜六色的衣服和配饰。颜色、纹理、材质、形状……

房间门传来咔嗒一声轻响。阿圆站在门口。

"你在这儿啊。"

"数据拿到了。不过小环晕倒了。"阿锦简洁地说明了情况。她略过了桌子的事,"到底怎么回事?"

"她可能看到了被我搞乱的东西。大量不同进化分支的图形,可能对她的刺激太强了。"

"她很敏感,可能比我们所有人都有才华。普拉伽那边呢?"

"还是老样子,很有精神。我打听到了自己想知道的事。"阿圆坐到阿锦旁边。

"那个大哥——"她指的是白川,"能搞定吗?"

"不好说,"阿圆的回答模棱两可,伸手摸了摸垂在脸颊旁边的配饰。一条银带,是用百合洋运动大会和文化祭典上颁发的大奖牌(的复制品)连成一串做成的。手指轻轻一碰,奖牌就像风铃一样旋转起来。两面都有图案。"我可能有头绪了。"

"是吗。"

"图案文化的根源处有什么？为什么一定要创造出迷宫般的徽标体系？百合洋的文化，到底以什么为目标？"

"文化无所谓'目标'吧。都是自由发展的。只是站在后人的角度来看，好像是有什么道路一样。"

"不，也许不是。百合洋的图案，可能是有人故意设计出来的。"

阿圆还在继续说着难懂的话。阿锦开始觉得这些都无所谓了。已经不太听得进去他的话了。晚上发生了太多事，她现在极度疲倦。还是让我摸摸你的脸吧，她想。阿锦很爱阿圆。她爱他这个人，不过更爱他这个作品。他那张算不上帅气的脸，还有肌肉结实、如同象牙柱般的手臂。她好想摸摸他那头乱糟糟的黑发。

"……同样的趋势，除了图案，比如在文学作品中也能看到。据说，百合洋的诗歌特点是'藤状文饰'，比喻呼唤比喻，衍化纠缠，导致原本的文字被茂密的藤蔓完全掩盖。他们喜欢那种人工的、雕琢般的东西。不，是真的喜欢，还是说……"

阿锦喜欢阿圆的声音。她用耳朵细细品味他说的每个字，宛如用手指抚摸。阿圆的对面，挂着各种配饰的地方，其中一副二手的护目镜忽然跃入她的眼帘。那是她从垃圾堆里捡回来的，建筑工人的一次性护目镜。阿锦曾想用它和旧帽子搭配起来做点儿东西。

这副护目镜好像很适合阿圆戴……护目镜就是设计成贴合人类脸庞的呀……阿锦漫无边际地想着，突然间思绪中亮起了一角，随即便如雪崩一样奔腾起来。

雪崩分成几股，争先恐后地奔驰着。

护目镜到底为什么有着那样的形状？

思绪之群，在探寻答案：究竟需要消耗多少能量，才能形成那个形状？

一条思绪在考虑护目镜的形状。鼻梁、眼窝、颧骨、颅骨的形状，还有眼睛的光学系统、神经系统、认知结构，要完成人类这种生物，都需要哪些。

另一条思绪在考虑建设作业辅助器具的必要性，以及需要多少尝试，才可以形成一个让护目镜的流通成为可能的社会体制。

还有其他的思绪在考虑生产护目镜的过程中消耗的能量。原料注入模具、加压成型，在此期间的大部分能量都消散到不知何处去了。只有极小的一部分以这副护目镜的形态保存下来。

有多少力量参与这个小小的成形过程，根本无从计算。每一副这样的一次性护目镜都是如此。每一个挂在房间里的物体也都是如此。这个房间、这套综合复式公寓、这座舍琴城、这个协会的所有辖地，全都如此。

阿锦环视房间。

人类对外部世界的认识,始于对形状的认识。形状是什么——是轮廓。轮廓是什么——是分界。分界是什么——是事物相互接触、相互冲突的界面。其中必然会有力量介入。力量藏身在自己此前一直忽视的平凡房间里,藏身在一切轮廓、明暗、色彩之中。这个世界就是这样形成的啊,她想。世界充满了力量。人类只是恰好将这种相互冲突(及其痕迹)的分界认识为形状罢了。力量总是伴随左右,触手可及。

"阿锦?"

呼唤声让她回过神来。

"啊,哦,对不起,我走神了。"

"你冷静点儿听我讲,就是说——穆扎希卜的月亮已经崩溃了。哈巴什他们很难生还。"

阿锦的思绪终于追上了阿圆的话。她的情绪骤然收敛,严肃起来。但是,即使听说了赛义德·乌尔德·哈巴什会死的消息,她还是没有产生真实感。

"那布莉吉塔呢?"阿锦问。

"只能等消息。"阿圆摇摇头。

"肯定没事的。"

她站起身,亲吻阿圆的脸颊。她端详着阿圆的耳朵,双手按在膝头。真想在这具身体上刺青啊,她想,哪怕只有一处也好。

但她知道他不会答应。令人心碎。

"给你个好东西,牡鹿先生。"阿锦摩挲着阿圆的腿,在他耳边说。

"什么?"

"护身符。保佑你明天和白川的谈话顺利。"

阿锦咬住阿圆的脖子。虎牙尖尖地咬了一口。她怜爱地用脸颊去蹭伤口微微渗出的血珠。

"好痛。你干吗?"

"没什么。人家喜欢。"

阿锦并不觉得这样的护身符能起什么作用,只是小小文身的代替品罢了。

眼影脱落的金粉、微小的图形们,应该在上面沾了一点儿吧——阿锦这样想着,安慰自己。

†

"不行,"我斩钉截铁地拒绝,"你再也不能看'典书'了。"

小环躺在床上,对我破口大骂。她把手里的奶咖杯朝我砸来,杯子在我脚边摔碎了。

小环的眼圈蒙了一层黑。她在布莉吉塔的房间里看到了什么?

她支起上身,向我哀求:"哥哥,小环在布莉吉塔姐姐的房间里，感觉很难受。从那以后就不能和图形说话了。醒过来以后还是很难受。就连那个杯子……"

奶咖杯上缠了一圈掐丝珐琅的图案。百合洋的图案被组合在一起，象征着甜蜜的滋养、充足的休息、缓解病痛、恢复秩序。小环身体虚弱，小时候感冒或呕吐的时候，就会用这个杯子喝药茶来调养。这串图案是小环的好朋友，也是她聊天的对象吧。然而现在——它们面对小环却一言不发。这样说来，也不难理解为什么小环这么焦躁了。

"这样下去小环会越来越不正常的。哥哥，求你了，让小环看看典书吧。那样的话，肯定又能和它们聊天了。"

我看了看脚下锐利的陶瓷碎片。看到它们，我反而心安了。陶瓷就该像陶瓷一样碎掉。我想起了背后客厅里的桌子。

这是第二次。

不能再有第三次了。

"小环……"我问她，"你记得桌子的事吗？昨天晚上发生了什么，你明白吗？"

"不知道啊，"小环抬起头，眼泪汪汪，"不要欺负小环，哥哥。"

"桌子融化不久，布莉吉塔就打来了视像电话。爸爸妈妈工作的月球上出大事的时候，差不多就是桌子融化的时候。"

小环歪着头，好像不太明白我说的话："哥哥，好奇怪呀。这些和小环一点儿关系都没有呀。"

小环说的是常识。也许是我不正常。但不是。昨晚坐在小环对面，正要吃饭的时候，我就知道不是那样。肉丸炖菜、红色甜菜丁、白色奶油旋。倒奶油的时候，我的脖子上有种火辣辣的刺痛感。奶油的轮廓飘忽不定，仿佛只要伸出汤勺，就能把那个形状捞起来。我克制不住想那么做。

危险——我试图远离小环。因为一年前，百合洋通信中断的第一个晚上，也发生过同样的情况。但是小环的勺子已碰到了奶油旋。然后——

"哥哥？"小环的声音把我拉回到当下。她伸着手，抓住床单，然后双手借力，探出上半身。小环的腿还没有完全恢复力气，她跪坐在床上瞪着我，"哥哥，你是不是在嫉妒小环？因为只有我才能和图形聊天。可是我真的什么都没做，只是碰了一下嘛。"

"不，很遗憾，不是那样的。"

"求你了，哥哥，让我看看典书吧。"

床单被扯破了，小环滚落到床下。我冲过去，她又失去了意识。我把妹妹抱回床，把头搁在枕上，然后对她小声说："对不起。很遗憾——我好像救不了你了。"

05

§

我们像烂泥一样直睡到傍晚。阿圆在我的厨房里做了晚饭，饱餐一顿之后，又一觉睡到天亮。

我做了无数个梦。

一开始我看到的是那个散发着芫荽气息的人所见的派对场景。透过窗外的树杈，可以看到远处的星厅建筑，是舍琴科城吧。人物正和一个高个子的男人站在淋浴间里，后者正用沾满泡沫的双手清洗我的身体。泡沫带有一股潮水的腥气。那个男人的手掌厚实，指头很粗。透过他的手和泡沫，我看到自己身体的曲线。感觉很鲜明。在梦中，那只手不知不觉换成了我的手。回过神来，场景已经换成了湿冷的手术室。梦中主人公的那只手上套着一层薄膜，正在主刀手术。那是机器做不来的艺术性手术。美容术。梦中的主人公在我剥尽皮肤的脸孔上俯身下来，手里捏着的细针尖端，能释放出给微肌肉整形的单素群。那是以现实的骨骼与肌肉为素材的精密手术，可以实现顾客的梦想。场景缓缓变化，梦中的主人公换成了挥舞利刃的女人。她举刀切开新鲜的大瓜，淡绿色的切面淌着水滴，瓜子排得整整齐齐。

去皮，切成薄片，气味清新。有种用心打理的快感。

我发现自己身上的刺青蠢蠢欲动。我还发现自己对梦里的主人公都有印象。一开始的芫荽味肯定是那个浅黑色皮肤的少年，大约只有十二岁。我硬塞给他一套文身工具。医生大概是油腻中年。做菜的女人是带着孩子的。

我醒了好几次，每次又睡过去。图像的种类逐渐增多，变成肉末般细小的片段，黏稠地流淌进我的梦里，滞留不去。我想擦虚汗的时候碰到了肩膀，小小的私处已经湿透了。

早上起床的时候，图像已经再无新鲜度了。

但我最终想了起来。那一天，蛇与三叶草的反应。两者大概都是一回事吧。

身边阿圆还在睡。我出神地望着天花板，把昨晚做过的所有梦都回想了一遍。

一个都没忘，全能想起来。

阿圆起床很晚，只喝了奶咖，便出门去见白川了。

我现在正在布莉吉塔的房间里，继续未完的任务。

在整理控制设备中的数据时，我发现了一份匿名邮件。收件时间是今天早些时候。没有主题。谁写的？邮件的数据格式和视像电话的日志相同。能用智能布显示吧。我决定把它打开看看。

画面在模仿帆船甲板的房间一角打开。

"——阿圆，是我。"

布莉吉塔的声音。画面歪斜，满是噪声。等稳定下来，我首先看到布莉吉塔看着这边，然后发现她坐在床边。床，写字桌，很普通的酒店单间。只是没开灯，窗外将近黄昏。

"你平安无事呀！"我不由得喊了一声，然后才想起这不是视像电话，而是录像。是布莉吉塔录给阿圆的。

"阿圆，工作进展顺利吗？要是能和你通话就好了。不过我不知道什么时候能联系上你，所以先这样记录下来。我这边的情况很糟糕。

"你已经知道月亮变成什么样了吧？官方解释说是重力控制网失控了。为了让月球的地下城市能与本土保持同样的重力环境，设置的控制网笼罩整个星球，结果它失控了——不知道是不是真的。至少现场情况确实很像。现在状况还不稳定，所以救援工作也没办法开展。大概……"重重的一声叹息，"哈巴什没希望了。"

我忽然想起某个情景。

哈巴什、布莉吉塔，还有阿圆和我，四个人围坐在这间房的圆桌旁边。我们在七嘴八舌地讨论舍琴科酒店大钟的图案。哈巴什给这个大钟定的主题是"记忆与情感"。布莉吉塔准备的初稿是田园牧歌式的风景画，优美宜人，但哈巴什却横加指责。他的语气十分严厉，让我们都很吃惊。布莉吉塔也涨红了脸，寸步不让。我们第一次见到两个人一起工作的模样，和平时亲密无间的样子完全不同，我们都看傻了。后来布莉吉塔逐渐落入下风，最后她紧咬牙关，紧闭双唇。那严肃的表情把我们吓住了。

原图是用数码刺绣绘制的。用高精度的虚拟绣线在智能布上绣出图案。不管怎么看，都和真的刺绣无异，却能轻松制作出现实里无法制作的大型精密作品。布莉吉塔在初稿上叠了新的图层，再从头开始画。数万枚虚拟绣针牵引着数亿种色彩的绣线来回穿梭，令人眼花缭乱。画中人物的姿态不断变化。

我看得目瞪口呆。

脸庞朝向的微小变化，肩膀到手臂的线条走势，手指翘曲的毫厘之差。之前的写实风格竟然化作了戏剧般的表现，人物表情鲜活细腻，仿佛即将从画上走下来。我热泪盈眶，这让我自己都感到吃惊。

"怎么样？"

布莉吉塔语气平静地问哈巴什。哈巴什满意地捋着他那剪得很短的胡须。

"叫我魂都没了。上等上等。"

"那你就按这幅原画造大钟吧。你要负责。"

我仿佛听到阿圆在耳边悠悠叹了一口气，然后又感觉自己像是听错了。

——视像电话的声音忽然轻了。虽然很快恢复，但噪声开始干扰图像。

"我的声音能发送过去吗？我很不安。电力很不稳定。你大概想不到现在这座城市是什么样子。这通视像电话能连接上，本身就和奇迹差不多。"布莉吉塔平静地说。太过平静，反而让我心惊胆战。"我给你看看穆扎希卜的街道吧。"

布莉吉塔的手朝镜头伸过来。画面晃动，忽然自由了。似乎取下了镜头。相机被拿到窗边。是高层酒店的上层，可以俯瞰街景。

真是开阔，我想。我不太熟悉穆扎希卜的城市，看到的是大片大片的空地。镜头刚好正对着下落的夕阳，整个街区都是逆光。为什么建筑那么少？而建起来的又都像是方尖碑那样的、高耸入云的建筑，每一座都高得离谱。没有哪个比布莉吉塔所在的建筑更低。逆光让我看不清建筑的细节，几乎没有哪扇窗户里亮着灯。沙尘让大气模糊不清，还有呜呜的风声。

铿、铿。

画面外传来了声音。镜头转向声音的来处。一块直径足有五十米的石头裹着铺天盖地的沙尘滚了过来。明明是平整的空地，那石头却猛烈地弹跳着，像是从斜坡上往下滚一样。当它滚到窗户下面时，布莉吉塔拉近了镜头。

不是石头。

那是几百节轻轨车厢揉成的巨大铁疙瘩。

我不敢相信自己的眼睛。当镜头再一次扫过街道的时候，我告诉自己不要慌。只见七八块同样的大石头——大铁球，正轰鸣着在街上滚来滚去。镜头拉近地面。原来那并不是空地，地上有建筑和地基的痕迹。看起来像是被炸平了似的。

镜头又转向方尖碑。这次拉近了距离。

那不是建筑。方尖碑的外壁坑坑洼洼，就像是被侵蚀的悬崖。镜头清晰地拍出了那些凹凸不平。在看似毫无意义的黑影中，却有熟悉的东西。"Y"字，衬在蓝到发黑的背景里。那是曾经覆在建筑外墙上的横幅残骸。虽然已经皱得不成样子，旧银色的"Y"字却还没有变形脱落。"半旗"。穆扎希卜也悬挂了布莉吉塔的作品。

废墟。

方尖碑是废墟堆成的塔。

把首都的建筑碾成碎片，再聚拢到一起堆成蚁冢。参差不平的外壁是用无数建筑碎片拼起来的。庄严的柱廊、精美的玻璃墙、宛如活物的陶瓷屋檐。形形色色的建筑部件都被碾得粉碎，如同蔬菜沙拉般聚在一起，构成这些非现实的、巨大的纪念塔。这些塔就像是只有主干的大树，扎根在废墟里。它们吸取的不是养分，而是穆扎希卜的建筑史，并透过粗糙的表皮展示出来……

大石头吸食着城市的残渣，一边成长一边移动。其中一块撞上了方尖碑的基部。石头静止了一会儿，然后顺着方尖碑的侧壁轰隆隆地向上滚动。等到了顶端时，那石头就成了方尖碑的顶端，与碑身同化了。把这座城市彻底捣烂、混合，就是建造纪念塔的最佳材料。

城里的居民呢？

也作为城市的一部分——像绞肉一样——揉进了方尖碑吗？

镜头移动，向右侧聚焦。那里正在出现一座新的方尖碑。石头彼此碰撞，先是瓦砾碎片构成坚实的底座，然后再一点点向上伸展。

我想呕吐——本土上正在进展的状况，根本是月亮上无法相提并论的。

"幸存者逃到了郊外。因为人员越密集的地方，这个情况越严重。不过郊外好像也差不多，反正我都是外来的，也就待在这儿了。目前为止我还活着。

"另外有件事想告诉你，不知道你听了会不会相信。阿圆，我见过和这座城市类似的'景象'。那件事我一定要告诉你。

"那是我和哈巴什同居的时候，已经是十年前的事了。那天他吃了点儿兴奋剂，又完成了一项工作，然后瘫坐在沙发上。我想帮他缓缓神，就递给他一盒香草烟。他摆弄了一会儿包装，然后拆开封口——接下来你知道他做了什么？他没有点火，而是开始把烟竖在桌子上。

"我看着他的动作，心想药劲还没过吧。但很快我发现不只那个原因。哈巴什的表情非常认真，即使在工作中也很少看到他那副样子——而且，每当他调整好一根烟的位置，桌子上的东西就会发生变化。阿圆，你有没有坐船出过海？如果有过，你就会知道，只要越过潮水的交界处，海水的颜色就会发生惊人的变化。那时候的桌面也是那样。每当哈巴什竖起一根烟，桌子上的空气颜色好像就会改变一点儿，变得更透明，物体的轮廓也变得更清晰……在用高精度光学仪器观察物体的时候，物体与空气都会显得比实物更清晰，而桌子上发生的变化就像那样。然后我意识到，有一股强大的力量如同涨潮般充盈在那里。香烟仿佛排成了一个魔法阵，把全世界的力量汇聚到里面。

"后来哈巴什说：'我在竖香烟的时候，你知道我有什么感觉吗？一开始是情感。心中同时涌起无法形容的喜悦和令人揪心的痛苦。接下去就是力量了。我的身体充满了活力和精气，仿佛细胞都胀得咯吱作响。然后那股力量开始缓缓流动起来，最终涌向一个方向，就是手指。它似乎透过我的手指，转移到了香烟阵中的空间里。'

"我也有点儿醉了，但我知道那时候看到的力量不是幻觉。

哈巴什只竖了十根烟，便灌注了那么惊人的力量。如果再加一根会怎么样？想到这个问题，我的心就怦怦直跳。哈巴什似乎也这么想，再没有往里面加烟。

"我已经明白了。这座城市——这还是城市吗？——和那个香烟阵简直一模一样，令人毛骨悚然。虽然规模和柱子的数量不一样。

"唉，阿圆，我不知道自己能表达多少。我都看见了。和那个时候一模一样。哪怕我现在给你描述一遍，都让我寒毛直竖。"

阿圆、阿圆、阿圆、阿圆。能不能不要这么一遍又一遍地喊？

"你在的吧，阿圆，"布莉吉塔朝着我微笑，宛如能看见这边似的，"对不起。很遗憾——我好像救不了你了。"

我从没见过那么悲伤的表情。

※

工藤圆抵达舍琴科酒店时，已经过了正午。白川在酒吧等着他。

"今天承蒙款待，我就不客气了。"

两人被领去餐厅。雪白的桌布，白金的餐巾环，金银刀叉，装饰鲜花，水晶玻璃杯林立，细长的香槟杯如同宝塔。灯光与陈设交相辉映，给桌子洒上令人愉悦的光芒。阿圆从包里取出原版的徽标典书,放在桌子的中心。典书吸入桌上纷繁的光线,再折射出来。

阿圆细细打量白川的脸。笑容很完美,但毫无精神。连桌上的光线都不能让他的脸色明亮起来。阿圆感觉自己非常平静,简直不像自己。肯定是徽标介入了自己的身体感官吧。

菜单呈了上来。两个人品尝餐前酒,点了相当多的菜。第一道菜端上来后,按照这个餐厅的惯例,两人举起富含健胃微生物的发泡酒杯,仰望天花板。隔着透明的天花板,可以看到大厅里的大钟和管线。

“月亮的情况很糟糕吧?”

“嗯,不过还没正式宣布。”白川坦率地承认了,然后又说,“本土也差不多没希望了。”

阿圆愕然。

“啊,您还不知道吗?——协会派遣的救援部队在穆扎希卜本土建起了大规模的营地……但希望还是很渺茫,实在令人痛惜。”

哑光的盘子中央盛放着一个褐色的球块,那是由几种不同的肉类切丝之后编成竹笼般的模样再烤制而成。阿圆忽然想起了托盘里的扁桃体。没有酱汁,但是餐刀切开球块,便露出里面鲜绿色的核。那是用蔬菜泥和开心果糅合而成的。

“内核与装饰——”阿圆品尝着美味。这道菜里,内核起到了酱汁的作用，"哪个才是本质呢？"

"工藤先生认为是哪个呢？"

阿圆不再兜圈子，直接问道："百合洋和穆扎希卜的灾难，是崔德维原教旨派干的吧？"

"我明白您想说的意思。但情况并非如此。工藤先生——您是想说，这两起灾难，都与百合洋的文化有关，是吧？您认为，那是某种利用了百合洋文化的恐怖主义行径，而发动袭击的就是崔德维原教旨派——"

"这个假设包含了许多前提。前提之上还有前提，所以结论并不正确。不过您的推测中也有正确的地方，您想听听吗？"白川一边说，一边吃完了剩下的半份前菜。

"嗯。"

"好——那么首先，工藤先生，我来解答您最大的疑惑。赛义德·乌尔德·哈巴什和布莉吉塔·蒂德曼，或者说综合复式公寓中拥有百合洋血统的诸位，并不是恐怖分子。他们与大规模灾难的发生并无关系。"

阿圆紧绷的肩膀一下子放松了。与此同时，他也很奇怪白川为什么知道自己担心的是这个。

"问题可以分成三类。第一类是纯粹的好奇心，第二类是用进攻来试探对手的反应，最后一类是为了消除疑虑，期待获得否定的答案。您刚才的问题显然是第三类。您期待否定原教旨派的恐怖主义行为说，至于其理由，我猜只能是刚才这个。

"您的前提是，这一情况与百合洋的文化有关。而这正是您希望我否定的。换言之，您只是在担心自己关心的人与这种事态有牵扯。至于崔德维原教旨派，根本毫无关系。而且作为一个群体，崔德维教会没有任何危险性。"

"您真是文化事业部的吗？"

"哎？"白川一脸惊讶，"啊，是这样啊，您是不是在想，首席研究员的工作怎么像是在搞间谍活动？但我确实是文化事业部的研究员。这么说吧，之所以由文化事业部来处理这个——百合洋的图形恐怖主义，是因为别的部门处理不了。"

"文化事业部和这个事态——或者说，和百合洋是怎么牵扯上的？"

"两年前，我们为了解决非法占用的问题，启动了外交程序。实际上在那之前，我们连茱蒂丝·崔德维的存在都不知道。说来确实丢人。崔德维教会在百合洋非法定居之后，似乎制定了开发新型超能力的课程。因为茱蒂丝生前预言了那种能力开发的可能性。大体上可以将之视为一种无法描述的力，那种力量后来成为内乱的原因，也将百合洋推到了毁灭的边缘。工藤先生，您想说的也是这个，对吧？"

"那强大的能力——"

阿圆恢复了冷静。或许是因为白川出乎意料地（这么说可能有些不礼貌）坦率和真诚。他想和这个人好好谈谈，而不是讨价还价。他亮出了底牌。

"那种能力，是通过观察特定的图形来激发的。"

阿圆从哈巴什那里听说过香烟魔法阵的事，再联系普拉伽告诉他的历史故事，得出了这个假设。

"百合洋的文化以过度装饰为特征。我们至今依旧被它的丰富性所吸引，但是我认为……那些可能只是为了忘却内战时期的可怕'瘟疫'而刻意为之的。庞杂的图形语言并非本质，而是一种障眼法——比如，哈巴什和布莉吉塔借着醉意的帮助，偶然间发现了香烟阵的排列。"

"啊，真是太惊人了。"白川吁了一口气，似乎很感叹，"百合洋人在内战时期使用了那种超能力，导致他们的文明濒临毁灭。一下子失去五分之一的人口，对民族和国家都是很可怕的情况。后来他们用'瘟疫'粉饰那段历史。当时的经历让百合洋人遭受了非常大的精神创伤。

"那种打击估计非常可怕。导致了惨烈内战的能力内化在他们身体里，仅靠意志力并不能封锁。只要有合适的契机——观察那个图形，必然会激发出那股力量。"

阿圆想起了塔布希卜表面如同枝杈般奔腾的深谷。一旦获得那种力量，应该会很苦恼吧。比方说，伸手一摸便会让心爱的孩子患上不治之症，或者仅靠呼吸便能摧毁家乡的小镇——这样的能力偏偏又不能像扁桃体一样摘除。

"内战过后,百合洋人想尽办法从自己身上剥除那种能力。那迫切的心情,从根本上改变了百合洋的文化。走向完全转变了。体内有可怕的伤,一旦破裂就会危及生命,而且还必须忘记体内有伤的事实。或者必须假装忘记。"

白川喝了一口酒,接着说道:"要想忘记,首先需要麻醉自己。百合洋人做出了同样的选择,他们选了视觉上的麻醉,光学上的烂醉。"

为了逃避那个受诅咒的图形,用眼花缭乱的障眼法遮蔽它。

"是的。那就是遮蔽他们视线的机制,为了不让他们在发现的徽标之道上越走越远。空虚啊,没有任何意义的空虚图形。让图形填满周遭,让视线迷失在万花筒般的迷宫里,于是无论何时都可以安心徘徊下去。

"我在一开始就说过,他们的文明,就是为了将那个图形隐藏起来。所谓的隐藏,就是这个意思。不是为了不让外界的人看到。重要的是,对他们自己的眼睛不可见。"

螃蟹浓汤端了上来。浸满甲壳类肉汁的汤呈现出淡红色,宛如百合洋的大海。阿圆闻着浓汤的热气,喝了一口酒。还有一个重要的疑问。

"那么,您说的'不可见的图形'是什么?它其实并不存在?那么您为什么要委托我调查呢?"

"让我们回到开始的谈话吧。您问这场灾难是不是崔德维原教旨派的恐怖行为。它真的是恐怖行为吗？毁灭一颗星球，这是不得了的手笔。就算当年的内战，也只是减少了五分之一的人口，改变了大陆的形状。消灭百合洋也好，摧毁穆扎希卜也罢，这样的计划要怎么制定？怎么确定所需的人员和物资？百合洋毁灭的时候，李顿 & 斯泰因斯比协会不惜投入了大量资源去调查凶手和幕后组织。"

白川扬起一侧眉毛。就是说，他们做过非常彻底的调查。

"可是，该怎么说呢，谁也没有做什么。"

阿圆不明白他的意思："是有不在场证明之类的东西吗？有嫌疑人，但没有行动证据？"

"不，不是这个意思。并没有恐怖组织，也没有人独立犯罪。百合洋的蒸发，没有凶手，没有组织，没有计划。谁也没有做什么。然而百合洋就是消失在宇宙中了。"

✝

小环又醒了，这次感觉好多了。

腿也有力气了。可以下床了。小斋哥哥好像就在隔壁房间。

小环真的很讨厌哥哥了。哥哥特别喜欢百合洋，什么都知道，也懂很多东西。可是真正能和图形聊天的，还是小环。至少到前天晚上都是这样。

　　小环在布莉吉塔姐姐的房间发现了非常奇怪的图形。那真是原版图形吗？简直像是几亿年以后的星座一样，小环完全不认识。不过小环说的奇怪并不是指这个。那些图形不和小环说话。它们只是在跳自己的舞，简直不把别人放在眼里，又像是在逃避什么一样。因为小环还不太认识它们，所以就努力盯着它们看，结果后来小环就像一下子掉进地板的洞里一样，掉到了黑漆漆的地方，什么都不知道了。

　　那个地方太吓人了！

　　那里什么都没有。等小环醒过来的时候，才发现听不到图形的声音了。喝茶的杯子也一句话都不说了。

　　不过应该没关系的。小环正在好起来，应该也能再渐渐和图形说话的。哥哥把复制的典书藏起来了，不过小环能大致推想出藏在哪里了。腿依旧软绵绵的，不过还是能慢慢挪着走。

　　应该能悄悄溜出房间。

　　轻轻推开门，却发现哥哥就坐在外面。他在监视小环。

　　"小环，你应该躺着。"

　　"让小环过去，不要总是命令这个命令那个。"

　　"太危险了……"哥哥好像要哭出来似的，"求你了，快去睡觉。"

　　小环看到客厅在哥哥背后。桌子已经完全融化了，地板也受了波及，正在慢慢融化。这些都是小环干的呀。都是因为小环用勺子舀了奶油里的那个旋涡。那时候，形状和力量……哎呀，原来小环有那么强大的力量。再也不要听哥哥的话了！

"让我过去。"

"不行。"哥哥断然拒绝，"回床上去。"

"那我就硬闯了。"

然后哥哥怎么了？真的哭出来了呀。

"帮帮我，帮帮我，我已经不知道该怎么办了。"

"？"

小环不明白哥哥为什么哭。应该不是害怕小环。那到底是为什么呢？

"不行了。小环，你听不到吗？好多人的声音。"

小环什么都没听见。

哥哥用手捧住小环的脸。

"啊，你的眼睛。"

哥哥的眼睛里映出小环。虽然看不出左右两只眼睛黑色部分的大小有什么不同。

"小环的眼睛怎么了？"

"我再也救不了你了，对不起。"

太危险了——哥哥刚才说。

到底是谁危险啊？

咔嗒，有种零部件准确扣合在一起的感觉。

噼啪，有种薄薄的东西被撕破的声音。

"哎？"

哥哥眼里的，小环的脸——

"对不起，我控制不住了。"

——小环的脸像个坏掉的洋娃娃。像是被捏碎的鸡蛋，扭曲得不成样子。

可是一点儿也不痛。

"是哥哥干的？"

哥哥点了点头。

原来不是小环的力量。

"融化桌子的是我，不是小环。小环可能觉得自己在控制那股力量，其实可能只是我的力量泄露到你那边去了。"

"你一直在忍着吗？你一直把它关在身体里？"

"嗯。"

哥哥哭得满脸是泪。小环也被脸上缺口滴下来的东西弄得湿答答的。

"已经关不住了。"

啊——

"哥哥，你怕吗？"

"嗯。"

哥哥终于放开了手。

真可怜啊。小环想抱住哥哥。

可是，手不见了。

去哪儿了？

然后，耳朵也听不见了。

眼睛也——

※

轻松解决了螃蟹浓汤，白川开始对鱼下手。塞满了馅儿的蒸鱼，盛放在精美的盘子上，被他以外科手术似的动作分解开来。整整齐齐的鱼骨如同擦拭过一样，不带半点儿油脂。

"话说回来，您对那些追求百合洋文化的人有什么看法？图案、菜肴、诗歌。狂热到近乎异常。每个人都在跟风，用徽标装扮自己。协会非常担心。百合洋严重污染了其他星球的文化。一旦接触了百合洋文化，自身的文化就再也无法维持原先的状态。文化是相互影响的——这固然不可避免，但唯有百合洋，它的影响特别强烈，而且是单方面的。百合洋文化自身从来不会受到其他文化的影响，它只会蹂躏、贪婪地吞噬其他文化。百合洋文化极大地损害了协会所尊重的文化多样性。协会模拟了今后百年间文化遭受破坏的情况。我真想让您看看模拟的结果。我们文化事业部之所以插手这起事件，也是这个原因。好了，差不多该说说'不可见的图形'了。不过在此之前，还有一个问题需要解决。那就是关于典书的版本。"

"原版和复制品。"

"现在出现在市场上的徽标，参考的全都是复制的典书。但是工藤先生，您也发现了吧，原版与复制品之间，徽标的行为完全不同。"

阿圆点点头。

"原版也有若干版本。但是复制品只有一种。这个复制品，不是崔德维教会正式承认的东西。它是由地下世界的人秘密制作出来的。制作时间和制作人都不明。灾变发生的时候，崔德维教会的几位高层刚好不在百合洋。我请教过其中一位幸存者。他告诉我说，听起来像流言，其实是真的。工藤先生，复制品是敌典书。"

"敌典书？"

"一句话，复制品徽标的目的不是为了忘却。明白吗？那本典书是为了让人回想起被诅咒的图形、'发现之图形'。'发现之图形'并不会赋予观看者任何特别的能力，只是解除限制而已。人类这一系统本来就具有那种功能，只是被抑制了。而这条图形指令能够解除抑制。

"不管是否了解百合洋的文化，看到图形的人就会被激发出那种能力。

"不需要特别的修行、锻炼、才能。参考敌典书创作出来的作品都会被污染。它们会在不知不觉中诱导那些毫不知情的观看者，最终唤醒他们。唤醒所有人与生俱来便知道的'发现之图形'。如果这是有意识的破坏行为，那想到这个主意的人真是太天才了。图形本身非常危险。看一眼就完蛋。但是，用于诱导回想记忆的系统，却能为自己的流布争取时间，进而可以扩散到极大的范围，就像传染病的潜伏期一样。

"原版典书的每个版本都受到严格的管理，一般人很难看到。没想到这都是白费力气。更危险的敌典书抢先流传开来。可能是无意识的行为，也可能是有目的的行动，总之敌典书开始复制传播。它始于百合洋本土，然后逐渐向其他星系扩散。通过人类之手复制繁殖。"

"不能禁止吗？"

"哪怕是协会，也做不到那个地步。而且越是压迫，越会让爆发的威力更大。"

典书是百合洋人克服了内战与灾难，耗尽心力完成的和平护符。必须竭尽全力才能遗忘的图形。而能让它失控暴走、变成怪物的徽标，污染了几千亿人，现在他们都快被唤醒了。当然，也包括阿圆。

服务生端上了带骨肋眼。正如菜名一样，肉排的剖面上有个宛如眼睛的组织。白川准确地朝那里下刀，优雅地切开肉块，送入口中。

"该回到正题上来了。我必须向您道歉。'不可见的图形'是我信口编的，"白川眨了眨眼，"当然，崔德维的讲义录上不可能出现那样的用语。"

"为什么？"

"只有一个理由。理论上说，它是存在的。崔德维本人似乎也预言了那种可能性。我们协会的天才们也持相同的意见。那是强制终结的图形。它能以某种方式阻止能力的诱发。"

"天方夜谭。"

"一模一样。"白川微微一笑，"抱歉，在协会的会议上，我当时说的话和您一模一样。但您是我们最后的希望。所以在第一次见面的时候，我私自对你施加了强烈的暗示。为协会做这样的工作，必须强记许多内容；必须找到那个强制终结的图形，也必然能找到。诸如此类，持续不断的心理暗示。"

"是那个银币——？"

白川点点头。

"——你和哈巴什是什么关系？"

"就是哈巴什先生说的那种关系。我们是很好的朋友。和他一起工作确实非常愉快。不过要让我说的话，他也是非常危险的人物。毕竟，穆扎希卜死在他手上，舍琴科也因为他陷入危险境地。"

"不是说，哈巴什不是恐怖分子吗？"

"啊,我不是那个意思。但哈巴什不是百合洋人的后裔吗？他的建筑会强烈地震撼人们的心灵。当然,这是因为受到百合洋文化血脉的强大影响。即使他并没有露骨地使用徽标。不过这正是症结所在。他的建筑具有无上的魅力,所以十分危险。

"百合洋正是如此。我们已经知道,首先发生异变的地方,就是他的作品、刚刚揭幕不久的开国一百五十周年纪念碑所在的地方。穆扎希卜的月亮更不用说了。即使没有恶意,他的建筑似乎也会和那个'发现之图形'产生强烈的共鸣。也许在他自己无意识的情况下,已经将'发现之图形'附着上去了。哪怕一眼看不出来。就像某种隐藏的绘画一样。"

白川用修长的手指敲了敲太阳穴。

"其中最糟糕的就是你们的综合复式公寓。那里凝聚了哈巴什的所有艺术精华。再加上热爱百合洋艺术的兄妹、发明划时代刺青工具的那位,你们的复式公寓在城市里四下游荡,流毒无穷。我认为,应该把综合复式公寓钉死才对。"

"是吗——"阿圆叹了一口气。他知道小环为什么会晕过去了。对小女孩来说,酒劲有点儿太烈了,"所以才把原版典书——"

白川点点头。

"不然也不会把这么宝贵的原版借给你。我想,只要你全心研究原版典书,也就是那个用于忘记'发现之图形'的徽标,把它在复式公寓中扩散开来，就能延滞唤醒。但无论如何，既然意识到建筑的危险性，就必须铲除问题建筑。虽然会对公众产生很大影响，但我们必须对这座舍琴科城大刀阔斧地整顿。"白川调整坐姿，挺直身子，"实际上，为了这个目标，这座酒店从昨晚开始就停业了。封锁了。"

听到这个信号，餐厅里的客人和服务生一起站了起来，向阿圆恭恭敬敬行了一礼。

这是谢幕时的举动。

"陷阱？"

"不，"令人吃惊的是，白川眼中饱含泪水，"我不忍心破坏这么华美的建筑。哈巴什的诸多杰作啊。来与我们一同哀悼吧，这是我莫大的荣幸。"

说着，白川将酒杯举到面前。

§

布莉吉塔哀伤地微笑着，继续往下说："……可是，阿圆，我这样看着这一切，感觉很舒服。身心都很舒畅。对了，哈巴什这样说过：'不仅如此，香烟也提供了自身的能量，将它逆送给我。我的力量和它的力量形成了丰沛的乱流，那感觉太舒服了。'现在我明白他的意思了。窗外的风吹在我身上，让我身体里生出了复杂的旋涡——"

布莉吉塔的声音并没有透出半分陶醉。虽然是可耻的情欲，却也在试图客观地看待它。我也许是发傻了，竟然想和布莉吉塔说话。这只是视像电话而已。这种感觉，就像我想触摸那张柔软黏稠的桌子。

"布莉吉塔？"

"阿圆，我在想，扭曲月亮的力量，和充盈这座首都的力量，会不会是同一个东西？我很快就会知道的。夜晚就要来了。"

"'夜晚'？布莉吉塔，你说什么呀？"

胸口突然被撞了一下。好像太鼓的鼓声敲在心头。耳朵无法听到的低音轰隆作响。这是什么声音……视像电话的带宽那么窄，居然能覆盖这样的频率？

"你明白吗？星都在发声。在我的心口轰隆隆地响着。阿圆也听到了吧。正在我心口震荡的声音。"

我恍然大悟。这不是视像电话传来的声音。如潮的芫荽气息，手术室的空调声音。同样的东西。布莉吉塔在录像时听到的声音泄露到了这里。渗透到了我的刺青里。

"我听到了哟，布莉吉塔。"

"石柱正像音叉一样发出低频震荡呢。所有一切都在共振。城市在调音。呼唤夜晚的音乐。"

"布莉吉塔，夜晚怎么了？"

"就是夜晚呀。"

　　我起了一身鸡皮疙瘩。布莉吉塔简直像是直接回答了我的问题。紧接着，我感觉到了空气的涌动。满是沙尘的酒店房间里的粗糙触感和气味。脖子后面渗出的汗水粘住了沙子，很不舒服。布莉吉塔的存在感愈来愈强。不，不仅如此……我还听到了更多、更多的人在怒吼尖叫。

　　"还不明白吗，看呀——夜晚呀。"

　　"啊……"

　　我全身脱力。顺着布莉吉塔手指的方向，似暗非暗的天空亮起了一角。

　　月亮。

　　月亮在废墟之林的对面升了起来。黄浊的巨大圆盘。是满月。

　　好大。实在太大了。它就像是另一片大地，与这片大地遥遥相对。

　　月亮在下坠？

　　镜头拉近，月面上纵横无数的深谷——怎么回事？——黄色圆盘上画满了百合洋的徽标。拥挤的图形还在缓缓变化，像是要诉说什么……如果月亮再靠近一点儿、土崩瓦解，那些徽标就会一个个化作灼热的陨石，把穆扎希卜砸得千疮百孔。

　　"啊，阿圆！"

　　盘旋在布莉吉塔体内的感情、战栗，全都直接传了过来。还有更多——仰望这轮月亮的无数穆扎希卜人的感觉。所有人都想触摸月亮，触摸那个即将在月面完成的——那个注定要被唤醒的图形，所有人都想用手指去描摹它……

这时我才终于意识到。

我正在向舍琴科的人们、向那些将感觉泄露给我的人们，转播这幅景象。

就像月亮引发涨潮一样，某种东西也在布莉吉塔和穆扎希卜人心中升腾涌动。那甚至也传给我了。通过我，再扩散到舍琴科。

天上的球体在缓缓自转。

终于，它从阴影中悠然现身。

应该有无数人，通过我，目睹了这一幕吧——

　　※

巨大的失落感攫住了阿圆。他抬起头。

这些都会消失吗？这个壮丽、清澈、静谧的空间？

餐厅的顶棚，单向镜外面的大厅与大钟。

用餐已经快有一个小时了。舍琴科酒店的大钟敲响了一点整的钟声。

大钟从内部射出深蓝如墨的光，使大厅沉没在夜色中，或者说是夜色在开拓疆域。布莉吉塔的画作在球面上浮现。那是一组描绘牧童日常生活的系列画。

哦，是那组画，阿圆想。为了这组画的创作，大家没少吵架。

草原上的牧童或是随意躺卧，或是追逐羊群，或是在篝火上架起炊锅，围着喝酒。

他们嬉戏追逐，听老人讲述往事，或是思恋磨坊主的女儿。

和煦的风拂过天际，大树尽力伸展枝条，小溪流水潺潺，田地精耕细作。系列画作全都沉浸在蓝色质感中，营造出中世纪风格的虔诚。时间流逝，画作仿佛在悠悠变幻。由此，观看者也能在停滞的片刻时光中舒缓心情吧。这是哈巴什与布莉吉塔创造出的时光，宛如小小的宝物。可惜，再没人能看到它了。

阿圆又一次发现了。

牧童、老人、少女的姿态。他们的身形、角度、手指的弯曲度，都呈现出奇异的公式化处理痕迹，绝非自然的情景。那姿态中融入了百合洋的——崔德维的自治公社所看重的、而如今即将永远失却的行为礼仪。那姿态赋予了故事浓厚的荫翳和令人愉悦的幽默。

那种优雅，宛如布莉吉塔自身，聪慧、泼辣、机智。

阿圆内心深处的疼痛犹如刺目的光，迸射，然后冻结。那是他从未感受过的悲伤。那悲伤就像是他的心浸没在水中，那种感情时而坚硬，时而冰冷，时而高耸。悲伤之柱就像穆扎希卜的方尖碑，令阿圆心中飘浮的各种情感碎片汇聚、膨胀、向上堆叠。它堵住阿圆的胸口，一直堵到喉咙。他要窒息了。

——一开始是情感，然后是力量。

接着，阿圆生出一种许多人在背后推他的感觉。

这股压力仿佛来自即将唤醒"发现之图形"的人。它正在迅速膨胀。

看呀——阿圆清楚听见阿锦在他肩头低语。

他有种预感。

有什么东西要来了。要看到了。

看啊——（阿锦的声音咚咚地敲打他的后背）快看那里。

月华如柱，贯穿头上深蓝的夜空，笔直穿进大钟的中心，如同灯塔的光束般扫过大厅的空间。悬在空间里的管线被逐一照亮，随后又沉寂下去。在那之中——

刹那。

阿圆看到了。

管线交织而成的光与影中，那个图形犹如幻影，倏忽闪过。

不是香烟魔法阵，当然也不像任何徽标，却在那些形状深处真真切切烙下身影的"发现之图形"。它洗过阿圆的眼睛。

阿圆的眼睛焕然一新。他的视线落回到餐桌上。

至今为止，自己到底都看到些什么？

世界上存在的所有力量都有了形状？

这双眼睛所能看到的一切形状，其轮廓中都带有力量。

阿圆知道，只要自己伸出手，便能直接触摸到诸多力量。他也知道，一切力量与一切形状，全都可以独立操纵。而且易如反掌，简单到自然而然便知道这些。

阿圆看到桌子中间熠熠发光的典书。一旦看到了"发现之图形"，典书的幻感效果便不再起作用。它的效果仅限于预防发现。不仅如此，在他如今的眼睛看来，徽标们还可以用全新的文脉解读。那是能对发现的力量进行各种加工、精炼、灵活运用的控制语言。阿圆在此前九天里理解与消化的无数徽标，此时都直接成为他的全能指令群。

这一切都发生在一刹那。阿圆的外表并没有明显的变化，但白川没有错过这一点。他察觉到阿圆终于看见了图形，迅速向两名侍者发出暗号。手心里藏着针的侍者们悄无声息地移到阿圆的两侧，一人一边，将手搭在他的肩头。他们下定决心，要和阿圆同归于尽。

但是，就算是白川，也没有注意到此刻桌上发生了什么。

大大小小的玻璃杯。最高级的水晶杯，正在发出轻微的嗡嗡声。

玻璃杯魔法阵正在逐渐成形。只差一点儿就能完成。

对此一无所知的白川正要放下红酒杯，才发现桌上翻滚旋转的奇异力量。他的手被牵引着移向那个宛如预先规定好的位置，将奢华的酒杯放入魔法阵欠缺的一角。

……砰。声音停了。

阿圆知道，在自己的身体内部，无数徽标宛如时钟的齿轮一样联动起来，执行预定的指令。

桌子炸裂了。

玻璃杯、巴伐利亚奶油布丁，还有制成桌子的胡桃木，全都碎成云母般弱而坚硬的薄片，向四方飞射。没有爆炸。每一块碎片都因自身的加速而飞散。一秒之后，两个侍者同时炸裂。白川茫然地看着眼前的两个人化作如雪飞舞的薄片，然后才意识到自己方才拿杯子的整只手都不见了。断口正像老化的树脂一样散落着粉末。

"果然，这能力可真了不得……"

这喃喃自语成为白川最后的话。阿圆像是被什么引导着似的，轻触白川的眉心。其实他的手指并没有触到。他只是在构成白川额头轮廓的形状与力量的微妙平衡点上轻轻施加了一点点力量。

白川感受到一股强大的冲击，简直要令脖子朝后折断。他扬起脸，全身上下都发出宛如白煮蛋的蛋壳破裂般的声音。他正在飞速龟裂，虽然皮肤还柔软如常，但那是无视质感的破坏——与材质无关，白川的某种东西被摧毁了。

无数徽标在阿圆内部飞速变换组合，同时对崔德维的能力添加诸般修饰，开始向周围扩散。那些处理的负荷太大，阿圆几乎失去知觉。

白川想要远离阿圆。如果脱离他的作用圈，也许我还有救——在这个念头的驱使下，他支起身，然后才发现自己的双腿已经无法支撑体重了。右膝首先粉碎，然后是屁股摔在地上炸开，就像熟透的番茄，在洁白的地板上铺开鲜艳的血红。

白与红。

扁桃体。

这个对比略微阻碍了指令群的联动。

阿圆恢复了意识。

自己面前的桌子不见了。半个头颅正在他对面滚动。血珠正在噗噗地从无数裂缝里往外冒，连成串串滚落下来。恐惧从他的喉咙往上翻涌。第二波力量趁机喷涌而出。

这次总算没有失去意识。对扁桃体的记忆——对潜藏在身体的那些东西的怀疑与厌恶勉强维系着阿圆的神志，但他的意志无法抵抗喷涌而来的巨大力量。就像新手消防员应付不了消防水龙的水压，只能胡乱挥舞一样。质、量、方向，他什么都控制不了。

白川的尸体化作刨花般的碎片，瓦解消散。拼木地板被力线沿着接缝处拆解开来，裂缝不断延伸，又将一路上触及的几名协会间谍揉成纸团模样。没有断骨，也没有横飞的血肉，就那样变成一团肉泥。间谍们还活着。在他们眼中，扭曲的是这个世界，不是自己。

力线沿着墙壁向上，墙纸开始出现异变。

仿佛光照角度变了一般，花纹的色调发生了变化。就像是暴露在夏日骄阳下，产生了强烈的明暗对比——不，那里确实出现了影子！

墙纸是斜纹棱格上缠着葱茏蔓草的图样，而此刻它正在慢慢隆起。藤蔓枝头结的红果，和盘旋着啄食红果的小鸟翅膀，一切都眼看着浮出表面，脱离墙纸而去。鸟形的墙纸和灰泥块扑簌簌下落，墙上一块巨大的格子也轰然倒地。

阿圆知道自己身体内部正在进行着各种处理，也知道它们正在破坏周围事物的"物"与"形"的正常关系。但对于它们会带来怎样的破坏，他毫无头绪。顺着墙壁向上爬的力线已经抵达了大理石纹理的天花板。石纹开始融解，力线搅动着穿过宛如冰激凌的大理石天花板，接近单向玻璃的顶棚。

他咬紧牙关，死命抱住自己，双手狠狠捏着自己的肩膀。他竭尽全力抑制那种力量。嘴唇咬破了，有一股铁锈的味道。

"停下！停下！"

阿圆发出一声狂吼，混杂着血丝的唾液飞溅出来。与此同时，单向玻璃迸裂了。大约是在力量的作用下，窗玻璃碎片慢悠悠地下坠，几乎能用视线逐一追踪它们的轨迹。窗户外面，力线摧毁了哈巴什的大厅，就像透明的大剑在其中挥舞。利刃从一端划到另一端,轻松切断错综复杂的管线。不同粗细不同长度的管线在断开时发出各自的声音,将整间大厅变成一把独一无二的巨大弦琴。

紧接着,崩溃开始了。

管线群原本就将各种力量的方向和大小巧妙地分散到整间大厅,可以说是力的织物。它不仅坚韧,也是精致的力网。这张网令大厅保持了大厅形状,静静地积蓄着无比巨大的力。现在它断了,而释放出的力量在刹那间获得了突然的自由,随后便玩弄起大厅的六面墙壁。过度弯曲的地方终于像纸张一样破裂开来,外面的光线从裂缝涌入,让这虚假的夜晚暴露在阳光下。耀眼的光芒中,管线释放的力量摇撼着大厅,大厅迅速绽裂、垮塌,土崩瓦解。

阿圆独自站在摇晃不定的餐厅地板上,以一种不可思议的平静看完了哈巴什杰作的毁灭。大厅的天花板掉了下来。宴会厅和位于它上层的客房倾斜着,摇摇欲坠。大钟失去了支撑,像一颗巨大的眼球滚落在地。不过,最吸引阿圆目光的,是如同牵牛花卷须似的断裂管线,它们正在蜷曲着摇晃不已。这场景仿佛某种黑色幽默,魅惑着他。阿圆在想那些从大厅逃逸的巨大力量。

两分钟后,舍琴科酒店倒塌了。

　　　　※

　　综合复式公寓搁浅了。

　　在差不多舍琴科城外缘的某处，像沙拉碗边缘一样林立着最高建筑的区域，它脱离了沿着边缘架设的轨道，斜靠在周边的建筑上，半躺着一动不动。

　　工藤圆站在复式公寓前面，身上各处的血都快干了。近乎奇迹的是，他没有受什么重伤。残留的力量还在身体深处维持着温度，宛如灰堆的余烬，偶尔还会蹿出火苗。每当这时，他便咬紧牙关，将妖怪——指令群强压下去，勉强坚持着回到这里。

　　但是，现在阿圆跨不出脚步。就像他在一路上看到的几处地方，这里也有力量肆虐过的痕迹。复式公寓的外壳开裂，几个房间的接连处脱落，散落在地，就像是裂开的石榴。这不是比喻。复式公寓的残骸和熟透的水果一模一样。果皮、种子、果肉的色泽和质感都完美地映射在综合复式公寓上。一定是某人施展了力量，下意识地赋予它这样的形象。

　　有几个迸开的种子正在发芽。房间的外观出现各种变形，落地生根，开枝散叶，或者长出伪足，繁衍后代。那些没有发芽的房间则被其他房间吸收。

　　是谁发现了力量？小环，还是——阿锦？有人幸存吗？有一个房间滚落到远处，它的外装和内里都融在一起，像饴糖般流动，又像肿瘤一样浸润着其他的组织。仔细看去，那是普拉伽的房间。如果能和心爱的藏书与古董合为一体，或许是一种幸福吧，也有可能像之前那些间谍那样活着——想到这里，阿圆吃惊地意识到自己已经习惯了眼前这样奇异的场景。

他又望回胀裂的石榴，然而连自己的房间都认不出来。内部的危险不难预料，但自己的体力和精神都已经到了极限。无论如何，总要找个地方歇息一下。

就在这时，一个声音传来。

"欢迎回家。"

阿锦的声音。她坐在破裂的房间外装上，晃动着双腿。

"伤得很重呀。我来扶你吧。"

"不用，我自己还能走过去。"

最后几米，还是阿锦下来借他肩膀，跌跌撞撞进了房间。好不容易找到一个像点儿样子的地方，阿圆舒了一口气，只想睡觉。他用尽最后的力气，支起身子看了看周围，才知道自己乐观得可笑。这里——布莉吉塔的房间，其实是变化最剧烈的地方。

房间里垂下的智能布乍看似乎和平时没有不同，但在阿圆的正对面，"发现之徽标"以宛如刺绣般的鲜艳色彩浮现在智能布上。在它周围是复制典书中收录的诱导图形，再外围则是原版典书的成千上万图形闪烁游弋。图形们自由变换着位置，自发地生成并验证着各种指令。阿圆开发的系统已经被"发现之徽标"占据了。这个房间已经变成了一个剑拔弩张的弹药库，塞满了百合洋的超能力，比穆扎希卜的月亮更加可怕。

"不行啊，你这样的身子不能站着，"阿锦说，"我来帮你包扎。怎么脸色这么可怕？没事的，交给我吧，会好起来的。"

阿圆回过头。阿锦换了一身新的和纸裙①，脸上是一如既往的纯真笑容。踏在地板上的赤足如同鸽子般白皙，连趾甲也像打磨过一般洁白。她全身沐浴在窗外照进来的夕阳余晖中，嵌在裙装和纸中的超细玻璃纤维熠熠发光。纤维绘出数以百计的百合洋图形。

但是阿圆严肃地向阿锦提出一个问题："是怎样的'好起来'？"

阿锦皱起眉头。

§

我有点儿惊讶，但只是一点点而已。我知道阿圆会生气，也知道生气没什么用。因为阿圆已经是同类了。我们都是发现了图形的人。

"你在生气吗，阿圆？干吗那副表情啦。"

阿圆的怒火爆发了。他向着周围那些图形张开双臂，大吼起来："你不能把智能布用在这样的事情上。太危险了。这会让舍琴科变得和百合洋、和穆扎希卜一样！"

———————————
① 用日本纸制作的礼服裙。

"是哦。"我扑哧一笑。都已经这样了,还在说什么呢。就像是对家里已经着火的人宣传消防的重要性。"太危险了。"

图形围绕在我们的脚边无声飞舞,宛如被风卷起的片片落叶。

"不过,阿圆你真的知道有多危险吗?"旋舞的图形落叶正在连缀成链条,意图自发形成具有某种意义的词句。

"不知道的话,你看——"我伸手帮助链条更加快速地成型。第一行写了出来。

"我给你看看穆扎希卜的街道吧。"

布莉吉塔的声音在房间里响起。

阿圆倒吸一口冷气。出现了视像电话的画面。我没有使用控制台,直接操作了智能布。沙尘与高塔的城市,如同海市蜃楼般,在飞舞的图形后面若隐若现。布莉吉塔的面庞也是如此。

"阿圆——"我的喃喃自语与布莉吉塔的声音重叠,"阿圆,这是早些时候布莉吉塔发来的信息。抱歉我偷看了。"

阿圆似乎已经说不出话了。

"布莉吉塔无论如何都想让你知道这场异变。她可能以为自己活不长了,就想和你说说话。"

我一边说着,心里一边生出莫名的烦躁。这些话不是我的本意。

我朝阿圆走出两三步,扯下几枚周围的图形,编成一排指令。于是穆扎希卜的酒店房间超出了视像电话的画面边界，将我和阿圆包在里面。

沙尘的气息，连嘴里都是粗糙沙砾感的空气。我们完全进入了布莉吉塔的客房，站在几乎俯在视像电话上说话的布莉吉塔身后。

"阿圆，我见过和这座城市类似的'景象'。那件事我一定要告诉你。"

布莉吉塔的语气急切，从背后看也有些呆愚，就像是个佝偻着身子的迟钝中年妇女。阿圆的目光在她的身影和窗外颓废的夕阳间来回。多么荒谬的场景啊。他怔怔的。

"阿圆，再来一次吧。"

我唰地撕下和纸裙左袖的一截。左臂上缀满了百合洋的刺青。

"求你了，和我一样，把图形文上吧。"

刺青宛如黑色的荆棘丛，刺向空中。我拉起阿圆的手，用尖刺扎了他一下。

"哑！"

阿圆像触电似的缩回手，脸色苍白。

"看到什么了？"

阿圆看到的是高科兄妹的结局。刚刚他从棘刺中读到的是小斋的力量射穿小环眼睛的刹那。虹膜中央的黑色瞳孔。小环的整个存在，从右眼的孔洞中由内向外地翻转塌陷。床单和墙纸都浸透了鲜血，黑色的瞳孔却像指南针的支点一样，静静地端坐在床上方的空间里，不动如山。小斋用颤抖的手指捏住瞳孔，仿佛那是一点微不足道的垃圾。随后，他跳进了那个洞里。

两个人的鲜血和污物涂满了整个房间。也许只有小环的瞳孔至今还悬浮在那里面吧。

就像是某人为他们画上的句号。

"小斋变成那个样子的时候，你正在酒店里和白川谈话。以前好像也发生过好几次，但这一次好像没能控制住。

"你知道为什么吗？

"那是因为呀，有其他人的存在呢。我分发的文身工具，让很多人受到了图形的强烈诱惑。他们又影响了周围的更多人。放眼整个舍琴科，已经有很多人都接触了百合洋图形的力量。这就像洪水一样。别看眼下可能只是漏了一点儿水，但大坝已经决口了。接下来会怎么样呢——连我也不知道。"

像货币、像羽毛的图形们在空中翩翩起舞，开始尝试贴到阿圆的表面，是闻到了阿圆曾经发现过的指令的气息了吧。我仿佛可以理解图形的感受。一定是感觉到了阿圆心中毁灭的魅力。他是个一本正经的人，不苟言笑，但心里填满了完全不同的东西。毁灭一切的力量，还有渴望尽情发挥那股力量的愿望。我喜欢阿圆，也是因为这个。我早就知道了。每次接吻的时候，我都能感觉到那股味道。

阿圆的表情很痛苦。他在强行控制那股力量吗？为什么非要让自己白白受苦呢？

窗外，强风将穆扎希卜的尖塔吹得宛如毛发般摇晃不已。智能布帘在肆虐穆扎希卜的狂风中猎猎作响。布莉吉塔背对着我们，实况转播还在继续。在画面上看的时候还没发现，从这个角度看去，她的手臂赘肉很明显，丑死了。布莉吉塔，你是个好姑娘，就在那里待着吧。

和纸裙的右肩到胸部都被我扯得粉碎。我伸出手臂，抱住无法从沙发上站起来的阿圆，低头仔细看他。我的头发像细雨般直直落在他的脸上。我将嘴唇凑上去，阿圆却别开了脸。我很伤心。

"为什么拒绝我？我的舌头很甜，我的牙齿很香。阿圆，一切都已经开始了，谁也阻止不了。你在回来的路上也看到好些了吧？这座城里，到处都混杂着那个图形。大家接二连三都发现了。很快那个变化就会像雪崩一样，吞没整个舍琴科。你也好，我也好，这个形态都只能再维持一小会儿了。"

我的手掌抚摸他的脖子。我咬过的痕迹。当时推倒他，我很开心。我裸着胸，紧贴在阿圆的胸口。

"我喜欢你。我喜欢你冰凉的肩膀，平坦的小腹，你的牙齿，你的舌头，还有意外粗实的手指，全都好喜欢。"

我摆弄着阿圆的头发，轻咬他的锁骨。图形落在我们身上。我感觉自己身在花田。

"所以我一直想这样。"

"我会阻止你。"

阿圆说。我微笑着，抚摸他的头发。真可爱。

*

"我要阻止你——就算要杀了你和我。"我终于挤出话来。

但阿锦似乎并不在意："啊，这个已经看腻了。"

阿锦话音未落，我们身处的穆扎希卜的荒凉景象便像画布折叠起来一样，缩到了房间的角落里。

"那，看看舍琴科的景色吧。"

布莉吉塔的工作室拥有绝佳的采光。透过巨大的窗户，舍琴科城的街景一览无遗。在黄昏的阳光映照下，城市中心的酒店一带冒着白烟，除此之外还没有什么明显的变化。

阿锦放开我的身体，站在长椅前的夕阳里。她一片片撕掉剩下的裙子，直到赤身裸体，而身体的每一处都喷出光芒。在夕阳的照耀下，刺青犹如金丝刺绣璀璨耀眼，每一处光芒都有着独立的节奏，仿佛有着独立的小小心脏。

"图形需要场地，能描绘它们的场地。形需要物，物需要形。"

某种想法充满了我的脑海——

这个图形,有自己的意志?

图形自己在寻求繁殖和扩散?

复制品典书——用于令人想起的典书——其实是徽标自身的奸计?

图形,其实是与人类具有共生关系的生命?

我拼命甩开这些念头。

毫无道理。

图形就是图形。欲望只存在于观看图形的一侧,存在于这一侧,存在于我之侧。将罪名强加在图形身上,毫无道理。

阿锦又把脸凑了过来。温暖的鼻息扑面而来。她双手捧住我的脸颊,迫使我抬头。落日的恢宏光芒从头上洒落下来,阿锦宛如浴血般美丽。

"看着我。"

阿锦的眼睛深处闪着利刃般的光芒。我慌忙闭上眼。阿锦想要操控我内部的图形群。

"哎呀,为什么就是不肯认命呢?"她半哄半嗔地说,"你现在可以闭着眼睛,但总有一天要睁开的呀。不管你怎么想忘记,看过的东西迟早会想起来的。因为那是你亲眼看到过的东西,你逃不掉的。"

我内部的图形又像时钟零件一样转动起来。

"来吧,看我。用你的眼睛杀了我也没关系。那样我就可以和你合为一体，饮尽舍琴科。"

情欲让声音变得嘶哑。是啊。观看、被观看，都是如此淫猥。人以视线侵犯事物，因观看而被事物侵犯。正因为如此，人不得不看。看形，看力。

"阿圆，睁开你的眼睛。"

静静的声音。

不知不觉间，我开始凝视阿锦的眼睛。

嵌入虹膜的旋转层。在那流动的纹理中，我，看到了。

力量启动了。就像绷紧的簧片复原时一样，柔韧的力量化作鞭子，正中阿锦的眉心。纤细的脖子猛地一晃。

她瞪大漆黑的瞳孔看着我。那眼睛里充满了惊愕与欢喜。我的一击正在她的身体里掀起惊涛骇浪。

阿锦燃烧起来。

夕阳下闪耀的胸口刺青呈现出刺目的白热，皮肤像是被烧裂了一般，火焰喷涌而出。火舌不断上升，直至点燃所有的刺青，大火吞没阿锦的全身。烧到头发的火焰蹿到天花板，金色的火花四散飞舞，然而毫无热度。她贴在我脸颊上的双手也在燃烧，我却感觉到凉风拂过。

她松开了手。松开的手贴住自己的脸，阿锦踉跄后退。火焰引燃了智能布，熊熊燃烧起来。房间化作燃烧的甲板。布莉吉塔的影像早已停止，她的背影也像古老的照片一样被火焰吞没。智能布上的徽标纷纷转移到火焰上。阿锦全身的刺青也是如此。即使在她的身体于火焰中摇曳、熔化之后，图形们依然活跃不已。

其中一些聚集在我面前，改换顺序，胡乱地组成词句，却眼看着编织出了信息。

"不管怎么想忘记，迟早也会想起来的。就算挖掉眼睛，也无法摆脱黄浊的花田，中年妇女的后背，芜菁味道的体臭。每次接吻都会想起鲜血和污物的味道。这是编排好的指令。物对形的情欲，形对物的情欲。具象之力，通过荆棘之网化合，如连绵细雨。来吧，阿圆，看我。我的眼眸，如此芬芳。"

这是用阿锦说过的话为素材拼缀成的奇异乐章。我所知的阿锦还在吗？或者她早已成了图形的傀儡？我无从确认。我穿过火焰，艰难地来到窗边。窗外正是舍琴科的夕阳景色。城市里，无数光柱冲天而起，因为哈巴什把百合洋的图形埋设在其中。我的眼睛能感受到它们。光柱阵列如同在阳光下泛白的绒毛。

那样我就可以和你合为一体，饮尽舍琴科。

耳边传来私语。肩上的小伤口在痛。这是阿锦的回声，还是图形的轰鸣？它在执拗地怂恿着我。看我，给我看看接下来的力量。

火焰中升起长长的徽标链，如蛇般灵动。

我在窗台刮擦指甲，用那苦痛维系自己的意识。但即使指甲剥裂，手指流血，这剧烈的疼痛也像是发生在他人身上的。鲜血让手指滑落，我跪下来，这也像和自己毫无关系。无法抑制的冲动喷涌而出，宛如射精。

"滚开！滚开！"我大叫着，挥手穿过横在眼前的图形链。

手指碰触的地方，长链断开一节，蜷缩成一团，如同炮弹般射向城里。城市的一角犹如湖面般炸开。街道的碎片化作飞沫四下飞舞，在表面张力的作用下形成球体，在光柱中盘旋自转。那绮丽的雨在城市中溅起无穷波纹。

我抱住自己，试图用身体挡住下一次炮击。全身的肌肉一阵狂跳，我在地板上滚了几圈，变为仰躺。智能布化作火海，熊熊燃烧，但还没有烧塌。也许它还在起着智能布的作用。

我原本想用这个智能布做什么？

在透视法的尽头、在过去寻找消失点。为了搜寻不可见的图形——强制终结的图形。

不知从哪里吹来的风，将智能布的火幕翻卷过来。

忽然间，我仿佛看到了什么。

身体内部骤然安静下来。

我从地上一跃而起。

明白了，我明白了。

阿锦的任务做完了。她把我的工作都保存好了。而且，这里的智能布还在起作用。我从控制台读出数据。原版典书的徽标披着素色,喷涌般现身。历经曲折的最后一点儿希望。但它们很快就会被替换。替换它们的就是我自己的眼睛。

崔德维与协会的专家预言了强制终结的图形。

预言。

这才是它从未被发现的原因。我最大的错误,是在过去寻找它。这是多么愚蠢的错误啊。消失点不在过去。恰恰相反。

我启动了图形演化模拟器。朝向正确的方向——未来。

若干演化模式逐渐收敛。淘汰剩下强有力的图形。不需要繁复优美,只要简单的、能够根除一切诱惑图形的形状。

谁也不知道它会如何工作。图形演化模拟器正在抽丝剥茧。

耳边响起呼唤声。阿锦的声音。许多人的声音。哀求和威逼住手的声音。

我塞住耳朵,全神贯注,读取留到最后的那个图形。

强制终结的指令。

那一瞬间,一切徽标猝然静默。

四下看去,布莉吉塔的房间几乎完全恢复了原样。智能布完好无损,高性能纤维的布帘一如既往。

没有阿锦。只有满地撕破的裙子碎片。

刺耳般的安静。

这样便结束了?

我实在不能如此认为。我一个人控制住力量,改变不了任

何事情吧。

我走出房间，站在沙拉碗的边缘，也就是舍琴科城的最外缘，眺望全景。

不出所料，异变并没有停止。光柱的数目还在增加。原来城市里隐藏了那么多的发现之图形。我感到天旋地转。

物理性的破坏也在城市里发展。轻轨沿线的街道正在抽搐、变形。道路以轻轨的主要站点为中心挤在一起，如同肿瘤。每一个里面都有成千上万的人被自己的力量活埋。唤醒了百合洋之力的人，以及无辜卷入的人。

借助道路的形状积累起来的力，放弃了自己的地盘，在城市里一路游荡一路破坏。材质被剥夺了力与形，变得十分不稳定，轻易化作任意不同的物体。会被如何破坏，也许取决于发现力量者内心潜藏的强迫性愿景，也可能是一时的兴起。这场"演奏"究竟会进行到何时？答案只有一个：进行到终结为止。这是没有罪犯的恐怖袭击，没有署名的破坏任务。执行者是我们的欲望、眼睛的情欲。它贪婪地饮尽舍琴科后，必然又会在别处上演同样的情景。

有没有办法散布强制终结的命令？

如果阿锦还在，也许可以使用她的刺青网络……

不对，现在不能用吗？

如果我完全脱离了那个网络，便不应该看到那些光柱。连接没有断。我把手放在肩头的咬痕上。此前有没有共享过什么影像？鲜明的、集中于某一点的影像，能够以其为支点，镇压这场发现之风暴的影像……

脑海中浮现出的，是涂满鲜血的房间里悬浮的小点。

对力量的繁殖感到绝望的小斋，试图投身在妹妹的瞳孔中，结束这场悲剧。阿锦在那一点上看到的是"句号"。是的，句号。

终结吧。在绵长的徽标链最后，打上瞳孔的休止符吧。

我想象那个瞳孔位于自己中心的状态。

手臂自然前伸。在所指的遥远处，我感受到充满城市的发现之力。力量恣意张狂，横冲直撞。或许这才是百合洋文化的真实面目。从不停顿、永无休止。就像难以打理的灌木丛，肆无忌惮地伸展出分形的枝叶。

停止吧。

我抬起手臂。并非遵从谁的指示，只是自然而然。研钵状的城市边缘——顺着我手指的动作——慢慢提升。我继续举高手臂。舒适的手感。这是把整座城市拎起的感觉，是将形状赋予世界的感觉。是将我的力量传递给发现了舍琴科之力的诸多人的感觉。

渐渐地，城市被我越抬越高，直到露出钵底的地平线，连地平线尽头的景色都看得一清二楚。世界正在弯曲。舍琴科正像手套一样向内翻转，像是落入瞳孔中的小环。

贯穿城市的河流注入遥远北方的大海，河口处的城市如今已经化作地平线边缘的白影。东面青烟笼罩的塔普谢山脉原本只能看见山巅，现在则露出了山麓的开阔草原，连带着更远处的辽阔湿地也徐徐显现。距离这里五公里的湖泊已经处在夜色中，星星倒映在湖面上。转过头，另一侧的地平线上，阳光照得云朵洁白耀眼。我的一只手臂直直举在头顶，舍琴科的地平线向我指尖所指的一点收缩，就像在眼球内部看到虹膜缓缓紧闭的模样。舍琴科的黑夜与白昼，相撞在天顶处——那巨大瞳孔的中心。

我所在的地方是黄昏，湿地星斗满天，头上阳光灿烂。

这光来自何处？

是了。这世界一定还有某处，仍与外界相通。

解　说

以上便是重组之后的"舍琴科之歌"。

对"歌"的重组是一个漫长的历史过程。当然，由于案例性质关系，参与研究的人仅限于李顿＆斯泰因斯比协会的极少一部分研究者，但仍有相当多的人参与其中，期间提出的构成案例，仅论主要者，也超过了五千例。这里收录的是十六年前制作的版本，即以拉克森·绪方·鲁杜的版本为基础，加入了几处突破性的修订，可以说是目前的最终版。登场人物的背景做了大幅改写，也重新加入了拉克森舍弃的许多角色和场景。这恐怕也会成为今后几十年间舍琴科之歌的最终版。对于在过去几年迅速崭露头角的"舍琴科学"来说，它是值得骄傲的成果。

但即使在写下这句话的此刻，笔者依然受到某种想法的折磨。那（首先是笔者的个人感情，同时也）是我们舍琴科学者普遍存在的、某种根源性的不安。用通俗的话语来说就是——"这个谜题有正确答案吗？"

舍琴科之歌，是来源不明的（有可能是从位于高度折叠的时空连续体皱褶中的舍琴科发出的）微波激射通信。因为是极短的片段，所以几乎没有保留句子的形式。所用的语言是舍琴科通用语，按照协会标准属于 J4 类，人称、视角、语法、时态，各不相同。要将它们整合还原成文章，极其困难。在该版本中，为了顾及整体的统一，使用了固有名词（例如：将以"圆""睛""眸"等称谓出现的人物全部统称为"圆"），人称和视角也尽力做了调整。有几处缺失的部分，则遵循拉克森·绪方·鲁杜版本，再通过创作加以填补。

但这些都是无关紧要的问题。我们之所以感到不安，在于那个根本性的前提，即"原文是存在的"。实际上，我们无从证实这一点。虽然我们登山过半，但每个人都不敢确定那座山是否真的存在。这便是现状。我们确实认为，将采集到的碎片汇集在一起，自然可以形成一个故事，一个讲述舍琴科破灭的故事。所有参与这一工作的人员应当都有这样的信念。将一张张残破的卡片如魔法般串联起来，眼看着一个个章节就此成形，那种令人战栗的兴奋，简直如同文章中所述的徽标秘技。无论如何短小的片段（就好像它是全息图的碎片），都仿佛藏有整个故事。只要亲身体验过，便会明白这种感受。

不过，这一切也可能只是我们的臆想。

和团队的年轻成员开会时，一位成员曾突然说了这样的话："我在分析'歌'的时候，很怕自己只是在捕风捉影。"另一个成员则回答说："我们也许是自己欺骗了自己。"

所以笔者在总结这份稿件时，怀着自诫的目的——我们所担心的问题也许只是在干扰我们的工作——想要展示某位年轻成员的"作品"。它是以"歌"的素材虚构的杰作。起初，我们都大笑不已。笑过之后面面相觑，发现彼此脸上都是苦笑。因为我们的"作品"，其实也没有什么不同。

遗憾的是，根据那位成员的意愿，此处隐去了作者的名字。因此，我只能在此说明，她有一双迷人的铁红色眼睛，以及美丽的背部曲线。

补 遗

这光来自何处?

在充沛的晨光中,工藤圆拖着步子慢慢走在城外的道路上。"安全与坚固的森林"即将到头,稀疏的树梢远处,球面世界的天空格外耀眼。照耀这个世界的光并没有源头,然而清晨和夜晚依然会按时到来,维持着球内的黑夜与白昼。这颗星球的某处仍旧与外界相连。这些光,就是曾经照耀舍琴科城的阳光。

阿圆拨开伸在脸前的黑色枝条。缠绕成枝条的泥土和垃圾啪嗒啪嗒掉落在地。这片森林由象征"安全与坚固"的徽标——螺旋图形化成的藤蔓繁茂生长而成,它是大灾难的余波。

拨开枝条,森林便豁然开朗。道路尽头有一座小垃圾山,高约五米,是用书堆起来的。普拉伽把它们从崩塌的房间中挖出来堆到这里。虽然他也抱怨过要一把火把它们烧个干净,不过也只是嘴上说说,根本没有点火的念头。

被几场雨浇黑的山顶上,有个弓背男人的身影。他坐在比他高了一倍的巨大机器里,看起来像是中世纪的天文学家。大约是因为那机器有点儿像是大航海时代的光学望远镜吧。

"普拉伽!"

"哟——！"

书山上的普拉伽把轮椅调了个方向。

"情况怎么样？"阿圆一边上山一边问。

"不太妙，"他抬起下巴示意时空仪的显示屏，往锡杯里倒了点儿咖啡酒，"很难让骆驼穿过针眼。最近'天气'不好。"

阿圆用手指碰了碰杯子。杯子表面立刻像是火焰烫出燎泡一样翻腾起来，随即又平息下去。仿佛他的体内还残留着力的余热，时不时想漏向外界。

"好个迈达斯[①]。"

"上面浮了奶油，你不看看吗？说不定是个有趣的图案。"

阿圆望着杯中的图案，坐了下来，喝了一口热咖啡酒。

"对了，我最近的新作你读了吗？"

"我就是来找你算账的。写得太过分了，简直好像我插足布莉吉塔他们一样。"

"你读出这层意思，说明你心里有鬼。我从来没有那么想过。"

"哎哟哟，"阿圆叹了一口气，把杯底残留的咖啡渣倒掉，"再来一杯……还有新作吗？"

"早就有了。这天色真是糟糕啊。"

普拉伽用擦布擦拭大功率微波通信仪——就是宛如望远镜的机器。黄铜装饰的开关与橡木底座散发着柔和的光芒。天

[①] 希腊神话中的国王，手指能点石成金。

顶——虹膜中心有一个脉动的"孔"。那是普拉伽的时空仪发现的。那个极微小的孔只能从球面世界的另一侧,也就是这座城才能观测到,而且只要球面内部的时空状态不稳定,就会缩至无穷小。普拉伽一边和那个"天气"斗争,一边向"孔"发送微波信号。如果发送的是 SOS,倒可以说用心良苦,然而他发送的并不是求救信息。

"这次的可有意思了。不是有个叫阿锦的姑娘吗?我把她写成百合洋的恐怖分子,还让你和她搅在一起,对付成千上万的协会机动警察。怎么样,开心吧?"

工藤圆重重叹了一口气:"普拉伽,你写这样的东西,真以为有人能收到吗?"

"当然。天底下好奇的人不计其数。好奇心是比宇宙更加深广的东西。你放心吧,肯定会有人读的。不管怎么说,故事精彩啊,"说到这里,他犹豫了一下,"——精彩吧?"

"都是莫名其妙的故事。"

"这样啊,"普拉伽给自己的香草烟点上火,吐出一口烟雾,"不,不对。不管什么时候,人总是在想。想触摸点儿什么。"

烟雾在明媚的天空下渐渐散开,形成透光的圆环。

在那圆环形成的过程中,究竟涉及多少不同的力量?

多美啊,阿圆想。

如果能触摸到它该有多好。他真切地想。

译后记

■ 丁丁虫

　　第一次见到飞浩隆，还是在 2007 年的世界科幻大会上。那是日本首次承办世界科幻大会，也是世界科幻大会第一次在亚洲地区举办。日本科幻作家俱乐部办了自助酒会招待世界各地的科幻界人士，胸前挂着宝丽来相机的飞浩隆就在人群中穿梭来去，给参会的人们拍照留影。我和小松左京的合照也是飞浩隆拍的。

　　其实当时我还没有怎么读过飞浩隆的作品，更谈不上翻译。虽然 2006 年《科幻世界·译文版》杂志上刊登过飞浩隆的《沼泽之夜》，不过并没有给我留下深刻的印象。直到一年之后，杂志又刊登了他的《二重奏》，才进一步发现飞浩隆的风趣——不是因为小说本身，而是当时有人在某处论坛（好像是豆瓣？）发表感想说"题材不新鲜",结果不知怎么被飞浩隆看到了（可能每个作家都喜欢在网上搜自己的作品名字？），然后这句话就被他拿去做了自己博客的标题。

写这篇后记的时候我又去他博客看了一眼。嗯，没错，到今天还挂着呢。

再后来有幸受邀翻译《废园天使》，翻译期间也有多次邮件往来，不过印象最深的还是在中文版问世后飞浩隆发来的邮件。原话记不清了，大致的意思是，希望能整理一些大陆读者阅读后的感想发给他。

果然还是很在意读者的评价啊（笑）。

飞浩隆是二十世纪六十年代生人。按照日本科幻界通常的世代划分，算是第三世代的作者。他的第一篇小说发表于读大学期间的1983年，后来陆陆续续又发表了若干中短篇，但在1992年发表《二重奏》之后，陷入长达十年的沉寂期，再也没有发表过新作，直到2002年才以《废园天使》重新登场。顺便说一句，日本科幻界的第一世代是星新一、小松左京那一批；第二世代是梶尾真治、山田正纪那一批。《废园天使》出版的时候，还用过"山田正纪第二"的宣传语。

在日本的科幻作家中，飞浩隆算是比较特殊的一位。因为他除了科幻作家这个身份之外，还有作为地方公务员的正式工作。据说他的日常生活状态是：每天工作八小时，做饭，开洗衣机，烧洗澡水，然后（如果有心情的话）写几个字。直到今天还能在网上查到他在隐岐群岛的任职记录。当时（2018 年）他的职务是：健康福祉部 身心健康咨询中心 副所长。

不过之所以说飞浩隆特殊，并不是指他的公务员身份，也不是这个"身心健康咨询中心"的工作。而是因为，直到几年前，日本政府和企业都还比较反对兼职。如果是个人爱好还可以接受，但如果是带有一定盈利性质的业余工作，通常都会遭到禁止。这几年受到疫情影响，经济状况普遍不景气，日本才开始推行兼职。我记得当年自己在日企工作的时候，有一次晚上吃饭，部门老大就表示过对于兼职工作的反对态度，理由是会影响全身心投入本职工作。

也就是因为写作这种事情的性质比较模糊，勉强能归入个人爱好的领域，因而还能得到允许。但实际上还是有许多作者成名以后辞去本职工作，专心写作。比如我们熟知的小林泰三、圆城塔等作者都是这样的情况。一直没有辞去本职工作的作家，我知道的只有两位，一位是写《冬至草》的石黑达昌，另一位就是飞浩隆。同样顺带一提，石黑达昌也是多年没有发表过新作，可见日本的兼职作家（日本人称之为"星期天作家"）有多难做。

说到飞浩隆的工作还有件趣事。《具象之力》获得日本科幻大赏的时候，飞浩隆正在前往海岛的船上，手机信号很差，所以通知他获奖的电话打了半天都没把消息传过去。最后还是动用了卫星电话，飞浩隆才得知自己获奖。据飞浩隆自己说，当时身边没有同伴、没有家人、没有编辑，只有躺在船舱里呼呼大睡的同事们，他一个人望着船外灰色的波涛和灰色的天空，恍惚间感觉船只仿佛冬眠飞船一般冷冷地前进。

《具象之力》是 2004 年出版的小说集，不过集子里收录的小说都是多年前在杂志上发表过的，只是结集出版时做了大幅修改。各篇小说的初次刊登年份如下（括号里是首次翻译引进的年份和译者）：

《咒界之缘》1985 年

《沼泽之夜》1987 年（2006 年，张玲、张真、罗鹏）

《具象之力》1988 年（2010 年，张妤）

《二重奏》1992 年（2008 年，张真、张玲）

按飞浩隆的说法，最晚的一篇距离单行本出版之日也有一个干支的时间差距。另外他还曾经说过这样一句：我的故事大致只有十年的保质期。所以该说这本集子里的小说都超出保质期了吗……

过期是不可能过期的！最多只是题材不新鲜而已！（拟飞浩隆语）

最后再解释一下这个译本的来历。《具象之力》这本短篇集中收录的四篇小说,《科幻世界·译文版》上大都陆续刊登过,虽然译者不同,但各篇的翻译都很精彩,多有可圈可点的地方。这次引进单行本的时候,可能是编辑希望统一翻译风格,因而找到我重译。在翻译过程中,也有借鉴之前译文的地方,借这个机会向之前的几位译者表示感谢。

2023 年 2 月 2 日